Collection folio junior

Sophie Rostopchine, **comtesse de Ségur,** est née à Saint-Pétersbourg, en Russie, en 1799. Elle passe son enfance dans la vaste propriété de Woronowo, près de Moscou. Petite fille turbulente, « Sophaletta » est souvent punie par ses parents. En 1817, après la disgrâce de son père, général et gouverneur de Moscou, elle se rend à Paris avec sa famille. Deux ans après, elle épouse le comte Eugène de Ségur et achète la propriété des Nouettes, dans l'Orne, où elle va passer une grande partie de sa vie.

Pour ses petites-filles Madeleine et Camille, parties vivre à Londres où leur père a été nommé ambassadeur, elle écrit les histoires qu'elle avait pris l'habitude de leur raconter. Ainsi naissent les *Nouveaux Contes de fées* illustrés par Gustave Doré, puis les *Mémoires d'un âne* et la trilogie *Les Malheurs de Sophie* (inspirés de son enfance), *Les Petites Filles modèles* et *Les Vacances*. Le succès est immédiat. Aujourd'hui encore, ses livres font le tour du monde.

Cette grande conteuse a su renouveler le ton des récits pour l'enfance de son temps, qui étaient souvent difficiles à lire et larmoyants. Dans ses ouvrages, le rythme est vif et gai, les phrases sont claires, les personnages fantasques même si leurs extravagances sont toujours tempérées par une morale pesante qui nous semble, aujourd'hui, un peu désuète.

La comtesse de Ségur a vécu la fin de sa vie à Paris, où elle est morte en 1874.

Danièle Bour a illustré la couverture de *François le bossu*. Née le 16 août 1939 à Chaumont, en Haute-Marne, elle vit aujourd'hui dans un tout petit village de Lorraine entouré de champs et d'immenses forêts.

Sa passion pour le dessin est née en dessinant des Mickey... Quelques années plus tard, la voici aux beaux-arts de Nancy. En 1972, elle part pour Francfort où se déroule chaque année la Foire internationale du livre et présente ses dessins à des éditeurs. Parmi eux, Quist Vidal, conquis, lui commande son premier livre : *Au fil des jours s'en vont les jours*. Dès lors elle se consacre à l'illustration de livres et de magazines pour enfants. C'est pour *Pomme d'Api* qu'elle crée le personnage qui va la rendre célèbre : Petit Ours brun. Ce petit héros est si apprécié des jeunes lecteurs que la maison de Danièle Bour est devenue le siège d'une véritable « oursinade » à laquelle participent ses enfants Céline, Laure et Martin, tous trois dessinateurs. Malgré tout, elle trouve encore le temps d'illustrer des romans, des contes, des poésies, et de jardiner, sa deuxième passion. A moins qu'elle ne parte à la recherche d'un joli arrosoir pour compléter sa collection !

© Editions Gallimard Jeunesse, 1999, pour la présente édition

Comtesse de Ségur

François
le bossu

Illustrations de Émile Bayard

Gallimard

A MA PETITE-FILLE

CAMILLE DE MALARET

Chère et bonne Camille, la Christine dont tu vas lire l'histoire te ressemble trop par ses beaux côtés pour que je me prive du plaisir de te dédier ce volume. Tu as sur elle l'avantage d'avoir d'excellents parents ; puisses-tu, comme elle, trouver un excellent François qui sache t'aimer et t'apprécier comme mon François aime et apprécie Christine ! C'est le vœu de ta grand'mère, qui t'aime tendrement.

COMTESSE DE SÉGUR,
née ROSTOPCHINE.

I
Commencement d'amitié

Christine était venue passer sa journée chez sa cousine Gabrielle ; elles travaillaient toutes deux avec ardeur, pour habiller une poupée que Mme de Cémiane, mère de Gabrielle et tante de Christine, venait de lui donner : elles avaient taillé une chemise et un jupon, lorsqu'un domestique entra.

« Mesdemoiselles, Mme de Cémiane vous demande au jardin, sur la terrasse couverte.

GABRIELLE : Faut-il y aller tout de suite ? Y a-t-il quelqu'un ?

LE DOMESTIQUE : De suite, Mademoiselle ; il y a un Monsieur avec Madame.

GABRIELLE : Allons, Christine, viens.

CHRISTINE : C'est ennuyeux ! je ne pourrai pas habiller ma poupée, qui est nue et qui a froid.

GABRIELLE : Que veux-tu ! il faut bien aller joindre maman, puisqu'elle nous fait demander.

CHRISTINE : Moi, seule à la maison, je ne pourrai pas l'habiller ; je ne sais pas travailler. Mon Dieu ! que je suis malheureuse de ne savoir rien faire.

GABRIELLE : Pourquoi ne demanderais-tu pas à ta bonne de lui faire une robe ?

CHRISTINE : Ma bonne ne voudra pas : elle ne fait jamais rien pour m'amuser.

GABRIELLE : Comment faire, alors ?... Si je t'en faisais une ?

— Toi, tu pourrais ? dit Christine en relevant la tête et en souriant.

GABRIELLE : Je crois que oui ; j'essayerai toujours.

CHRISTINE : Tout de suite ?

GABRIELLE : Non, pas tout de suite, puisque maman nous attend pour promener ; mais quand nous serons revenues, nous travaillerons à ta robe.

CHRISTINE : Mais, en attendant, ma pauvre fille a froid.

GABRIELLE : Je vais l'envelopper dans ce vieux petit manteau ; tu vas voir ; donne-la-moi. »

Gabrielle prend la poupée, l'enveloppe de son mieux et la met dans un fauteuil.

GABRIELLE : Là ! elle est très bien ! Viens, à présent : maman nous attend. Dépêchons-nous. »

Christine embrasse Gabrielle, qui l'entraîne hors de la chambre ; elles arrivent en courant à une allée couverte où se promenait leur maman avec un Monsieur et un petit garçon qui était un peu en arrière.

Gabrielle et Christine le regardent avec surprise. Il était un peu plus grand qu'elles, gros, d'une tournure singulière ; sa figure était jolie, ses yeux doux et intelligents, il avait une physionomie très agréable, mais l'air craintif et embarrassé.

Christine s'approche, lui prend la main.

« Viens, mon petit, jouer avec nous ; veux-tu ? »

L'enfant ne répond pas ; il regarde d'un air timide Gabrielle et Christine.

« Est-ce que tu es sourd, mon petit ? demanda Gabrielle amicalement.

— Non, répondit l'enfant à voix basse.

GABRIELLE : Et pourquoi ne parles-tu pas ? Pourquoi ne viens-tu pas avec nous ?

L'ENFANT : Parce que j'ai peur que vous ne vous moquiez de moi comme les autres.

GABRIELLE : Nous moquer de toi ? Et pourquoi cela ? Pourquoi les autres se moquent-ils de toi ?

— Vous ne voyez donc pas ! dit le petit garçon en relevant la tête et les regardant avec surprise.

GABRIELLE : Je te vois, mais je ne comprends pas pourquoi on se moque de toi. Et toi, Christine, vois-tu quelque chose ?

CHRISTINE : Non, pas moi ; je ne vois rien.

— Alors vous voudrez bien m'embrasser et jouer avec moi ? dit le petit garçon en souriant et en hésitant encore.

— Certainement », s'écrièrent les deux cousines en l'embrassant de tout leur cœur.

Le petit garçon semblait si heureux, que Gabrielle et Christine se sentirent aussi toutes joyeuses. Au moment où ils s'embrassaient tous les trois, la maman et le Monsieur se retournèrent. Ce dernier poussa une exclamation joyeuse.

« Ah ! les bonnes petites filles ! Ce sont les vôtres, Madame ? Elles veulent bien embrasser mon pauvre François ! Pauvre enfant ! il en a l'air tout heureux !

MADAME DE CÉMIANE : Pourquoi donc paraissez-vous surprise que ma fille et ma nièce accueillent bien votre petit François ! Je m'étonnerais du contraire.

M. DE NANCÉ : Je serais bien heureux, Madame, que tout le monde pensât comme vous ; mais l'infirmité de mon pauvre enfant le rend si timide ! Il est si habitué à se voir l'objet des railleries et de l'aversion de tous les enfants, qu'il doit être heureux de se voir fêté et embrassé par vos bonnes et charmantes petites filles.

— Pauvre enfant ! » dit Mme de Cémiane en le regardant avec attendrissement.

Les enfants s'étaient rapprochés. Gabrielle et Christine tenaient chacune une main du petit garçon qu'elles faisaient courir, et qui riait de tout son cœur de cette course forcée.

GABRIELLE : Maman, le petit garçon nous a dit qu'on se moquait de lui et que personne ne voulait l'embrasser. Pourquoi ? il est très bon et très gentil. »

Mme de Cémiane ne répondit pas ; le petit François la regardait avec anxiété ; M. de Nancé soupirait et se taisait également.

CHRISTINE : Monsieur, pourquoi se moque-t-on du petit garçon ?

M. DE NANCÉ : Parce que le bon Dieu a permis qu'il fût bossu à la suite d'une chute, mes enfants ; et il y a des gens assez méchants pour se moquer des bossus, ce qui est très mal.

GABRIELLE : Certainement, c'est très mal ; ce n'est pas sa faute s'il est bossu, il est très bien tout de même.

— Où donc est-il bossu ? Je ne vois pas », dit Christine en tournant autour de François.

Le pauvre François était rouge et inquiet pendant cette inspection de Christine.

« Mon Dieu ! mon Dieu ! pensait-il, si elle voit ma bosse, elle fera comme les autres, elle se moquera de moi ! »

Mme de Cémiane était embarrassée pour faire finir Christine sans que M. de Nancé s'en aperçût ; Gabrielle commençait aussi à examiner le dos de François, lorsque Christine s'écria :

« Voilà ! voilà ! je vois ! C'est là, sur le dos ! Vois-tu, Gabrielle ?

GABRIELLE : Oui, je vois ; mais ce n'est rien du tout. Pauvre garçon ! tu croyais que nous nous moquerions de toi ? Ce serait bien méchant ! Tu n'as plus peur, n'est-ce pas ? Comment t'appelles-tu ? Où est ta maman ?

FRANÇOIS : Je m'appelle François ; maman est morte, je ne l'ai jamais vue : et voilà papa avec votre maman.

CHRISTINE : Comment, c'est ce Monsieur qui est ton papa ?

M. DE NANCÉ : Pourquoi cela vous étonne-t-il, ma bonne petite ?

CHRISTINE : Parce que vous êtes très grand et lui est si petit, vous êtes maigre et lui est si gras.

MADAME DE CÉMIANE : Quelle bêtise tu dis, Christine ! Est-ce qu'un enfant est jamais grand comme son papa ? Si vous alliez vous amuser avec François, ce serait mieux que de rester ici à dire des niaiseries.

M. DE NANCÉ : Laissez-moi vous embrasser, mes bonnes petites filles ; je vous remercie de tout mon cœur d'être bonnes pour mon pauvre petit François. »

M. de Nancé embrassa à plusieurs reprises Gabrielle et Christine, et il alla rejoindre Mme de Cémiane. Les enfants, de leur côté, entrèrent dans le bois pour ramasser des fraises.

CHRISTINE : Tiens, François, viens par ici : voici une bonne place ; regarde, que de fraises ! Prends, prends tout.

FRANÇOIS : Merci, ma petite amie. Comment vous appelez-vous toutes deux ?

GABRIELLE : Je m'appelle Gabrielle.

CHRISTINE : Et moi, Christine.

FRANÇOIS : Quel âge avez-vous ?

GABRIELLE : Moi j'ai sept ans, et Christine, qui est ma cousine, a six ans. Et toi, quel âge as-tu ?

— Moi... j'ai... déjà dix ans, répondit François en rougissant.

GABRIELLE : C'est beaucoup, dix ans ! C'est plus que Bernard.

FRANÇOIS : Qui est Bernard ?

GABRIELLE : C'est mon frère. Il est très bon. Je l'aime beaucoup. Il n'est pas ici à présent ; il prend une leçon chez M. le curé.

FRANÇOIS : Ah ! moi aussi je dois aller prendre des leçons chez M. le curé, tout près d'ici, à Druny.

GABRIELLE : C'est comme Bernard ; il y va aussi à Druny. Tu es donc près de Druny ?

FRANÇOIS : Tout près ! Il faut dix minutes pour aller de chez nous chez le curé.

GABRIELLE : Pourquoi n'es-tu jamais venu nous voir ?

FRANÇOIS : Parce que je ne demeurais pas ici ; papa était en Italie pour ma santé ; les médecins disaient que je deviendrais droit et grand en Italie ; et, au contraire, je suis plus bossu qu'avant, ce qui me chagrine beaucoup.

GABRIELLE : Écoute, François, ne pense pas à cela ; je t'assure que tu es très gentil ; n'est-ce pas, Christine ?

CHRISTINE : Je l'aime beaucoup, il a l'air si bon ! »

Toutes deux embrassèrent François qui riait et qui avait l'air heureux ; et tous les trois se mirent à cueillir des fraises. Gabrielle et Christine eurent toujours soin de désigner les meilleures places à François, pour qu'il se fatiguât moins à chercher. Au bout d'un quart d'heure, ils avaient rempli un petit panier que Gabrielle tenait à son bras.

« A présent nous allons manger, dit Gabrielle en s'essuyant le front. Il fait chaud, cela nous rafraîchira. Tiens, François, assois-toi là, sous le sapin, près de moi, et toi, Christine, mets-toi de l'autre côté ; c'est François qui va partager.

FRANÇOIS : Et dans quoi les mettrons-nous ? nous n'avons pas d'assiettes.

GABRIELLE : Nous allons en avoir tout à l'heure. Que chacun prenne une grande feuille de châtaignier ; en voici trois. »

Chacun prit sa feuille, et François commença le partage ; les petites filles le regardaient faire. Quand il eut fini :

« C'est très mal partagé, dit Gabrielle ; tu nous as presque tout donné ; et il t'en reste à peine.

— Tiens, mon bon petit, en voici des miennes, dit Christine en versant une part de ses fraises dans la feuille de François.

— Et en voilà des miennes, dit Gabrielle en faisant comme Christine.

FRANÇOIS : C'est trop, beaucoup trop, mes bonnes amies.

GABRIELLE : Du tout, c'est très bien : mangeons.

FRANÇOIS : Comme vous êtes bonnes ! Quand je suis avec d'autres enfants, ils prennent tout et ne m'en laissent presque pas. »

II
Paolo

Les enfants finissaient de manger leurs fraises et ils sortaient du bois, quand ils virent arriver un jeune homme de dix-huit à vingt ans qui tenait son chapeau à la main, et qui saluait à chaque pas en s'approchant des enfants. Puis il resta debout devant eux, sans parler.

Les enfants le regardaient et ne disaient rien non plus.

« Signora, signor, me voilà », dit le jeune homme saluant encore.

Les enfants saluèrent aussi, mais un peu effrayés.

« Sais-tu qui c'est ? dit François à l'oreille de Gabrielle.

GABRIELLE : Non ; j'ai peur. Si nous nous sauvions ?

— Signora, signor, zé souis venou, mé voici », recommença l'étranger saluant toujours.

Pour toute réponse, Gabrielle prit la main de Christine et se mit à courir en criant :

« Maman, maman, un monsieur ! »

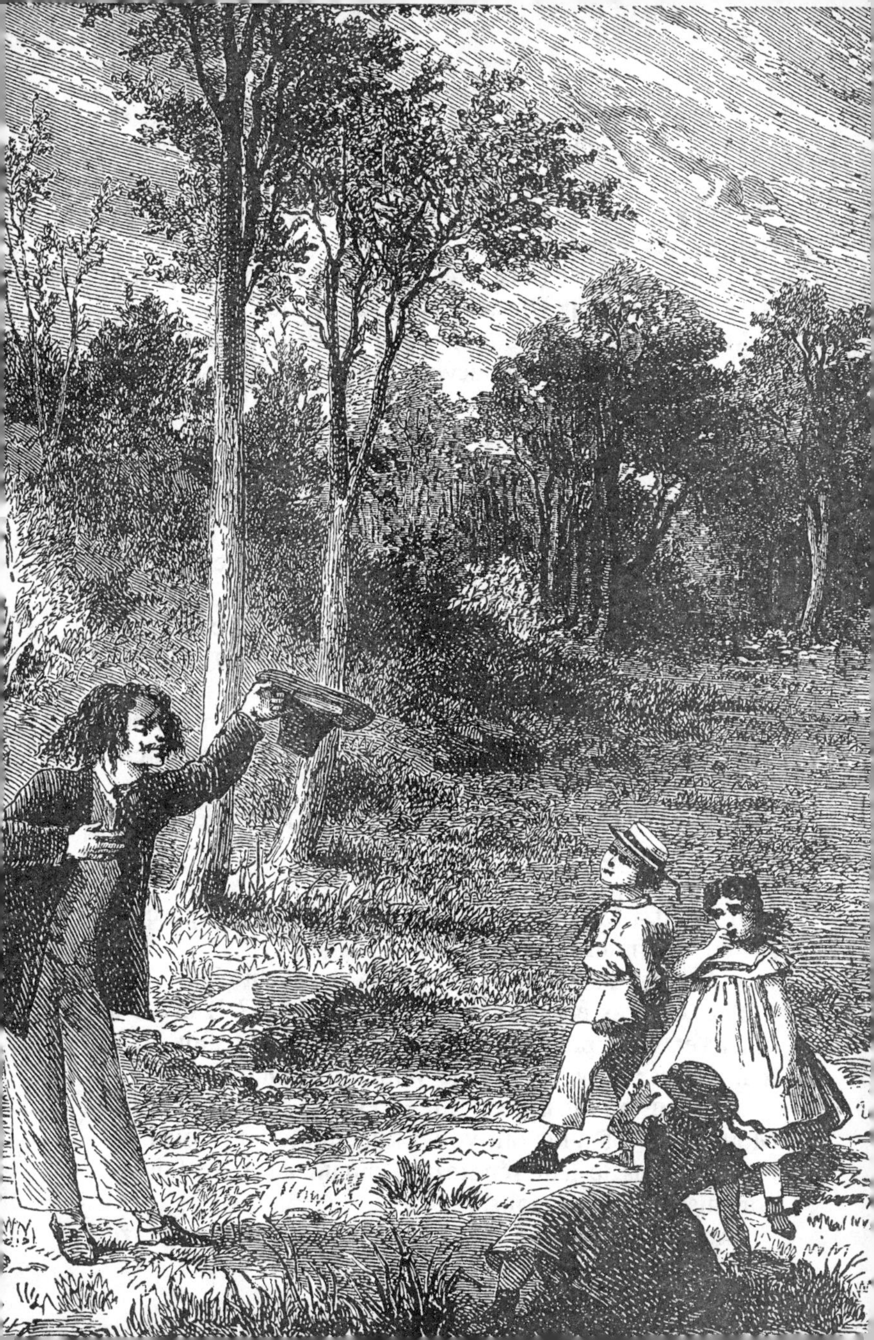

Elles ne tardèrent pas à rencontrer Mme de Cémiane et M. de Nancé qui les avaient entendues crier, et qui accouraient aussi, craignant quelque accident.

« Qu'y a-t-il ? Où est François ? demanda M. de Nancé avec anxiété.

— Là, là, dans le bois, avec un Monsieur fou qui va lui faire du mal », dit Christine tout essoufflée.

M. de Nancé partit comme une flèche et aperçut François debout et souriant devant l'étranger, qui se mit à saluer de plus belle.

M. DE NANCÉ : Qui êtes-vous, Monsieur ? Que voulez-vous ?

L'ÉTRANGER, *saluant* : Moi, zé souis invité de venir sé signor conté. C'est vous, signor Cémiane ?

M. DE NANCÉ : Non, ce n'est pas moi, Monsieur ; mais voici Mme de Cémiane. »

L'étranger s'approcha de Mme de Cémiane, recommença ses saluts, et répéta la phrase qu'il venait de dire à M. de Nancé.

MADAME DE CÉMIANE : Mon mari est absent, Monsieur, il va rentrer ; mais veuillez me dire votre nom, car je ne crois pas avoir encore reçu votre visite.

— Moi, Paolo Peronni, et voilà une lettre dé signor conté Cémiane. »

Il tendit à Mme de Cémiane une lettre, qu'elle parcourut en réprimant un sourire.

« Ce n'est pas l'écriture de mon mari, dit-elle.

PAOLO : Pas écritoure ! Alors, quoi faire ? Il invite à dîner, et moi, povéro Paolo, z'étais très satisfait. Z'ai marcé fort ; z'avais peur de venir tard. Quoi faire ?

MADAME DE CÉMIANE : Il faut rester à dîner avec nous, Monsieur ; vos amis ont voulu sans doute vous jouer un tour, et vous le leur rendrez en dînant ici et en faisant connaissance avec nous.

PAOLO : Ça est bon à vous ; merci, Madama ; moi, zé

zouis pas depuis longtemps ici ; moi, zé connais personne. »

Le jeune homme raconta comme quoi il était médecin, Italien, échappé à un affreux massacre du village de Liepo, qu'il défendait avec deux cents jeunes Milanais contre Radetzki.

« Eux sont restés presque tous toués, coupés en morceaux ; moi zé mé souis sauvé en mé zétant sous les amis morts ; quand la nouit est venoue, moi ramper, ramper longtemps, et puis zé mé souis levé debout et z'ai couru, couru ; lé zour, zé souis cacé dans les bois, z'ai manzé les frouits des oiseaux, et la nouit courir encore zousqu'à Zènes ; pouis z'ai marcé et z'ai dit *Italiano !* et les amis m'ont donné du pain, des viandes, oune lit ; et moi zé souis arrivé en vaisseau en bonne France ; les bons Français ont donné tout et m'ont amené ici à Arzentan ; et moi, zé connais personne, et quand est arrivée oune lettre dou signor conté Cimiano, moi z'étais content, et les camarades de rire et soussoter, et oune me dit : « Va pas, c'est pour « rire » ; mais moi, z'ai pas écouté et z'ai fait deux lieues en oune heure ; et voilà comment Paolo est venu zousqu'ici... Vous riez comme les camarades ; c'est drôle, pas vrai ? »

Mme de Cémiane riait de bon cœur ; M. de Nancé souriait et regardait le pauvre Italien avec un air de profonde pitié.

« Pauvre jeune homme ! dit-il avec un soupir. Et où sont vos parents ?

— Mes parents ?... »

Et le visage du jeune homme prit une expression terrible.

« Mes parents, morts, toués par les féroces Autriciens ; fousillés avec les sœurs, frères, amis, dans les maisons à eux ! Tout est brûlé ! et avant battous, pour les punir eux, parce que moi, Italien, z'ai allé avec les amis pour touer les Autriciens méssants et barbares. Voici l'Autrice ! voilà le Radetzki[1] ?

MADAME DE CÉMIANE : Pauvre garçon ! C'est affreux !

M. DE NANCÉ : Malheureux jeune homme ! Être ainsi sans parents, sans patrie, sans fortune ! Mais il faut avoir courage. Tout s'arrangera avec l'aide de Dieu ; ayons confiance en lui, mon cher Monsieur. Courage ! Vous voyez que vous voilà chez Mme de Cémiane sans savoir comment. C'est un commencement de protection. Tout ira bien ; soyez tranquille. »

Le pauvre Paolo regarda M. de Nancé d'un air sombre et ne répondit pas ; il ne parla plus jusqu'au retour au château.

Les enfants restèrent un peu en arrière pour ne pas se trouver trop près de ce Paolo qui inspirait aux petites filles une certaine terreur.

« Qu'est-ce qu'il disait donc des Autrichiens ? demanda Christine. Il avait l'air si en colère.

GABRIELLE : Il disait que les Italiens brûlaient des Autrichiens, et que ses sœurs battaient... leurs habits, je crois ; et puis qu'ils tuaient tout, même les parents et les maisons.

CHRISTINE : Qui tuait ?

GABRIELLE : Eux tous.

CHRISTINE : Comment, eux tous ? Qu'est-ce qu'ils tuaient ? Et pourquoi les sœurs battaient-elles les habits ? Je ne comprends pas du tout.

GABRIELLE : Tu ne comprends rien, toi. Je parie que François comprend.

FRANÇOIS : Oui, je comprends, mais pas comme tu dis. C'est les Autrichiens qui tuaient les pauvres Italiens, et qui brûlaient tout, et qui ont tué les parents et les sœurs de l'homme et ont brûlé sa maison. Comprends-tu, Christine ?

1. Maréchal autrichien, célèbre par la répression cruelle de la révolte des Lombards en 1849.

CHRISTINE : Oui, très bien : parce que tu dis très bien ; mais Gabrielle disait très mal.

GABRIELLE : Ce n'est pas ma faute si tu es bête et que tu ne comprends rien. Tu sais bien que ta maman te dit toujours que tu es bête comme une oie. »

Christine baissa la tête tristement et se tut. François s'approcha d'elle et lui dit en l'embrassant :

« Non, tu n'es pas bête, ma petite Christine. Ne crois pas ce que te dit Gabrielle.

CHRISTINE : Tout le monde me dit que je suis laide et bête, je crois qu'ils disent vrai. »

Et une larme coula le long de sa joue.

GABRIELLE, *l'embrassant*. Pardon, ma pauvre Christine, je ne voulais pas te faire de peine ; j'en suis fâchée ; non, non, tu n'es pas bête, pardonne-moi, je t'en prie. »

Christine sourit et rendit à Gabrielle son baiser. La cloche sonna pour le dîner, et les enfants coururent à la maison pour se nettoyer et arranger leurs cheveux.

Le dîner se passa gaiement, grâce à l'aventure de l'Italien, que Mme de Cémiane avait présenté à son mari, et à l'appétit vorace du pauvre Paolo, qui ne se laissait pas oublier. Quand le rôti fut servi, il n'avait pas encore fini l'énorme portion de fricassée de poulet qui débordait son assiette. Le domestique avait déjà servi à tout le monde un gigot juteux et appétissant, pendant que Paolo avalait sa dernière bouchée de poulet ; il regardait le gigot avec inquiétude ; il le dévorait des yeux, espérant toujours qu'on lui en donnerait. Mais, voyant le domestique s'apprêter à passer un plat d'épinards, il rassembla son courage, et, s'adressant à M. de Cémiane, il dit d'une voix émue :

« Signor conté, voulez-vous m'offrir zigot, s'il vous plaît ?

— Comment donc ! très volontiers », répondit le comte en riant.

Mme de Cémiane partit d'un éclat de rire ; ce fut le

signal d'une explosion générale. Paolo regardait d'un air ébahi, riait aussi, sans savoir pourquoi, et mangeait tout en riant ; excité par la gaieté, par les rires des enfants, il rit si fort qu'il s'étrangla ; une bouchée trop grosse ne passait pas. Il devint rouge, puis violet ; ses veines se gonflaient ; ses yeux s'ouvraient démesurément. François, qui était à sa gauche, voyant sa détresse, se précipita vers lui, et, introduisant ses doigts dans la bouche ouverte de Paolo, en retira une énorme bouchée de gigot.

Immédiatement tout rentra dans l'ordre ; les yeux, les veines, le teint reprirent leur aspect ordinaire, l'appétit revint plus vorace que jamais. Les rires avaient cessé devant l'angoisse de l'étranglement ; mais ils reprirent de plus belle quand Paolo, se tournant la bouche pleine vers François, lui saisit la main, la baisa à plusieurs reprises.

« Bon signorino ! Pauvre petit ! tou m'as sauvé la vie, et moi zé té ferai grand comme ton père. Quoi c'est ça ? ajouta-t-il en passant sa main sur la bosse de François.

Pas beau, pas zoli. Zé souis médecin, tout partira. Sera droit comme papa. »

Et il se mit à manger sans plus parler à personne : il se garda bien de rire jusqu'à la fin du dîner.

Bernard avait aussi fait connaissance avec François pendant le dîner.

« Je suis bien fâché de n'avoir pas pu rentrer plus tôt, dit Bernard. J'étais chez le curé ; j'y vais tous les jours prendre une leçon.

FRANÇOIS : Et moi aussi, je dois aller chez le curé pour apprendre le latin. Je suis bien content que tu y ailles ; nous nous verrons tous les jours.

BERNARD : J'en suis bien aise aussi ; nous ferons les mêmes devoirs, probablement.

FRANÇOIS : Je ne crois pas ; quel âge as-tu ?

BERNARD : Moi, j'ai huit ans.

FRANÇOIS : Et moi dix ans.

BERNARD : Dix ans ! Comme tu es petit ! »

François baissa la tête, rougit et se tut.

Peu de temps après qu'on fut sorti de table, on vint annoncer à Christine que sa bonne venait la chercher pour la ramener à la maison. Christine lui fit demander si elle pouvait rester encore un quart d'heure, pour emporter sa poupée vêtue de la robe que lui faisait Gabrielle ; mais, habituée à la sévérité de sa bonne, elle se disposa à partir et à dire adieu à sa tante et à son oncle.

GABRIELLE : Attends un peu, Christine ; je vais finir la robe dans dix minutes.

CHRISTINE : Je ne peux pas ; ma bonne attend.

GABRIELLE : Qu'est-ce que ça fait ? elle attendra un peu.

CHRISTINE : Mais maman me gronderait et ne me laisserait plus venir.

GABRIELLE : Ta maman ne le saura pas.

CHRISTINE : Oh oui ! ma bonne lui dit tout. »

La tête de la bonne apparut à la porte.

« Allons donc, Christine, dépêchez-vous !

CHRISTINE : Me voici, ma bonne, me voici ! »

Christine courut à sa tante pour dire adieu.

François et Bernard voulurent l'embrasser ; ils n'eurent pas le temps ; la bonne entra dans le salon.

LA BONNE : Christine, vous ne voulez donc pas venir ? Il est tard ; votre maman ne sera pas contente.

CHRISTINE : Me voici, ma bonne, me voici !

GABRIELLE : Et ta poupée ? tu la laisses ?

— Je n'ai pas le temps, répondit tout bas Christine effarée ; finis la robe, je t'en prie ; tu me la donneras quand je reviendrai. »

La bonne prit le bras de Christine, et, sans lui donner le temps d'embrasser Gabrielle, elle l'emmena hors du salon. La pauvre Christine tremblait ; elle craignait beaucoup sa bonne, qui était injuste et méchante. La bonne la poussa dans la carriole qui venait la chercher, y monta elle-même ; la carriole partit.

Christine pleurait tout bas ; la bonne la grondait, la menaçait en allemand, car elle était allemande.

LA BONNE : Je dirai à votre maman que vous avez été méchante ; vous allez voir comme je vous ferai gronder.

CHRISTINE : Je vous assure, ma bonne, que je suis venue tout de suite. Je vous en prie, ne dites pas à maman que j'ai été méchante ; je n'ai pas voulu vous désobéir, je vous assure.

LA BONNE : Je le dirai, Mademoiselle, et, de plus, que vous êtes menteuse et raisonneuse.

CHRISTINE, *pleurant* : Pardon, ma bonne ; je vous en prie, ne dites pas cela à maman, parce que ce n'est pas vrai.

— Allez-vous bientôt finir vos pleurnicheries ? Plus vous serez méchante et maussade, plus j'en dirai. »

Christine essuya ses yeux, retint ses sanglots, étouffa ses soupirs, et, après une demi-heure de route, ils arrivèrent au château des Ormes, où demeuraient les parents de Christine. La bonne l'entraîna au salon ; M. et Mme des Ormes y étaient : elle la fit entrer de force. Christine restait près de la porte, n'osant parler. Mme des Ormes leva la tête.

« Approchez, Christine ; pourquoi restez-vous à la porte comme une coupable ? Mina, est-ce que Christine a été méchante ?

MINA : Comme à l'ordinaire, Madame ; Madame sait bien que Mlle Christine ne m'écoute jamais.

CHRISTINE, *pleurant* : Ma bonne, je vous assure...

MADAME DES ORMES : Laissez parler votre bonne. Qu'a-t-elle fait, Mina ?

MINA : Elle ne voulait pas revenir, Madame ; après m'avoir fait longtemps attendre, elle se débattait encore pour rester avec sa cousine ; il a fallu que je l'entraînasse de force. »

Mme des Ormes s'était levée ; elle s'approcha de Christine.

MADAME DES ORMES : Vous m'aviez promis d'être sage, Christine ?

CHRISTINE : Je... vous assure,... maman,... que j'ai été... sage... répondit la pauvre Christine en sanglotant.

— Oh ! Mademoiselle, reprit la bonne en joignant les mains, ne mentez pas ainsi ! C'est bien vilain de mentir, Mademoiselle.

MADAME DES ORMES, *à Christine* : Ah ! vous allez encore mentir comme vous faites toujours ! Vous voulez donc le fouet ? »

M. des Ormes, qui n'avait rien dit jusque-là, s'approcha de sa femme.

M. DES ORMES : Ma chère, je demande grâce pour Christine. Si elle a été désobéissante, elle ne recommencera pas...

MADAME DES ORMES : Comment, *si* ? Mina s'en plaint continuellement et ne peut pas en venir à bout,... à ce qu'elle dit.

M. DES ORMES, *avec impatience* : Mina, Mina !... Avec nous, Christine est toujours parfaitement sage ; elle obéit avec la docilité d'un chien d'arrêt.

MADAME DES ORMES : Parce qu'elle a peur d'être punie. Voyons, Mina, vous m'ennuyez avec vos plaintes continuelles ; vous exagérez toujours. »

Mme des Ormes questionna Christine, malgré l'humeur visible de Mina, dont M. des Ormes examina la physionomie fausse et méchante.

Mme des Ormes finit par douter de la culpabilité de Christine, qu'elle remit à Mina pour la faire coucher, en lui recommandant de ne pas la gronder. Quand M. des Ormes se trouva seul avec sa femme, il lui dit avec émotion :

« Vous êtes sévère pour cette pauvre enfant, vous croyez trop aux accusations de cette bonne, qui se plaint pour un rien.

MADAME DES ORMES : Vous appelez la désobéissance un rien ?

M. DES ORMES : A savoir si elle a désobéi.

MADAME DES ORMES : Comment, *si* elle a désobéi ? Puisque Mina le dit !

M. DES ORMES : Mina ne m'inspire aucune confiance ; je l'ai surprise déjà plus d'une fois à mentir ; et, de plus, je crois qu'elle déteste cette petite.

MADAME DES ORMES : Ce n'est pas étonnant ! Avec elle, Christine est toujours désagréable et maussade.

M. DES ORMES : Ce qui prouve que Mina s'y prend mal. Mais... vous êtes trop sévère avec Christine, parce que vous ne surveillez pas assez ce qui se passe, et que vous ajoutez foi aux plaintes de la bonne. Christine a une peur affreuse de cette Mina ! De grâce, mettez-y plus de soin et de surveillance.

MADAME DES ORMES : Ah ! je vous en prie, parlons d'autre chose. Ce sujet m'impatiente. »

M. des Ormes soupira, quitta le salon, et, curieux de

voir ce que faisait Mina, il alla voir si Christine se consolait de sa triste journée ; il entra chez elle. Christine était dans son lit, et, seule, elle pleurait tout bas. M. des Ormes s'approcha, se pencha vers le lit de sa fille.

« Où est ta bonne, Christine ?

CHRISTINE : Elle est sortie, papa.
M. DES ORMES : Comment ? elle te laisse toute seule ?
CHRISTINE : Oui, toujours quand je suis couchée.
M. DES ORMES : Veux-tu que je l'appelle ?

— Oh non ! non ! Laissez-la, je vous en prie, papa, s'écria Christine avec effroi.

— Pourquoi as-tu peur d'elle ? »

Christine ne répondit pas. Son père insista pour savoir la cause de sa frayeur ; la petite finit par répondre bien bas :

« Je ne sais pas. »

Ne pouvant en obtenir autre chose, il quitta Christine, triste et préoccupé. Sa conscience lui reprochait son insouciance pour elle et le peu de soin qu'il prenait de son bien-être, sa femme ne s'en occupant pas du tout. Quand il rentra au salon, il trouva Mme des Ormes d'assez mauvaise humeur ; il ne lui reparla plus de Christine ni de Mina, mais il forma le projet de surveiller la bonne et de la faire partir à la première méchanceté ou calomnie dont elle se rendrait coupable.

III
Deux années qui font deux amis

Peu de jours après, M. des Ormes fut appelé à Paris pour une affaire importante ; il aurait désiré y aller seul, mais sa femme voulut absolument l'accompagner, disant qu'elle avait à faire des emplettes indispensables ; elle se rendit en toute hâte chez sa belle-sœur de Cémiane pour lui annoncer son départ.

MADAME DE CÉMIANE : Et Christine, l'emmenez-vous ?

MADAME DES ORMES : Certainement non ; que voulez-vous que j'en fasse pendant mes courses, mes emplettes ? Je n'emmène que ma femme de chambre et un domestique.

MADAME DE CÉMIANE : Que deviendra donc Christine ?

MADAME DES ORMES : D'abord, mon absence durera à peine quinze jours ; elle restera avec sa bonne, qui n'a pas autre chose à faire qu'à la soigner.

MADAME DE CÉMIANE : Il me semble que Christine la craint beaucoup ; ne pensez-vous pas qu'elle soit trop sévère ?

MADAME DES ORMES : Pas du tout ! Elle est ferme, mais très bonne. Christine a besoin d'être menée un peu sévèrement ; elle est raisonneuse, impertinente même, et toujours prête à résister.

MADAME DE CÉMIANE : Je ne l'aurais pas cru ! elle paraît si douce, si obéissante ! Je la ferai venir souvent chez moi pendant votre absence, n'est-ce pas ?

MADAME DES ORMES : Tant que vous voudrez, ma chère ; faites comme vous voudrez et tout ce que vous voudrez, pourvu qu'elle reste établie aux Ormes avec sa bonne. Adieu, je me sauve, je pars demain, et j'ai tant à faire ! »

Mme des Ormes rentra, s'occupa de ses paquets, recommanda à Mina de mener souvent Christine chez sa tante de Cémiane, et partit le lendemain de bonne heure.

Cette absence devait être de quinze jours ; elle se prolongea de mois en mois pendant deux ans, à cause d'un voyage à la Martinique que dut faire M. des Ormes, qui avait placé là une grande partie de sa fortune. Mme des Ormes voulut à toute force l'accompagner, car elle aimait tout ce qui était nouveau, extraordinaire, et surtout les voyages. Pendant ces deux ans, les Cémiane et M. de Nancé ne quittèrent pas la campagne, heureusement pour Christine, qui voyait sans cesse Gabrielle, Bernard et leur ami François. Christine conçut une amitié très vive pour François, dont la bonté et la complaisance la touchaient et lui donnaient le désir de l'imiter. Elle allait souvent passer des mois entiers chez sa tante, qui avait pitié de son abandon. Mina était hypocrite aussi bien que méchante, de sorte qu'elle sut se contenir en présence des étrangers, et que personne ne devina combien la pauvre Christine avait à souffrir de sa dureté et de sa négligence. Christine n'en parlait jamais, parce que Mina l'avait menacée des plus terribles punitions si elle s'avisait de se plaindre à ses cousins ou à quelque autre.

Paolo aimait et protégeait Christine ; il aimait aussi François, auquel il donnait des leçons de musique et d'italien, ce qui lui faisait gagner cinquante francs par mois, somme considérable dans sa position, et suffisante pour le faire vivre. Il avait aussi quelques malades qui l'appelaient, le sachant médecin et peu exigeant pour le payement de ses visites. D'ailleurs, il passait des semaines entières chez M. de Nancé. Ces deux années se passèrent donc heureusement pour tous nos amis. On avait tous les mois à peu près des nouvelles de M. et de Mme des Ormes ; ils annoncèrent enfin leur retour pour le mois de juillet, et cette fois ils furent exacts. L'entrevue avec Christine ne fut pas attendrissante ; son père et sa mère l'embrassèrent sans émotion, la trouvèrent très grande et embellie : elle avait huit ans, avec la raison et l'intelligence d'un enfant de dix pour le moins. Son instruction ne recevait pas le même développement ; Mina ne lui apprenait rien, pas même à coudre ; Christine avait appris à lire presque seule, aidée de Gabrielle et de François, mais elle n'avait de livres que ceux que lui prêtait Gabrielle ; François ignorait son dénuement, sans quoi il lui eût donné toute sa bibliothèque.

Le lendemain du retour de M. et de Mme des Ormes, ils reçurent un mot de Mme de Cémiane, qui leur demandait de venir passer la journée suivante avec eux et d'amener Christine.

« Il faut, disait-elle, que je vous présente un nouveau voisin de campagne, M. de Nancé, qui est charmant ; et un demi-médecin italien, fort original, qui vous amusera ; il me fait savoir, par un billet attaché au collier de mon chien de garde, qu'il viendra chez moi demain. Amenez-nous Christine ; Gabrielle vous le demande instamment.

MADAME DES ORMES : Je suis bien aise que votre sœur fasse quelques nouvelles connaissances dans le voisinage ; nous en profiterons et nous les engagerons à dîner pour la semaine prochaine.

M. DES ORMES : Comme vous voudrez, ma chère ; mais il me semble qu'il vaudrait mieux attendre qu'ils nous eussent fait une visite.

MADAME DES ORMES : Pourquoi attendre ? Si l'un est charmant et l'autre original, comme dit notre sœur, je veux les avoir chez moi ; ils nous amuseront. »

M. des Ormes garda le silence, comme d'habitude, devant l'opposition de sa femme. Elle courut dans sa chambre pour préparer sa toilette du lendemain.

Elle ne songea pas à Christine, mais M. des Ormes prévint la bonne qu'ils emmèneraient Christine avec eux. Les yeux de Christine brillèrent : elle eut peine à contenir sa joie ; sa bouche souriait malgré elle, et ses joues s'animèrent d'un éclat extraordinaire ; mais la présence de sa bonne arrêta tout signe extérieur de satisfaction ; elle resta silencieuse et immobile. La journée lui parut interminable ; le lendemain elle s'éveilla de bonne heure ; sa bonne dormit tard, et la pauvre Christine attendit deux grandes heures le réveil de Mina.

La certitude d'avoir une journée de liberté mit la bonne de belle humeur ; elle ne brusqua pas trop Christine, ne lui arracha pas les cheveux en la peignant, ne lui mit pas trop de savon dans les yeux en la débarbouillant, l'habilla proprement, et lui donna pour son premier déjeuner un peu de beurre sur son pain, douceur à laquelle Christine n'était pas accoutumée ; car la bonne mangeait habituellement le beurre et le chocolat au lait destinés à Christine, et ne lui donnait que du pain et une tasse de lait.

La matinée s'avançait, personne ne venait chercher Christine ; elle commençait à s'inquiéter, surtout quand elle entendit les allées et venues qui annonçaient le départ, et enfin le bruit de la voiture devant le perron. Elle n'osait rien demander à sa bonne, mais son visage s'attristait, ses yeux se mouillaient, lorsque la porte s'ouvrit, et M. des Ormes entra. S'avançant vers elle :

« Christine, nous partons ; es-tu prête ?

CHRISTINE : Oui, papa, depuis longtemps.

M. DES ORMES : Pourquoi tes yeux sont-ils pleins de larmes ? Aimes-tu mieux rester à la maison ?

CHRISTINE : Oh non ! non, papa ! J'avais peur que vous ne m'oubliassiez.

M. DES ORMES : Ma pauvre fille, je ne t'oublie pas, tu le vois bien. Allons vite, pour ne pas faire attendre ta maman. »

Christine ne se le fit pas dire deux fois et courut à son père, qui l'emmena précipitamment. Il entendait la voix mécontente de sa femme ; elle arrivait au perron et appelait :

« Philippe, où êtes-vous donc ? Où est M. des Ormes ? Pourquoi Christine ne vient-elle pas ?

— Me voici, Madame, répondit le domestique sortant de l'antichambre. Monsieur est monté chez Mademoiselle.

madame des ormes : Allez leur dire que je les attends.

m. des ormes : Ne vous impatientez pas, ma chère ; j'étais allé chercher Christine.

madame des ormes : Bonjour, Christine. Pourquoi n'es-tu pas venue chez moi ?

christine : Maman, j'attendais ma bonne, qui m'avait défendu de sortir sans elle.

madame des ormes : Mina a toujours des idées baroques ! Quelle nécessité d'enfermer cette enfant et de l'empêcher de venir dans ma chambre ! Et toi, Christine, si tu avais eu un peu d'esprit, tu n'aurais pas attendu la permission de Mina... Comme tu es rouge, Christine ; tu n'es pas jolie, ma pauvre fille !

m. des ormes : Il est impossible de savoir si elle a de l'esprit puisqu'elle ne parle guère ; devant nous, du moins ; et, quant à sa laideur, je ne puis vous l'accorder, car elle vous ressemble extraordinairement. »

M. des Ormes sourit malicieusement en disant ces mots, et voulut aider sa femme à monter en voiture ; mais elle le repoussa en disant avec humeur :

« Laissez-moi ; je monterai bien sans votre aide. »

Il prit Christine dans ses bras et voulut la mettre dans la voiture, près de sa mère.

« Mettez-la sur le siège, dit Mme des Ormes ; elle va chiffonner ma jolie robe ou elle la salira avec ses pieds. »

M. des Ormes plaça Christine sur le siège, près du cocher.

« Faites bien attention à la petite, dit-il en la lui remettant.

le cocher : Que Monsieur soit tranquille, j'y veillerai, elle est si mignonne, si douce, pauvre petite ! Ce serait bien dommage qu'il lui arrivât quelque chose. »

Christine n'avait pas dit un mot tout ce temps ; elle osait à peine respirer, tant elle avait peur d'augmenter l'humeur de sa mère et d'être laissée à la maison. Quand la voiture partit, elle poussa un soupir de satisfaction.

« Vous avez quelque chose qui vous gêne, Mademoiselle Christine ? demanda le cocher.

CHRISTINE : Non, au contraire ; je suis si contente que nous soyons partis ! J'avais si peur de rester à la maison !

LE COCHER : Pauvre petite Mam'selle ! Votre bonne vous rend la vie dure tout de même.

CHRISTINE : Oh ! taisez-vous, je vous en prie, bon Daniel ; si ma bonne le savait !

LE COCHER : C'est vrai tout de même ! Pauvre petite ! vous n'en seriez pas plus heureuse.

CHRISTINE : Mais je vais voir Gabrielle, qui est si bonne pour moi ! et le petit François, qui est si bon ! et mon cousin Bernard, que j'aime tant ! Je suis heureuse, très heureuse, je vous assure !

— Aujourd'hui, dit Daniel en lui-même ; mais demain ce sera autre chose. »

Christine ne parla plus, elle songea avec bonheur à la bonne journée qu'elle allait passer ; la route n'était pas longue, on ne tarda pas à arriver, car il n'y avait que trois kilomètres du château des Ormes à celui de M. et Mme de Cémiane. Gabrielle et Bernard se précipitèrent à la rencontre de leur cousine, que M. des Ormes avait fait descendre de dessus le siège.

« Viens vite, lui dit Gabrielle, j'ai habillé une poupée comme une mariée ; viens voir comme elle est jolie ! Elle est pour toi. »

Mme des Ormes était déjà entrée au salon, et Christine se laissa aller à toute sa joie ; Gabrielle et Bernard l'emmenèrent dans leur chambre, où elle trouva sa poupée étendue sur un joli petit lit et habillée en robe de mousse-

line blanche, avec un voile comme pour une première communion. Christine ne cessait de remercier Gabrielle, et Bernard aussi, qui avait travaillé avec le menuisier au petit lit de la poupée. François ne tarda pas à se joindre à ses amis ; Christine lui témoigna sa joie de le revoir. Pendant que son cœur se dilatait et que sa langue se déliait, Mme des Ormes faisait la gracieuse avec M. de Nancé, que lui avait présenté Mme de Cémiane, et l'Italien, qui saluait et qui faisait son possible pour plaire à Mme des Ormes, afin d'être engagé à aller la voir, ce qui lui ferait une connaissance de plus.

Il avait bien vite deviné que c'était à Mme des Ormes qu'il fallait plaire pour être admis chez elle ; aussi ne cessa-t-il de chercher les occasions de lui être agréable ; elle laissa tomber une épingle qui attachait son châle, Paolo se précipita à quatre pattes pour la chercher.

MADAME DES ORMES : Ce n'est pas la peine, Monsieur Paolo : une épingle n'a rien de précieux.

PAOLO : Oh ! une épingle portée par vous, belle signora, est oune trésor.

MADAME DES ORMES, *riant* : Joli trésor ! Voyons, Monsieur Paolo, finissez vos recherches ; je vous répète que ce n'est pas la peine.

PAOLO : Zamais, signora ; zé resterai ployé vers la terre zousqu'à la trouvaille dé cé trésor.

— Madame la comtesse est servie ! » annonça un valet de chambre.

Chacun se dirigea vers la salle à manger ; Paolo restait à quatre pattes. Il se releva sur ses genoux quand tout le monde fut sorti.

« Per Bacco ! dit-il à mi-voix en se grattant la tête ! z'ai fait oune sottise... Quoi faire ?... ils vont manzer tout ! Et cette couquine d'épingle, quoi faire ? Ah ! z'ai oune idée ! Bella ! bellissima ! zé vais prendre oune épingle sour la table et zé dirai : « Voilà, voilà votre épingle ! Zé l'ai trouvée ! »

Il sauta sur ses pieds, saisit une des épingles qui garnissaient une pelote à ouvrage posée sur la table et se précipita vers la salle à manger d'un air triomphant.

« Voilà, voilà, signora ! Zé l'ai trouvée !

— Ah ! ah ! ah ! dit Mme des Ormes riant aux éclats, ce n'est pas la mienne ! Elle est blanche, la mienne était noire !

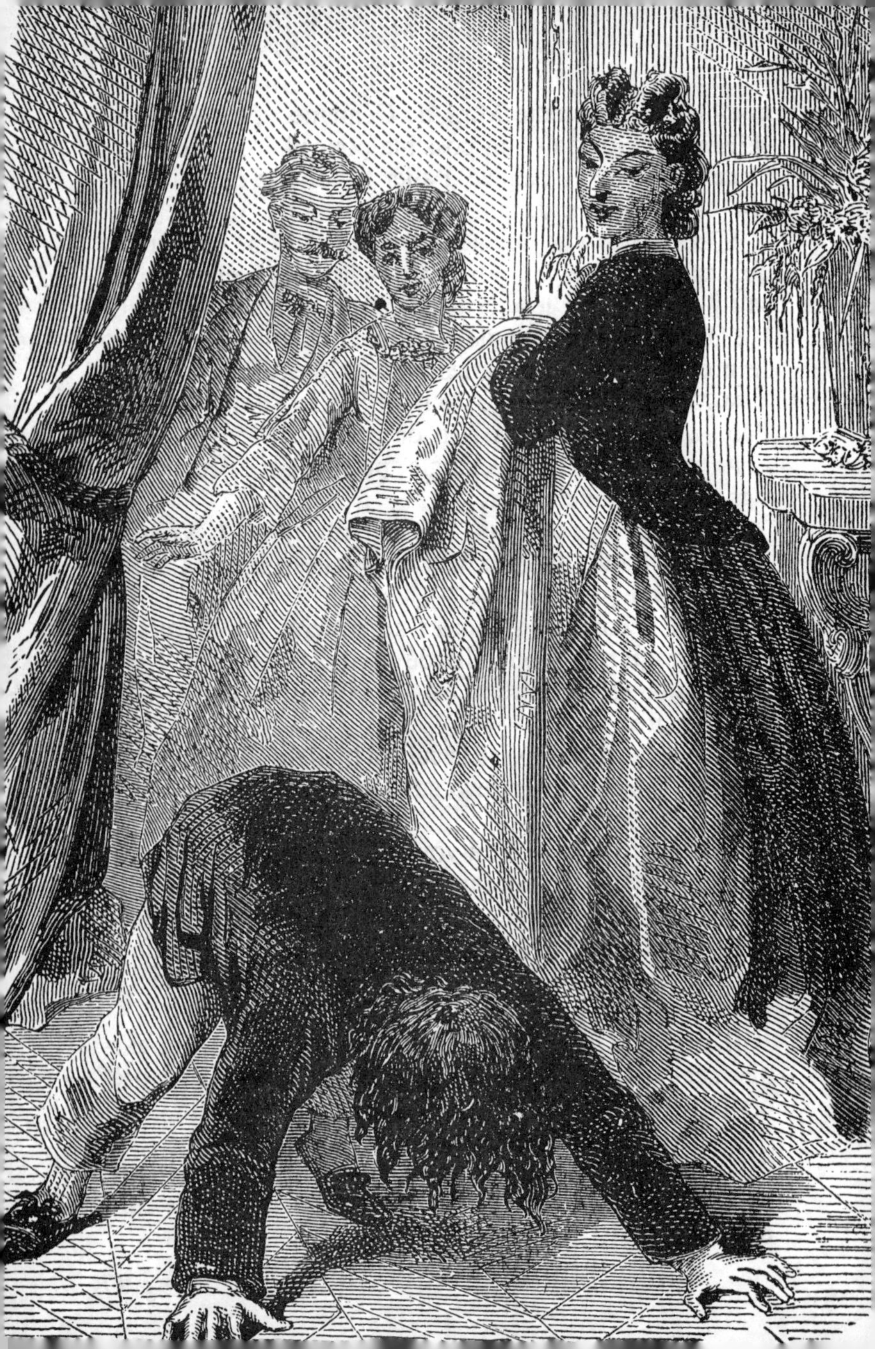

— Dio mio ! s'écria le malheureux Paolo, consterné de ce qu'il venait d'entendre ! c'est parce que zé l'ai frottée à..., à... mon horloze d'arzent.

— Voyons, Monsieur Paolo, finissez vos folies et mangez votre omelette, dit M. de Cémiane à demi mécontent ; le déjeuner n'en finira pas, et les enfants n'auront pas le temps de s'amuser et de faire leur pêche aux écrevisses. »

Paolo ne se le fit pas dire deux fois ; il se mit à table et avala son omelette avec une promptitude qui lui fit regagner le temps perdu. Mme des Ormes regardait souvent Christine et la reprenait du geste et de la voix.

« Tu manges trop, Christine ! N'avale donc pas si gloutonnement !... Tu prends de trop gros morceaux !... »

Christine rougissait, ne disait rien ; François, qui était près d'elle, la voyant prête à pleurer, après une dixième observation, ne put s'empêcher de répondre pour elle :

« C'est parce qu'elle a très faim, Madame ; d'ailleurs, elle ne mange pas beaucoup ; elle coupe ses bouchées aussi petites que possible. »

Mme des Ormes ne connaissait pas François ; elle le regarda d'un air étonné.

MADAME DES ORMES : Qui êtes-vous, mon petit chevalier, pour prendre si vivement la défense de Christine ?

FRANÇOIS : Je suis son ami, Madame, et je la défendrai toujours de toutes mes forces.

MADAME DES ORMES : Qui ne sont pas grandes, mon pauvre petit.

FRANÇOIS : Non, c'est vrai ; mais j'ai papa pour soutien, si j'en ai besoin.

MADAME DES ORMES, *d'un air moqueur* : Oh ! oh ! voudriez-vous me livrer bataille, par hasard ? Et où est-il, votre papa, mon petit Ésope ?

— Près de vous, Madame, reprit M. de Nancé d'une voix grave et sévère.

MADAME DES ORMES, *très surprise* : Comment ? ce petit..., ce..., cet aimable enfant ?

M. DE NANCÉ : Oui, Madame, ce petit *Ésope*, comme vous venez de le nommer, est mon fils ; j'ai l'honneur de vous le présenter.

MADAME DES ORMES, *embarrassée* : Je suis désolée..., je suis charmée !... je regrette... de ne l'avoir pas su plus tôt.

M. DE NANCÉ : Vous lui auriez épargné cette nouvelle humiliation, n'est-ce pas, Madame ? Pauvre enfant ! il en a tant supporté ! Il y est plus fait que moi !

FRANÇOIS : Papa ! papa ! je vous en prie, ne vous en affligez pas ! Je vous assure que cela m'est égal ! Je suis si heureux ici, au milieu de vous tous ! Bernard, Gabrielle et Christine sont si bons pour nous ! Je les aime tant !

— Et nous aussi nous t'aimons tant, mon bon François, dit Christine à demi-voix en lui serrant la main dans les siennes.

— Et nous t'aimerons toujours ! Tu es si bon ! reprit Gabrielle en lui serrant l'autre main.

BERNARD : Et partout et toujours nous nous défendrons l'un l'autre ; n'est-ce pas, François ? »

Mme des Ormes était restée fort embarrassée pendant ce dialogue ; M. des Ormes ne l'était pas moins qu'elle, pour elle ; M. et Mme de Cémiane étaient mal à l'aise et mécontents de leur sœur. M. de Nancé restait triste et pensif. Tout à coup Paolo se leva, étendit le bras et dit d'une voix solennelle :

« Écoutez tous ! Écoutez-moi, Paolo. Zé dis et zé zoure qué lorsque cet enfant, que la signora appelle Esoppo, aura vingt et oune ans, il sera aussi grand, aussi belle que son respectabile signor padre. C'est moi qui lé ferai parce que l'enfant est bon, qu'il m'a fait oune énorme bienfait, et..., et que zé l'aime.

M. DE NANCÉ : C'est la seconde fois que vous me faites cette bonne promesse, Monsieur Paolo ; mais si vous pouvez réellement redresser mon fils, pourquoi ne le faites-vous pas tout de suite ?

— Patience, signor mio, zé souis médecin. A présent, impossible, l'enfant grandit ; à dix-huit ou vingt-ans, c'est bon ; mais avant, mauvais. »

M. de Nancé soupira et sourit tout à la fois en regardant François, dont le visage exprimait le bonheur et la gaieté. Il causait d'un air fort animé avec ses amis ; tous parlaient et riaient, mais à voix basse ; pour ne pas troubler la conversation des grandes personnes.

IV
Les caractères se dessinent

Le déjeuner était fort avancé. Bernard demanda a sa mère s'il pouvait sortir de table avec Gabrielle, Christine et François. La permission fut accordée sans difficulté, et les enfants disparurent pour s'amuser dans le jardin.

CHRISTINE : Mon bon François, comme je te remercie d'avoir pris ma défense ! Je ne savais plus comment faire pour manger comme maman voulait.

FRANÇOIS : C'est pour cela que j'ai parlé pour toi, Christine ; je voyais bien que tu n'osais plus manger, que tu avais envie de pleurer. Ça m'a fait de la peine.

CHRISTINE : Et moi aussi, j'ai eu du chagrin quand maman a eu l'air de se moquer de toi.

FRANÇOIS : Oh ! il ne faut pas te chagriner pour cela !

Je suis habitué d'entendre rire de moi. Cela ne me fait rien ; c'est seulement quand papa est là que je suis fâché, parce qu'il est toujours triste quand il entend se moquer de ma bosse. Il m'aime tant, ce pauvre papa !

BERNARD : Oh oui ! il est bien meilleur que ma tante des Ormes, qui n'aime pas du tout la pauvre Christine.

CHRISTINE : Je t'assure, Bernard, que tu te trompes. Maman m'aime ; seulement, elle n'a pas le temps de s'occuper de moi.

BERNARD : Pourquoi n'a-t-elle pas le temps ?

CHRISTINE : Parce qu'il faut qu'elle fasse des visites, qu'elle s'habille, qu'elle essaye des robes ! Et puis elle a des personnes qui viennent la voir ! Et puis ils sortent ensemble ! Et puis... beaucoup d'autres choses encore.

FRANÇOIS : Et toi, qu'est-ce que tu fais pendant ce temps ?

CHRISTINE : Je reste avec ma bonne ; et c'est ça qui est terrible ! Elle est si méchante, ma bonne !

FRANÇOIS : Pourquoi ne le dis-tu pas à ta maman ?

CHRISTINE : Parce que ma bonne me battrait horriblement ; elle dirait des mensonges à maman, et je serais encore grondée et punie.

FRANÇOIS : Pourquoi ne dis-tu pas à ta maman que ta bonne est une méchante menteuse ?

CHRISTINE : Maman ne me croirait pas ; elle croit toujours ma bonne.

FRANÇOIS : Alors, moi, je vais le dire à papa pour qu'il le dise à ta maman.

CHRISTINE : Non, non, François, je t'en prie, ne dis rien ; ma bonne me gronderait et me battrait bien plus, et maman ne me croirait pas. Je n'en parle qu'à toi, parce que je t'aime plus que tout le monde.

FRANÇOIS : Mais tu es malheureuse, pauvre Christine, et je ne peux pas supporter cela.

CHRISTINE : Mais non ! quand je suis ici, avec toi surtout, je suis très heureuse ; j'y viens presque tous les jours ; et quand ma bonne n'est pas avec moi, je ne suis pas malheureuse.

FRANÇOIS : Je voudrais bien que papa allât chez toi.

CHRISTINE : Pourquoi n'y vient-il pas ?

FRANÇOIS : Parce que ta maman voit beaucoup de monde ; elle est très élégante, et papa n'aime pas cela.

CHRISTINE : Mais il vient chez ma tante ; c'est la même chose !

FRANÇOIS : Il dit que non ; que vous êtes tous très bons, que ta tante et ton oncle ne font pas d'élégance, qu'ils reçoivent simplement et sans toilette, et je ne sais quoi encore que j'ai oublié. »

Bernard et Gabrielle, qui s'étaient éloignés, reviennent.

BERNARD : C'est ennuyeux de ne rien faire ! Si nous commencions notre pêche aux écrevisses ?

GABRIELLE : Oui, oui, commençons ; demandons les pêchettes, la viande crue, les paniers.

BERNARD : Mais il nous faut quelqu'un pour nous aider.

FRANÇOIS : Voici tout juste M. Paolo ; mais il ne nous voit pas. »

Les enfants se mirent à crier :
« Monsieur Paolo ! par ici ! »
Paolo se retourne et s'avance vers eux à pas précipités. Il salue :
« Messieurs, Mesdemoiselles... à quel service vous voulez Paolo ? Lé voici !

FRANÇOIS : Mon bon Monsieur Paolo, voulez-vous nous aider à arranger nos pêchettes pour prendre des écrevisses ?

PAOLO : Oui, signor ; tout pour votre service. Paolo, reconnaissant, n'oublie jamais ni bon ni mauvais. »

Tous coururent chercher ce qu'il leur fallait, et revinrent près du ruisseau ; Paolo allait, venait, déployait les pêchettes, les mettait dans l'eau.

« Pas là, pas là, Monsieur Paolo ! criaient les enfants : il y a des branches qui accrochent la pêchette. »

Paolo changeait de place.

« Pas là, pas là ! criaient Bernard et Gabrielle : il n'y a pas d'eau ; il n'y a que des pierres.

PAOLO : L'écrevisse aime les pierres, signor Bernardo.

BERNARD : Quand les pierres sont dans l'eau, mais pas quand elles sont perchées en l'air.

PAOLO : L'écrevisse a des pattes, signor Bernardo.

BERNARD : Pour marcher dans l'eau, mais pas pour en sortir, grimper et tomber.

PAOLO : L'écrevisse a oune queue, signor Bernardo.

BERNARD : Pour se soutenir dans l'eau, mais pas en l'air.

PAOLO : L'écrevisse a oune peau doure, signor Bernardo.

BERNARD : Ah bah ! Vous m'ennuyez, Monsieur Paolo ! Je vous dis que les pêchettes sont très mal là ! Donnez-les-moi, que je les place comme il faut.

PAOLO : Voilà, signor Bernardo. »

Paolo tendit la pêchette déjà accrochée à une racine qui sortait d'un rocher. Bernard la prit et la plaça avec deux autres dans un recoin où venaient se réfugier quelques écrevisses.

Pendant qu'il arrangeait ses pêchettes, Paolo restait immobile, un peu honteux, un peu mécontent, et n'osant le témoigner. François et Christine s'aperçurent de son embarras, et s'approchèrent de lui :

« Mon cher Monsieur Paolo, lui dit tout bas le petit François, prenons les quatre pêchettes qui restent, et allons les mettre près d'un rocher où vous vouliez mettre les autres ; je suis sûr qu'il y a des écrevisses par là.

— Vous croyez, signor excellentissimo ? dit Paolo d'un air joyeux.

CHRISTINE : Oui, oui, François a raison, mon pauvre Monsieur Paolo ; venez avec nous. »

Paolo sourit et saisit les pêchettes oubliées ; il les arrangea, les plaça très habilement et attendit patiemment les écrevisses ; elles ne tardèrent pas à arriver en foule, si bien que lorsque Bernard leva sa pêchette en criant d'un air triomphant :

« J'en ai trois ! »

Paolo leva les siennes et s'écria avec une voix retentissante :

« Z'en ai dix-houit et des souperbes !

BERNARD : Dix-huit ! Près de ce rocher ? Pas possible ! »

Bernard et Gabrielle coururent aux pêchettes de Paolo, et comptèrent en effet dix-huit belles écrevisses.

« C'est vrai, dit Gabrielle, M. Paolo avait raison.

— Et Bernard a eu tort ! dit Christine à Gabrielle en s'éloignant. Il a fait de la peine à ce pauvre M. Paolo, qui est très bon et très complaisant.

GABRIELLE : Oui, mais il est si ridicule !

CHRISTINE : Qu'est-ce que ça fait, s'il est bon ?

GABRIELLE : C'est vrai, mais c'est tout de même ennuyeux d'être ridicule.

CHRISTINE : Gabrielle, est-ce que tu n'aimes pas François ?

GABRIELLE : Si fait, mais je ne voudrais pas être comme lui.

CHRISTINE : Et moi, je le trouve si bon, que je l'aime cent fois plus que Maurice et Adolphe de Sibran, qui sont si beaux.

GABRIELLE : Pas moi, par exemple ; François est bon, c'est vrai ; mais quand il y a du monde, je suis honteuse de lui.

CHRISTINE : Moi, jamais je ne serai honteuse de François, et je voudrais être sa sœur pour pouvoir être toujours avec lui.

GABRIELLE : Je serais bien fâchée d'avoir un frère bossu !

CHRISTINE : Et moi, je serais bien heureuse d'avoir un frère si bon !

— Signorina Christina dit bien, fait bien et pense bien, dit Paolo, qui s'était approché d'elles sans qu'elles le vissent.

GABRIELLE : Comme c'est vilain d'écouter, Monsieur Paolo ! Vous m'avez fait peur.

PAOLO, *avec malice* : On a toujours peur quand on dit mal, signorina.

GABRIELLE : Je n'ai rien dit de mal. Vous n'allez pas raconter tout cela à François, je l'espère bien ?

PAOLO : Pourquoi ? Puisque vous n'avez rien dit de mal !

GABRIELLE : Non, certainement ; mais tout de même je ne veux pas que François sache ce que nous avons dit.

PAOLO : Pourquoi ? Pouisque...

FRANÇOIS : Monsieur Paolo, Monsieur Paolo, venez m'aider, je vous prie, à prendre les écrevisses et les mettre dans une terrine. »

Paolo alla vers François, qui achevait de retirer les écrevisses des pêchettes ; il les mettait à mesure dans une terrine couverte.

PAOLO : Pourquoi vous m'appelez, puisque c'est fini, signor Francesco ?

FRANÇOIS, *rougissant* : Parce que j'avais besoin de vous..., de votre aide.

— Non, non, ce n'est pas ça, dit Paolo en secouant la tête ; il y a autre chose... Dites le vrai ; Paolo sera discret, ne dira rien à personne.

FRANÇOIS : Eh bien, c'est parce que Gabrielle était embarrassée et que vous la tourmentiez ; j'ai voulu la délivrer.

PAOLO : Vous avez entendu ce qu'elles ont dit.

FRANÇOIS : Oui, tout ; mais il ne faut pas qu'elles le sachent.

PAOLO : Et vous venez au secours de Gabrielle ? c'est

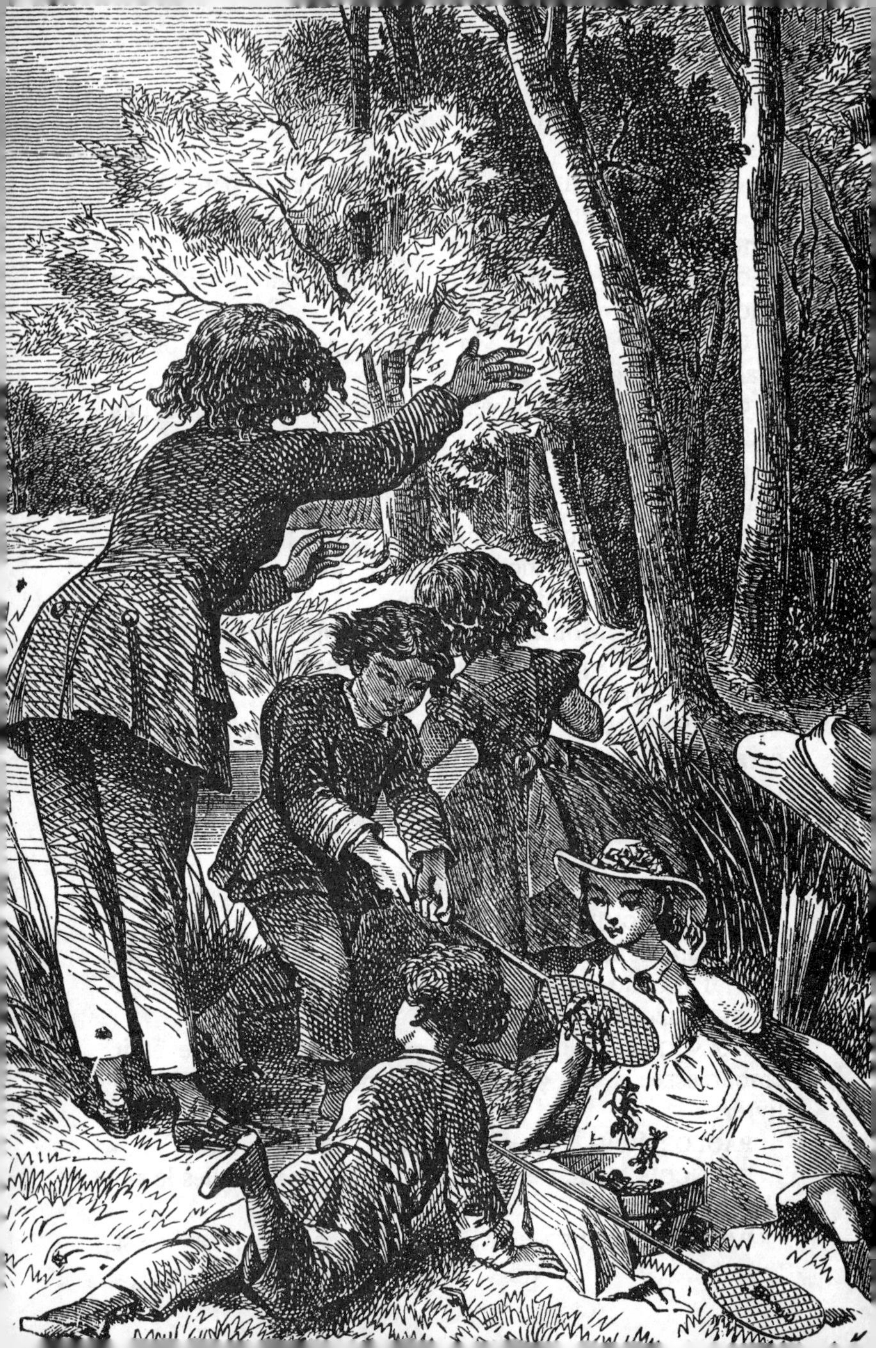

bien, ça ! c'est bien ! Zé vous ferai grand comme le signor papa ! Vous verrez. »

François se mit à rire ; il ne croyait pas à la promesse de Paolo, mais il était reconnaissant de sa bonne volonté.

La pêche continua quelque temps, pêche miraculeuse, car ils prirent en deux heures plus de cent écrevisses, grâce à Paolo et à François, qui plaçaient bien les pêchettes, et qui saisissaient les écrevisses au passage. La journée s'acheva très heureusement pour tout le monde ; Mme des Ormes, enchantée d'avoir deux personnes de plus à inviter, fut charmante pour M. de Nancé, qu'elle engagea à venir dîner chez elle le surlendemain avec François ; M. de Nancé allait refuser, quand il vit le regard inquiet et suppliant de son fils ; il accepta donc, à la grande joie de Christine et de son ami François. Mme des Ormes invita Paolo, qui salua jusqu'à terre pour témoigner sa reconnaissance ; M. et Mme de Cémiane promirent aussi de venir avec Bernard et Gabrielle. — En s'en allant, Mme des Ormes permit à Christine de se mettre dans la calèche, sa toilette ne devant plus être ménagée ; Christine était si contente de sa journée qu'elle ne pensa à sa bonne qu'en descendant de voiture ; heureusement que la bonne n'était pas rentrée et que Christine, aidée de la femme de Daniel, eut le temps de se déshabiller, de se coucher et de s'endormir avant le retour de Mina.

V
Attaque et défense

Le lendemain, sa vie de misère recommença ; habituée à souffrir et à se taire, elle se consola par la pensée du dîner du lendemain, qui devait la réunir à sa cousine et à son ami François. Mme des Ormes fut très agitée le jour du dîner ; elle avait une toilette élégante à préparer, une coiffure nouvelle à essayer, les apprêts du dîner à surveiller. Un nouveau cuisinier, qui n'avait pas encore fait de grands galas, lui donnait de vives inquiétudes ; elle craignait que quelque chose ne fût pas bien ; elle fit une douzaine de descentes à la cuisine, des visites innombrables à l'office, brouillant tout, grondant les domestiques, leur donnant des ordres contradictoires, aidant elle-même à piquer un gigot de mouton qui devait être présenté comme du chevreuil, dressant des corbeilles de fruits qui s'écroulaient avant que le sommet de la pyramide eût reçu ses derniers ornements. Son mari la suppliait de ne pas tant s'agiter, de laisser faire les domestiques.

« Vous les retarderez au lieu de les aider, ma chère ; votre agitation les gagne, et ils ne font que courir et discourir sans rien terminer.

MADAME DES ORMES : Laissez-moi tranquille ; vous n'y entendez rien, vous ne m'aidez jamais et vous voulez donner des conseils ! Ces domestiques sont bêtes et insupportables ; ils ne comprennent rien ; si je n'étais pas là, tout serait ridicule et affreux.

M. DES ORMES : Mais pourquoi tout ce train pour un dîner de famille ?

MADAME DES ORMES : De famille ? Vous appelez famille M. de Nancé et son fils, M. et Mme de Sibran et leurs fils, M. Paolo, M. et Mme de Guibert et leurs filles !

M. DES ORMES : Comment ! vous avez invité tout ce monde ?

MADAME DES ORMES : Certainement ! Je ne veux pas faire dîner M. de Nancé en tête à tête avec nous et avec ma sœur et son mari.

M. DES ORMES : Je crois qu'il l'aurait mieux aimé que de se trouver avec un tas de gens fort peu agréables et qu'il n'a jamais vus.

MADAME DES ORMES : C'est bon ! Vous n'y entendez rien, je vous le répète ; laissez-moi faire !... Grand Dieu ! trois heures ! Ils vont venir dans une heure ! Je ne suis ni coiffée ni habillée. »

Mme des Ormes sortit en courant. M. des Ormes leva les épaules et rentra dans sa chambre pour oublier, à l'aide d'une mélodie écorchée sur son violon, les bizarreries de sa femme et le joug qui pesait sur lui.

Christine, qui n'avait pas autant d'embarras de toilette que sa mère, fut prête de bonne heure et vit arriver, peu d'instants après, son oncle et sa tante de Cémiane avec Bernard et Gabrielle, puis M. de Nancé avec François et Paolo, puis les Sibran et les Guibert.

Mme des Ormes ne paraissait pas encore ; M. des Ormes semblait un peu embarrassé, faisait des excuses de l'absence de sa femme, qui, disait-il, avait eu beaucoup d'occupations.

Enfin, Mme des Ormes fit son apparition au salon dans une toilette resplendissante qui surprit toute la société ; elle provoqua les compliments, fit remarquer ses beaux bras (trop courts pour sa taille), sa peau blanche (blafarde et épaisse), sa taille parfaite (grâce à une épaule et à un côté rembourrés), ses beaux cheveux (crêpus et d'un noir indécis). M. et Mme de Cémiane souffraient du ridicule qu'elle se donnait ; les autres s'en amusaient et s'extasiaient sur les beautés qu'elle leur signalait et qu'ils n'auraient pas aperçues sans son aide.

Pendant ce temps, les enfants, au nombre de huit, s'amusaient et causaient dans un salon à côté. Maurice et Adolphe de Sibran examinaient avec une curiosité moqueuse le pauvre François, qu'ils ne connaissaient pas encore ; Hélène et Cécile de Guibert chuchotaient avec eux et jetaient sur François des regards dédaigneux.

« Qui est ce drôle de petit bossu ? demanda Maurice à Bernard.

BERNARD : C'est un ami que nous voyons depuis deux ans environ, et qui est très bon garçon.

MAURICE : Bon garçon, j'en doute ; les bossus sont toujours méchants ; aussi il faut les écraser avant qu'ils vous écorchent, et c'est ce que nous faisons, Adolphe et moi.

BERNARD : Celui-ci ne vous écorchera ni ne vous mordra ; je vous répète qu'il est très bon.

MAURICE : Bah ! bah ! laissez donc. Mais faites-nous faire connaissance avec lui.

BERNARD : Très volontiers, si vous voulez être bons pour lui.

MAURICE : Soyez tranquille, nous serons très polis et très aimables.

BERNARD : François, voici Maurice et Adolphe de Sibran qui veulent faire connaissance avec toi. »

François s'approcha de Bernard et tendit la main aux deux Sibran.

« Bonjour, bonjour, mon petit, dirent-ils presque ensemble ; vous êtes bien gentil, et je pense que vous savez déjà parler et causer. »

François regarda d'un air étonné et ne répondit pas.

« Je ne sais pas votre nom, continua Maurice, mais je le devine sans peine ; vous êtes sans doute parent d'un homme charmant qui s'appelait Ésope et qui est très célèbre par une excroissance qu'il avait sur le dos.

— Et sur la poitrine aussi, répondit François en souriant ; et vous savez sans doute, Messieurs, puisque vous êtes si savants, que son esprit est aussi célèbre que sa bosse ; et, sous ce rapport, je vous remercie de la comparaison, très flatteuse pour moi. »

Tout le monde se mit à rire ; Maurice et son frère rougirent, parurent vexés et voulurent parler, mais Christine s'écria :

« Bravo, François ! C'est bien fait ! Ils ont voulu te faire une méchanceté, et ce sont eux qui sont rouges et embarrassés.

MAURICE : Moi ! rouge, embarrassé ? Est-ce qu'un jeune homme comme moi (il avait douze ans) se laisse intimider par un pauvre petit de cinq à six ans tout au plus ?

CHRISTINE : Vraiment ! Vous lui donnez cinq à six ans ? Vous devez le trouver bien avancé pour son âge ? Il a mieux répondu que vous, et il connaît Ésope mieux que vous.

— Les enfants très jeunes ont quelquefois des idées au-dessus de leur âge, dit Maurice très piqué.

CHRISTINE : C'est vrai ! De même que les jeunes gens ont quelquefois des paroles au-dessous de leur âge. Mais je vous préviens que François a douze ans. Et qu'il est très avancé pour son âge.

MAURICE : M. François a douze ans ! Je ne l'aurais jamais cru. Moi aussi, j'ai douze ans.

CHRISTINE : Douze ans ! Je ne l'aurais jamais cru !

MAURICE : Quel âge me croyez-vous donc ? Quatorze ? Quinze ?

CHRISTINE : Non, non ; cinq ou six tout au plus.

55

— Christine, tu défends bien tes amis, dit Gabrielle en l'embrassant.

— Et ses amis en sont bien reconnaissants, dit François en l'embrassant à son tour.

— Et nous t'en aimons davantage, dit Bernard, l'embrassant de son côté.

— Et moi aussi, il faut que j'embrasse la signorina, s'écria Paolo en saisissant Christine et en appliquant un baiser sur chacune de ses joues.

— Ah ! vous m'avez fait peur, dit Christine en riant. Je ne mérite pas tous ces éloges ; j'étais fâchée que Maurice et Adolphe fissent de la peine à François, et j'ai répondu sans y penser.

HÉLÈNE, *riant* : Il faudra prendre garde à Christine quand elle sera grande.

FRANÇOIS : Elle est bien bonne et ne dit jamais de méchancetés à personne pourtant.

ADOLPHE, *avec ironie* : Vous trouvez ? Ce que c'est que d'avoir de l'esprit !

CHRISTINE : Et du cœur.

BERNARD : Ah ça ! quand finirons-nous nos disputes à coups de langue ? Si nous sortions avant le dîner ? Nous avons encore une heure.

— Sortons », répondirent toutes les voix ensemble.

Et tous se dirigèrent vers le jardin. Maurice et Adolphe étaient de mauvaise humeur ; ils entravèrent tous les jeux, et, n'osant se moquer tout haut de François, ils en rirent tout bas, ainsi que de Christine, avec Hélène et Cécile.

Après avoir rejeté plusieurs jeux, ils acceptèrent enfin celui de cache-cache ; on se divisa en deux bandes : l'une se cachait, l'autre cherchait. Maurice et Adolphe choisirent pour leur bande Hélène et Cécile ; François et Bernard prirent Gabrielle et Christine ; le sort désigna les premiers pour se cacher, les seconds pour chercher. Quand ces derniers entendirent le signal, ils se précipitèrent dans le bois pour chercher ; mais ils eurent beau courir, fureter, chercher partout, ils ne trouvèrent personne. Ils se réunirent pour décider ce qu'il y avait à faire.

« Retourner à la maison, dit Bernard.

— Faire tous ensemble le tour du petit bois, en criant : « Nous renonçons », dit Gabrielle.

— Leur crier qu'ils sont tricheurs, dit Christine.

— Suivre le conseil de Bernard, et revenir à la maison en passant par les serres et le jardin de fleurs », dit François.

Ce dernier avis prévalut : ils firent une fort jolie promenade et rentrèrent pour l'heure du dîner ; l'autre bande n'était pas encore de retour ; Bernard et François commencèrent à s'inquiéter et dirent à leurs pères ce qui était arrivé. MM. de Cémiane et de Nancé en firent part à MM. de Sibran et de Guibert, et tous les quatre allèrent à la recherche de la bande révoltée et rentrèrent sans l'avoir retrouvée.

VI
Les tricheurs punis

Le dîner fut retardé ; mais, personne ne revenant, on se mit à table fort agité et inquiet. On mangea quelques morceaux à la hâte ; puis les hommes se dispersèrent dans le parc pour chercher les absents ; les dames rentrèrent au salon, où bientôt les quatre enfants firent leur apparition, échevelés, leurs vêtements en lambeaux, rouges et suants, inondés de larmes.

Un *Ah !* général les accueillit ; les mères s'élancèrent vers leurs enfants.

« Petits imbéciles ! s'écria Mme de Sibran.

— Petites sottes ! s'écria de même Mme de Guibert.

— Hi ! hi ! hi ! nous... nous... sommes perdus..., répondirent les filles.

— Hi ! hi ! hi ! nous... avons été... poursuivis par... deux gros dogues, reprirent les garçons.

LES FILLES : Hi ! hi ! hi ! Ils ont manqué nous dévorer !

LES GARÇONS : Hi ! hi ! hi ! Il fait noir, on n'y voit plus.

MADAME DE SIBRAN : C'est votre faute, mauvais garçons. Pourquoi vous êtes-vous sauvés...

MADAME DE GUIBERT : C'est bien fait ! Cela vous apprendra à tricher, méchantes filles.

— Faites sonner la cloche pour faire rentrer ces Messieurs », dit Mme des Ormes au valet de chambre.

La cloche ne tarda pas à faire revenir les pères et leurs amis ; les enfants, perdus et retrouvés, furent encore grondés, et le dîner recommença, moins lugubre que dans sa première partie. Bernard, Gabrielle, Christine et François avaient peine à réprimer une violente envie de rire chaque fois qu'ils jetaient les yeux sur leurs malheureux camarades, dont les cheveux en désordre, les vêtements déchirés, les visages et les mains griffés, rouges, gonflés et suants, contrastaient avec l'avidité qu'ils déployaient devant chaque plat qu'on leur servait.

Quand leur appétit fut un peu satisfait, Gabrielle leur demanda comment et où ils s'était perdus.

CÉCILE : Nous voulions tricher et aller au-delà du carré que vous nous aviez fixé pour nous cacher, et nous sommes entrés dans le bois ; nous avons couru pour revenir à la maison sans que vous nous vissiez ; mais nous nous sommes trompés de chemin et nous avons marché longtemps, bien longtemps, sans savoir où nous étions. Maurice et Adolphe avaient peur et pleuraient...

MAURICE, *interrompant* : Pas du tout, je n'avais pas peur, et je riais.

CÉCILE : Tu riais ? Ah ! ah ! joliment ! Tu pleurais, mon cher, et c'est Hélène qui te rassurait et qui te consolait. Laisse-moi finir notre histoire... Nous marchions ou plutôt nous courions toujours en avant, lorsque deux chiens énormes et très méchants s'élancent d'un hangar et veulent se jeter sur nous ; nous crions : *Au secours !* Nous courons, les chiens courent après nous, nous attrapent, se jettent sur nous l'un après l'autre, déchirent nos vêtements, nous barrent le chemin et nous forcent, en aboyant après nous, à retourner sur nos pas. Un bonhomme sort de la maison et appelle les chiens : « Rustaud ! Partavo ! » Les chiens nous quittent et l'homme vient à nous.

« — Mes chiens vous ont fait peur, Messieurs, Mesdemoiselles ? Faites excuse ! Ils sont jeunes, ils sont joueurs ; ils ne vous auraient pas mordus tout de même. »

« Nous pleurions tous et nous ne pouvions répondre : l'homme s'en aperçut.

« — Est-ce que ces messieurs et ces demoiselles ont quelque chose qui leur fait de la peine ? Si je pouvais vous venir en aide, disposez de moi, je vous en prie.

« — Nous sommes perdus », lui répondit Maurice en sanglotant.

MAURICE, *interrompant* : Ah ! par exemple ! Je sanglotais ? Moi ? J'avais froid et je grelottais : voilà tout.

CÉCILE : Froid ? Par un temps pareil ? Tu suais et tu sues encore ; je te dis que tu sanglotais. Laisse-moi raconter ; ne m'interromps plus.

« — Perdu ? D'où êtes-vous donc, Messieurs, Mesde moiselles ? nous demanda l'homme.

« — Nous venons du château des Ormes.

« — Ah bien, vous serez bientôt de retour : vous êtes dans le parc.

« — Mais le parc est si grand que nous ne savons plus comment revenir.

« — Je vais vous ramener, Messieurs, Mesdemoiselles ; excusez mes chiens, s'il vous plaît, ils ne savaient pas à qui ils avaient affaire. »

L'homme nous a ramenés jusqu'au château, et j'ai bien dit à Maurice et à Adolphe que c'était leur faute si nous nous étions perdus, parce qu'ils voulaient jouer un mauvais tour à François et à Christine.

MAURICE : Ce n'est pas vrai, Mademoiselle : vous avez triché tout comme moi et mon frère.

HÉLÈNE : Parce que vous nous avez persuadées ; n'est-ce pas, Cécile ?

CÉCILE : Oui, c'est très vrai ; tu es furieux contre François parce qu'il t'a riposté très spirituellement, et contre Christine parce qu'elle a défendu François ; et je trouve qu'elle a bien fait et que tu as mal fait. »

Les parents écoutaient le récit et la discussion ; Mme des Ormes la termina en disant :

« Christine se mêle toujours de ce qui ne la regarde pas ; on dirait que François a besoin d'elle pour se défendre. Je te prie, Christine, de te taire une autre fois.

CHRISTINE : Mais, maman, ce pauvre François est si bon, qu'il ne veut jamais se venger, et...

MADAME DES ORMES : Et c'est toi qui te jettes en avant, sottement et impoliment. Si tu recommences, je t'empêcherai de voir François... Va te coucher, au reste ; dans ton lit, du moins, tu ne feras pas de sottises. »

M. de Nancé comprit le regard suppliant de Christine et l'air désolé de François.

« Madame, dit-il à Mme des Ormes, veuillez m'accorder la grâce de Mlle Christine ; en la punissant de son acte de courage et de générosité, vous punissez aussi mon fils et tous ses jeunes amis. Vous êtes trop bonne pour nous refuser la faveur que nous sollicitons.

MADAME DES ORMES : Je n'ai rien à vous refuser, Monsieur. Christine, restez, puique M. de Nancé le désire, et venez le remercier d'une bonté que vous ne méritez pas. »

Christine s'avança vers M. de Nancé, leva vers lui des yeux pleins de larmes, et commença :

« Cher Monsieur,... cher Monsieur,... merci... »

Puis elle fondit en larmes ; M. de Nancé la prit dans ses bras et l'embrassa à plusieurs reprises en lui disant tout bas :

« Pauvre petite !... Chère petite !... Tu es bonne !... Je t'aime bien !... »

Ces paroles de tendresse consolèrent Christine ; ses larmes s'arrêtèrent, et elle reprit sa place près de François, qui avait été fort agité pendant cette scène. Paolo n'avait rien dit depuis le commencement du dîner, qui avait absorbé toutes ses facultés ; mais on se levait de table ; il avait tout entendu et observé ; il s'approcha de François et lui dit :

« Quand zé vous ferai grand, vous donnerez soufflets au grand vaurien, le Maurice.

— Pourquoi ? lui demanda François surpris.

PAOLO : Pour venzeance ; c'est bon, venzeance.

FRANÇOIS : Non, c'est mauvais ; je pardonne, j'aime mieux cela. Notre-Seigneur pardonne toujours. C'est le démon qui se venge.

— Qui vous a appris cela ? demanda Paolo avec surprise.

FRANÇOIS : C'est mon cher et bon maître, papa.

CHRISTINE : J'aime beaucoup ton papa, François.

FRANÇOIS : Tu as raison ; il est si bon ! Et il t'aime bien aussi.

CHRISTINE : Pourquoi m'aime-t-il ?

FRANÇOIS : Parce que tu m'aimes et parce que tu es bonne.

CHRISTINE : C'est drôle ! C'est la même chose que moi. Je l'aime parce qu'il t'aime et qu'il est bon. »

Il était tard ; le dîner, retardé d'abord, interrompu ensuite, avait duré fort longtemps. De plus, les habits déchirés de Maurice et d'Adolphe, les robes et jupons en lambeaux de Mlles de Guibert, rendaient impossible un plus long séjour chez Mme des Ormes. Mais, en se retirant, Mme de Guibert engagea à dîner chez elle, pour la semaine suivante, toutes les personnes qui se trouvaient dans le salon, y compris les enfants.

VII
Premier service rendu par Paolo à Christine

François répondit poliment à l'adieu que lui adressèrent Maurice et Adolphe, un peu embarrassés vis-à-vis de lui depuis qu'ils savaient que M. de Nancé était son père. M. de Nancé passait dans le pays pour avoir une belle fortune ; et il avait la réputation d'un homme excellent, religieux, charitable et prêt à tout sacrifier pour le bonheur de son fils. Son grand chagrin était l'infirmité du pauvre François, qui avait été droit et grand jusqu'à l'âge de sept ans, et qu'une chute du haut d'un escalier avait rendu bossu. Quand Mme de Guibert l'engagea à dîner, il commença par refuser ; mais, Mme de Guibert lui ayant dit que François était compris dans l'invitation, il accepta, pour ne pas priver son fils d'une journée agréable avec ses amis Bernard, Gabrielle et surtout Christine. Toute la société se dispersa une heure après le départ des Sibran et des Guibert. Christine promit à ses cousins de demander la permission d'aller les voir le lendemain dans la journée.

« Tâche de venir aussi, François ; nous nous rencontrerons tous en face du moulin de mon oncle de Cémiane.

FRANÇOIS : Non, Christine ; il faut que je travaille : je passe deux heures chez M. le curé avec Bernard, et je reviens à la maison pour faire mes devoirs. Et toi, est-ce que tu ne travailles pas ?

CHRISTINE : Non, je lis un peu toute seule.

FRANÇOIS : Mais la personne qui t'a appris à lire ne te donne-t-elle pas des leçons ?

CHRISTINE : Personne ne m'a appris ; Gabrielle et Bernard m'ont un peu fait voir comment on lisait, et puis j'ai essayé de lire toute seule.

— Moi, z'apprendrai beaucoup à la Signorina, dit Paolo, qui écoutait toujours les conversations des enfants. Moi, zé viendrai tous les zours, et Signorina saura italien, latin, mousique, dessin, mathématiques, grec, hébreu, et beaucoup d'autres encore.

CHRISTINE : Vraiment, Monsieur Paolo, vous voudrez bien ? Je serais si contente de savoir quelque chose ! Mais demandez à maman ; je n'ose pas sans sa permission.

— Oui, Signorina ; z'y vais ; et vous verrez que zé né souis pas si bête que z'en ai l'air. »

Et s'approchant de Mme des Ormes qui causait avec M. de Nancé :

« Signorina, bella, bellissima, moi, Paolo, désire vous voir tous les zours avec vos beaux ceveux noir de corbeau, votre peau blanc de lait, vos bras souperbes et votre esprit magnifique ; et zé demande, Signora, que zé vienne tous les zours ; zé donnerai des leçons à la petite Signorina ; zé serai votre serviteur dévoué, zé dézeunerai, pouis zé recommencerai les leçons, pouis les promenades avec vous, pouis vos commissions, et tout.

MADAME DES ORMES : Ah ! ah ! ah ! quelle drôle de demande ! Je veux bien, moi ; mais si vous donnez des leçons à Christine, il faudra un tas de livres, de papiers, de je ne sais quoi, et rien ne m'ennuie comme de m'occuper de ces choses-là. »

Paolo resta interdit ; il n'avait pas prévu cette difficulté. Son air humble et honteux, l'air affligé de Christine, touchèrent M. de Nancé, qui dit avec empressement :

« Vous n'aurez pas besoin de vous en occuper, Madame ; j'ai une foule de livres et de cahiers dont François ne se sert plus, et je les donnerai à Christine pour ses leçons avec Paolo.

MADAME DES ORMES : Très bien ! Alors venez, mon cher Monsieur Paolo, quand vous voudrez et tant que vous voudrez, puisque vous êtes si heureux de me voir.

PAOLO : Merci, Signora ; vous êtes belle et bonne ; à demain. »

Et Paolo se retira, laissant Christine dans une grande joie, François enchanté de la satisfaction de sa petite amie, M. de Nancé heureux d'avoir fait à si peu de frais le bonheur de la bonne petite Christine, de Paolo et surtout de son cher François ; quand ils furent seuls, François remercia son père avec effusion du service qu'il rendait à la pauvre Christine, dont il lui expliqua l'abandon. Il lui raconta aussi tout ce qui s'était passé entre elle et Maurice, et tout ce qu'elle lui avait dit, à lui, de bon et d'affectueux.

« J'aime cette enfant, elle est réellement bonne ! dit M. de Nancé ; vois-la le plus souvent possible, mon cher François ; c'est, de tout notre voisinage, la meilleure et la plus aimable. »

VIII
Mina dévoilée

Le lendemain du dîner, Christine se leva de bonne heure, parce que sa bonne était invitée à une noce dans le village, et qu'elle voulait se débarrasser de Christine le plus tôt possible.

« Allez demander votre déjeuner, dit Mina quand Christine fut habillée ; je n'ai pas le temps, moi ; j'ai ma robe à repasser. Et prenez garde que votre papa ne vous voie ; s'il vous aperçoit, je vous donnerai une bonne leçon de précaution. »

Christine alla à la cuisine demander son pain et son lait ; elle regardait de tous côtés avec inquiétude.

« De quoi avez-vous peur, Mam'selle ? demanda le cocher qui déjeunait.

CHRISTINE : J'ai peur que papa ne vienne et qu'il ne me voie.

LE CUISINIER : Qu'est-ce que ça fait ! Votre papa ne vous gronde jamais.

CHRISTINE : Ma bonne m'a défendu que papa me voie à la cuisine.

LE COCHER : Mais puisque c'est elle qui vous a envoyée !

CHRISTINE : C'est qu'elle va à la noce, et elle repasse sa robe.

LE COCHER : Et elle vous plante là comme un paquet de linge sale ! Si j'étais de vous, Mam'selle, je raconterais tout à votre papa.

CHRISTINE : Ma bonne me battrait, et maman ne me croirait pas.

LE COCHER : Mais votre papa vous croirait !

CHRISTINE : Oui, mais il n'aime pas à contrarier maman... Il faut que je m'en aille ; voulez-vous me donner mon pain et mon lait pour que je puisse déjeuner ?

LE CUISINIER : Mais vous ne pouvez pas emporter votre chocolat, Mam'selle ! il vous brûlerait.

CHRISTINE : Je n'ai pas de chocolat ; je mange mon pain dans du lait froid.

LE CUISINIER : Comment ? Votre bonne vient tous les jours chercher votre chocolat.

CHRISTINE : C'est elle qui le mange ; elle ne m'en donne pas.

LE CUISINIER : Si ce n'est pas une pitié ! Une malheureuse enfant comme ça ! Lui voler son déjeuner ! Tenez, Mam'selle, voilà votre tasse de chocolat, mangez-le ici, bien tranquillement.

CHRISTINE : Je n'ose pas ; si papa venait !

— Venez par ici, dans l'office ; personne n'y entre ; on ne vous verra pas. »

Le cuisinier, qui était bon homme, établit Christine dans l'office et plaça devant elle une grande tasse de chocolat et deux bons gâteaux. Christine mangeait avec plaisir cet excellent déjeuner, lorsque à sa grande terreur elle entendit la voix de sa bonne.

MINA : Monsieur le chef, le chocolat de Christine, s'il vous plaît.

LE CUISINIER, *d'un ton bourru* : Je n'en ai pas fait.

LA BONNE : Comment ? vous n'avez pas fait le déjeuner de Christine ?

LE CUISINIER, *de même* : Si fait ! Vous avez envoyé demander un morceau de pain sec et du lait froid : je les lui ai donnés.

LA BONNE : Il me faut son chocolat pourtant.

LE CUISINIER : Vous ne l'aurez pas.

LA BONNE : Je le dirai à Madame.

LE CUISINIER : Dites ce que vous voudrez et laissez-moi tranquille. »

Mina sortit furieuse ; elle dut attendre le réveil de Mme des Ormes pour porter plainte contre le cuisinier ; elle attendit longtemps, ce qui augmenta son humeur. Christine, inquiète et effrayée, n'osa pas rentrer dans sa chambre ; elle resta dehors jusqu'à l'arrivée de Paolo, qu'elle attendait et qu'elle considérait comme son protecteur, même vis-à-vis de sa mère ; il ne tarda pas à paraître avec un gros paquet sous le bras. L'accueil empressé et amical de Christine le toucha et augmenta sa sympathie pour elle.

« Tenez, Signorina, dit-il, voici un gros paquet pour vous.

CHRISTINE : Pour moi ? Pour moi ? Qu'est-ce que c'est ?

PAOLO : C'est M. de Nancé qui vous envoie des livres, des cahiers, des plumes, des crayons, un pupitre, toutes sortes de choses pour vos leçons ; seulement, il vous prie de ne pas montrer tout cela, et de ne parler que des livres, qu'il a promis devant votre maman.

CHRISTINE : Pourquoi ça ?

PAOLO : Parce qu'on pourrait croire que votre maman vous refuse ce qu'il vous faut, et que cela lui ferait du chagrin.

CHRISTINE : Oh ! alors, je ne dirai rien du tout ; dites-le à ce bon M. de Nancé, et remerciez-le bien, bien, et François aussi. Mais si on me demande qui m'a envoyé ces choses, qu'est-ce que je dirai pour ne pas mentir ?

PAOLO : Si on vous demande, vous direz : « C'est bon Paolo qui a apporté tout. » Et c'est la vérité. Mais on ne demandera pas. Le papa croira que c'est la maman, et la maman croira que c'est le papa. »

Pendant que l'heureuse Christine rangeait ses livres, papiers, etc., dans sa petite commode, et commençait une leçon avec Paolo, Mme des Ormes s'éveillait et recevait les plaintes de Mina contre le chef, qui refusait le chocolat de Christine.

MADAME DES ORMES : Dieu ! que c'est ennuyeux ! Vous êtes toujours en querelle avec quelqu'un, Mina.

MINA : Madame pense pourtant bien que je ne peux laisser Christine sans déjeuner.

MADAME DES ORMES : Je le sais, mais vous pourriez arranger les choses entre vous, sans m'obliger à m'en mêler. Que voulez-vous que je fasse à présent ? Que je fasse venir cet homme, que je le gronde ! Quel ennui, mon Dieu, quel ennui ! Allez chercher mon mari ; dites-lui que j'ai à lui parler.

MINA : Si Madame préfère, j'irai chercher le chef.

MADAME DES ORMES : Mais non ; c'est précisément ce qui m'ennuie.

MINA : Si Madame voulait bien lui donner un ordre par écrit, ce serait mieux que de déranger Monsieur.

MADAME DES ORMES : Quelles sottes idées vous avez, Mina ! Que j'aille écrire à mon cuisinier, quand je peux lui parler ! Allez me chercher mon mari.

MINA : Mais, Madame...

MADAME DES ORMES : Taisez-vous, je ne veux plus rien entendre ; allez me chercher mon mari. »

Mina sortit, mais se garda bien d'exécuter l'ordre de sa maîtresse ; irritée des retards qu'éprouvait sa toilette pour la noce, elle se promit de se revenger sur la pauvre Christine, seule cause, pensait-elle, de ces ennuis.

« Où est-elle cette petite sotte ? Je ne l'ai pas vue depuis ce matin. »

Elle alla à sa recherche ; ne l'ayant pas trouvée dans le jardin, elle rentra de plus en plus mécontente et finit par trouver Christine dans le salon, prenant une leçon d'écriture avec Paolo.

« Qu'est-ce que vous faites ici, Christine ? Rentrez vite dans votre chambre ! » lui dit-elle rudement.

Christine allait se lever pour obéir à sa bonne, dont elle redoutait la colère, lorsque Paolo, la faisant rasseoir :

« Pardon, Signorina, restez là ; nous n'avons pas fini nos leçons. Et vous, Donna Furiosa, tournez votre face et laissez tranquille la Signorina.

— Laissez-moi tranquille vous-même, grand Italien, pique-assiette ; je veux emmener cette petite sotte, qui n'a pas besoin de vos leçons, et je l'aurai malgré vous. »

Paolo saisit Christine, l'enleva et la plaça derrière lui ; Mina, s'élançant sur lui, reçut un coup de poing qui lui aplatit le nez, mais qui redoubla sa fureur et ses forces ; d'un revers de bras elle repoussa Paolo et attrapa Christine, qu'elle tira à elle avec violence.

« Si vous appelez, je vous fouette au sang ! » s'écria-t-elle, tirant toujours Christine qui retenait Paolo.

Au moment où Paolo, craignant de blesser la pauvre enfant, l'abandonnait à l'ennemi commun, Mina poussa un cri et lâcha Christine. Une main de fer l'avait saisie à son tour et la fit pirouetter en la dirigeant vers la porte avec accompagnement de formidables coups de pied. C'était M. des Ormes, qui, inaperçu de Paolo et de Christine, était entré par une porte du fond, et, assis dans une embrasure de fenêtre, assistait à la leçon. Quand Mina fut expulsée de l'appartement, M. des Ormes rassura Christine tremblante et serra la main de Paolo.

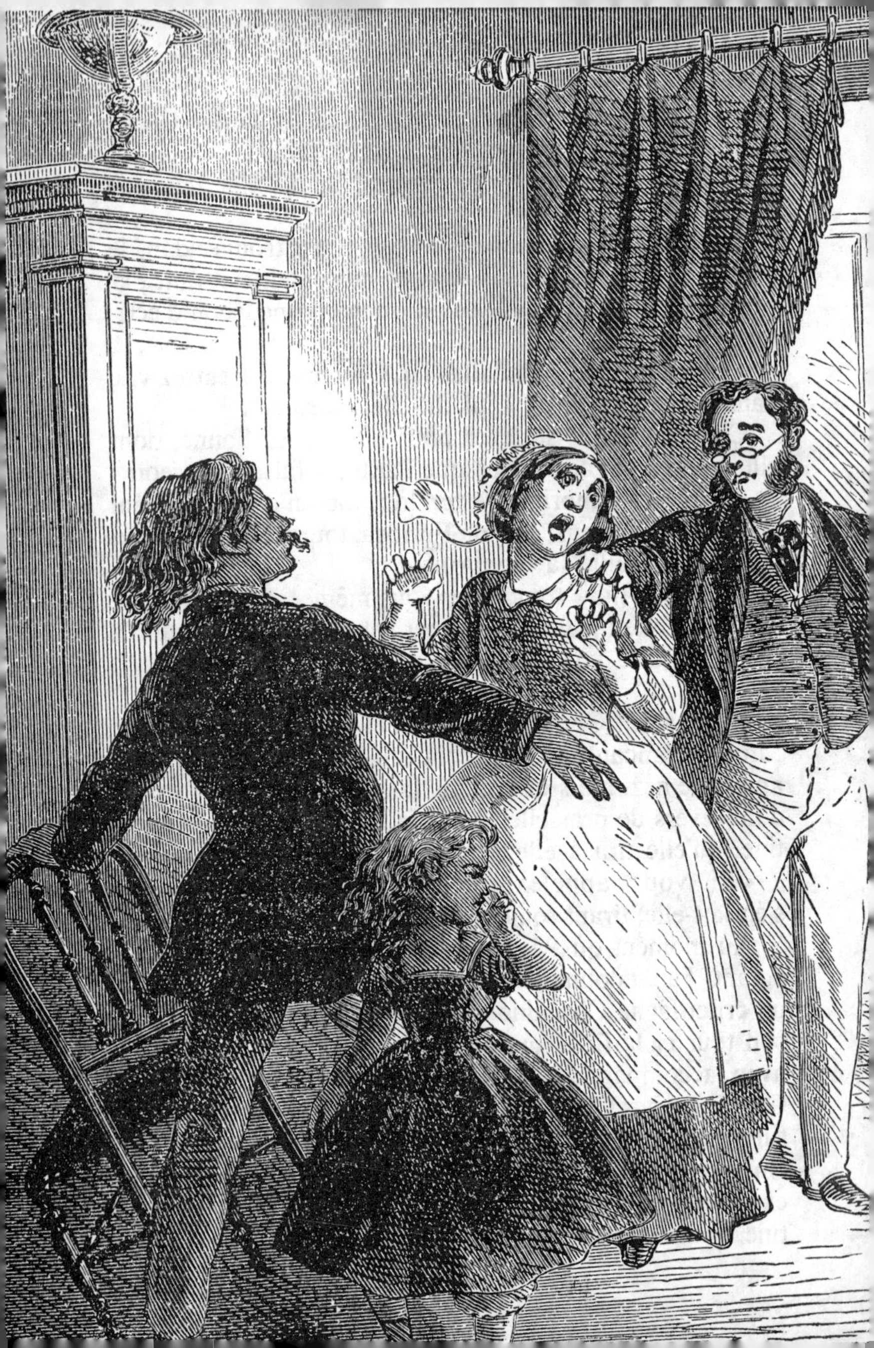

M. DES ORMES : Ma pauvre Christine, est-ce qu'elle te traite quelquefois aussi rudement que tout à l'heure ?

CHRISTINE : Toujours, papa ; mais ne lui dites rien, je vous en supplie : elle me battrait plus encore.

M. DES ORMES : Comment, plus ? Elle te bat donc quelquefois ?

CHRISTINE : Oh oui ! papa, avec une verge qui est dans son tiroir.

— Misérable ! scélérate ! dit M. des Ormes, pâle et tremblant de colère. Oser battre ma fille !

— Monsieur le comte, dit Paolo, si vous permettez, zé pounirai la donna Furiosa à ma façon ; zé la foustizerai comme un cien.

M. DES ORMES : Merci, Monsieur Paolo ; cette punition ne convient pas en France. Je vais en causer avec ma femme ; continuez votre leçon à la pauvre Christine, qui est depuis plus de deux ans avec cette mégère. »

M. des Ormes entra chez sa femme ; elle pensa qu'il venait appelé par Mina.

« Vous voilà, mon cher ! Je vous ai prié de venir pour que vous parliez au cuisinier, qui refuse à Christine son déjeuner ; et grondez-le, je vous en prie ; ça m'ennuie de gronder, et cette Mina est si assommante avec ses plaintes continuelles.

M. DES ORMES : Mina est une misérable ; je viens de découvrir qu'elle battait Christine.

MADAME DES ORMES : Allons ! en voilà d'une autre. Comment croyez-vous ces sottises, et qui vous a fait ces contes ?

M. DES ORMES : C'est moi qui ai vu et entendu de mes yeux et de mes oreilles.

MADAME DES ORMES : Mais puisque, au contraire, Mina s'est plainte que le cuisinier ne donnait pas à Christine son chocolat ! Elle prend donc le parti de Christine !

M. DES ORMES : Que m'importent les plaintes de Mina ? Je l'ai vue et entendue traiter Christine et Paolo comme elle ne devrait pas traiter une laveuse de vaisselle, et je suis venu vous prévenir que je l'ai chassée du salon et que je la chasserai de la maison.

MADAME DES ORMES : Encore un ennui ! une bonne à chercher ! Pourquoi vous mêlez-vous des bonnes ? Est-ce que cela vous regarde ?

M. DES ORMES : Ma fille me regarde, et, à ce titre, la bonne me regarde aussi. Quant à ce chocolat, je parie que c'est quelque méchanceté de Mina.

MADAME DES ORMES : Vous accusez toujours Mina ; vérifiez le fait ; parlez au cuisinier.

M. DES ORMES : C'est ce que je vais faire, ici, et devant vous.

MADAME DES ORMES : Non, non, pas devant moi, je vous en prie ; c'est à mourir d'ennui, ces querelles de domestiques.

M. DES ORMES : C'est plus qu'une querelle de domestiques, du moment qu'il s'agit de votre fille. »

M. des Ormes avait sonné ; la femme de chambre entra.

M. DES ORMES : Brigitte, envoyez-nous le chef ici, de suite. »

Cinq minutes après, le chef entrait.

LE CHEF : Monsieur le Comte m'a demandé ?

M. DES ORMES : Oui, Tranchant ; ma femme voudrait savoir s'il est vrai que vous ayez refusé ce matin à Mina le chocolat de Christine.

LE CHEF : Oui, Monsieur le Comte ; c'est très vrai.

M. DES ORMES : Et comment vous permettez-vous une pareille impertinence ?

LE CHEF : Monsieur le Comte, Mlle Christine venait de manger son chocolat dans l'office.

M. DES ORMES : Dans l'office ! Ma fille dans l'office ! Qu'est-ce que tout cela ? Je n'y comprends rien.

LE CHEF : Je vais l'expliquer à Monsieur le Comte, qui

comprendra parfaitement. Mlle Christine ne mange jamais son chocolat.

M. DES ORMES : Pourquoi cela ?

LE CHEF : Parce que c'est Mlle Mina qui l'avale pendant que Mlle Christine mange du lait froid et son pain sec. Ce matin, la pauvre petite mam'selle (qui nous fait pitié à tous, par parenthèse) est venue chercher son pain et son lait ; je l'ai cachée dans l'office pour qu'elle mangeât son chocolat une fois en passant, et quand Mlle Mina est venue le chercher, je l'ai refusé. Voilà toute l'affaire.

M. DES ORMES : Pourquoi pensez-vous que Christine ne mange pas son chocolat le matin ?

LE CHEF : Parce que la servante a vu bien des fois comment ça se passait, et que Mlle Christine nous l'a dit elle-même.

M. DES ORMES : C'est bien, Tranchant. Je vous remercie ; vous avez bien fait, mais vous auriez dû me prévenir plus tôt.

LE CHEF : Monsieur le Comte, on n'osait pas.

M. DES ORMES : Pourquoi ?

LE CHEF : Monsieur le Comte, c'est que... Madame... n'aurait pas cru... et... Monsieur comprend... on avait peur de... de déplaire à Madame. »

Tranchant sortit. M. des Ormes, les bras croisés, regardait sa femme sans parler. Mme des Ormes était confuse, embarrassée, et gardait aussi le silence.

« Caroline, dit enfin M. des Ormes, il faut que vous fassiez partir aujourd'hui même cette méchante femme.

MADAME DES ORMES : Dieu ! quel ennui ! Faites-la partir vous-même ; je ne veux pas me mêler de cette affaire ; c'est vous qui l'avez commencée, c'est à vous de la finir.

M. DES ORMES, *sévèrement* : C'est vous qui la terminerez, Caroline, en expiation de votre négligence à l'égard de Christine. Moi je ne pourrais contenir ma colère en face de cette abominable femme qui rend depuis plus de deux ans cette malheureuse enfant l'objet de la pitié de nos domestiques, meilleurs pour elle que nous ne l'avons été. Chassez cette femme de suite.

MADAME DES ORMES : Et que ferai-je de Christine ? Ah !... une idée ! je vais prendre Paolo pour la garder.

M. DES ORMES : C'est ridicule et impossible ! Mais il est certain que Christine serait bien gardée ; Paolo est un homme excellent ; on dit beaucoup de bien de lui dans le pays. En attendant que vous ayez une bonne (et il faut absolument en chercher une), dites à votre femme de chambre de soigner Christine. »

M. des Ormes sortit, riant à la pensée de Paolo bonne d'enfant. Mme des Ormes sonna, se fit amener Mina, lui donna ses gages, et lui dit de s'en aller de suite. Mina commença une discussion et une justification ; Mme des Ormes s'ennuya, s'impatienta, se mit en colère, cria, et, pour se débarrasser de Mina, après une discussion d'une heure et demie, elle lui doubla ses gages, lui donna un bon certificat et promit de la recommander.

IX
Grand embarras de Paolo

Pendant que Mina faisait ses paquets et se promettait de se venger de Christine en disant d'elle tout le mal possible, Paolo continuait et achevait la leçon de Christine ; il fut enchanté de l'intelligence et de la bonne volonté de son élève, qui, dès la première leçon, apprit ses chiffres, ses notes de musique, quelques mots italiens, et commença à former des *a,* des *o,* des *u,* etc. Quand Mme des Ormes entra au salon, elle la trouva rangeant avec Paolo ses livres et ses cahiers.

« Ah ! vous voilà, mon cher Monsieur Paolo ! Je viens vous demander de me rendre un service.

— Tout ce que voudra la Signora, répondit Paolo en s'inclinant.

— Je viens de renvoyer Mina, que mon mari a prise en grippe ; je ne sais que faire de Christine. Aurez-vous la bonté de venir passer vos journées chez moi pour la garder et lui donner des leçons ? »

Paolo, étonné de cette proposition inattendue et dont lui-même devinait le ridicule, resta quelques instants sans répondre, la bouche ouverte, les yeux écarquillés.

« Eh bien, continua Mme des Ormes avec impatience, vous hésitez ? Vous étiez prêt à exécuter toutes mes volontés, disiez-vous.

PAOLO : Certainement, Signora... sans aucun doute,... mais..., mais...

MADAME DES ORMES : Mais quoi ? Voyons, dites. Parlez...

PAOLO : Signora,... zé donne des leçons,... à M. François...

MADAME DES ORMES : Combien gagnez-vous ?

PAOLO : Cinquante francs par mois, Signora.

MADAME DES ORMES : Je vous en donne cent...

PAOLO : Mais, le pauvre François...

MADAME DES ORMES : Eh bien, vous aurez deux heures de congé par jour ; vous emmènerez Christine chez le petit de Nancé.

PAOLA : Mais,... Signora, zé demeure bien loin... M. de Nancé est loin,... pour revenir, c'est loin.

MADAME DES ORMES : Mon Dieu ! que de difficultés ! Vous logerez ici... Voulez-vous, oui ou non ? »

Christine le regarda d'un air si suppliant, qu'il répondit presque malgré lui :

« Zé veux, Signora, zé veux, mais...

— C'est bien, je vais faire préparer votre chambre. Venez déjeuner. Viens, Christine. »

Paolo suivit, abasourdi de son consentement, qu'il avait donné par surprise. Christine avait l'air radieux ; elle lui serra la main à la dérobée et lui dit tout bas :

« Merci, mon bon, mon cher Monsieur Paolo. »

A table, Mme des Ormes annonça à son mari que Paolo allait demeurer au château et qu'il se chargeait de Christine. M. des Ormes eut l'air surpris et mécontent, et dit seulement :

« C'est impossible ! Caroline, vous abusez de la complaisance de M. Paolo.

MADAME DES ORMES : Mais non ; je lui donne cent francs par mois. »

Paolo devint fort rouge ; le mécontentement de M. des Ormes devint plus visible ; il allait parler, lorsque Mme des Ormes s'écria avec humeur :

« De grâce, mon cher, pas d'objection. C'est fait ; c'est décidé. Laissez-nous déjeuner tranquillement... Voulez-vous une côtelette ou un fricandeau, Monsieur Paolo ?

PAOLO : Côtelette d'abord ; fricandeau après, Signora. »

Mme des Ormes le servit abondamment, et lui fit donner du vin, du café, de l'eau-de-vie. Quand on eut fini de déjeuner, elle lui demanda d'emmener Christine dans le parc.

M. DES ORMES : Je vais emmener Christine ; il faut bien que ce soit moi qui me charge de la promener ce matin, puisqu'il n'y a personne près d'elle. Viens, Christine. »

Il emmena sa fille, la questionna sur Mina, se reprocha cent fois de n'avoir pas surveillé cette méchante bonne et d'avoir livré si longtemps la malheureuse Christine à ses mauvais traitements.

Paolo se rendit ensuite chez M. de Nancé. François fut le premier à remarquer l'air effaré et l'agitation du pauvre Paolo.

FRANÇOIS : Qu'avez-vous donc, cher Monsieur Paolo ? Vous est-il arrivé quelque chose de fâcheux ?

PAOLO : Oui,... Non,... zé ne sais pas,... zé ne sais quoi faire.

M. DE NANCÉ : Qu'y a-t-il donc ? Parlez, mon pauvre Paolo. Ne puis-je vous venir en aide ?

PAOLO : Voilà, Signor ! C'est la Signora des Ormes ! Zé donnais une leçon à la Christinetta ; bien zentille ! bien intelligente ! bien bonne ! Et voilà la mama qui mé dit..., qui mé demande..., qui mé forcé... à garder la Christina, à venir dans le sâteau, à promener, élever, soigner la Christina... Elle sasse la Mina ; c'est bien fait ; la Mina ! qué canailla ! qué Fouria !... Mais comment voulez-vous ! Quoi pouis-zé faire ? Le papa pas content ! Ah ! zé lé crois bien ! Moi Paolo, moi homme, moi médecin, moi maître pour leçons, garder comme bonne oune petite signora de huit ans ! c'est impossible ! Et moi comme oune bête, zé dis oui, parce que la povéra Christinetta me regarde avec des yeux... que zé n'ai pou résister. Et pouis me serre les mains ; et pouis me remercie tout bas si zoyeusement, que zé n'ai pas le couraze de dire non. Et pourtant, c'est impossible. Que faire, caro Signor ? Dites, quoi faire ?

M. DE NANCÉ : Dites que vous donnez des leçons pour vivre.

PAOLO : Z'ai dit ; elle me donne deux fois autant.

M. DE NANCÉ : Dites que vous m'avez promis de donner des leçons à mon fils.

PAOLO : Z'ai dit ; elle mé donne deux heures.

M. DE NANCÉ : Dites que vous demeurez trop loin pour revenir le soir chez vous.

PAOLO : Z'ai dit ; elle mé fait préparer une sambre au sâteau.

M. DE NANCÉ : Sac à papier ! quelle femme ! Mais qu'elle prenne une bonne.

PAOLO : Elle n'en a pas. Où trouver ?

M. DE NANCÉ : Ma foi, mon cher, faites comme vous voudrez ; mais c'est ridicule ! Vous ne pouvez pas vous faire bonne d'enfant. N'y retournez pas ; voilà la seule manière de vous en tirer.

PAOLO : Mais la povéra Christina ! Elle est seule, malheureuse. La maman n'y pense pas ; le papa n'y pense pas ; la poveretta ne sait rien et voudrait savoir ; ne fait rien et s'ennouie ; ça fait pitié ; elle est si bonne, cette petite ! »

François n'avait encore rien dit ; il écoutait tout pensif.

FRANÇOIS : Papa, dit-il, me permettez-vous d'arranger tout cela ? M. Paolo sera content, Christine aussi, et moi aussi.

M. DE NANCÉ : Toi, mon enfant ? Comment pourras-tu arranger une chose impossible à arranger ?

FRANÇOIS : Si vous me permettez de faire ce que j'ai dans la tête, j'arrangerai tout, papa.

M. DE NANCÉ : Cher enfant, je te permets tout ce que tu voudras, parce que je sais que tu ne feras ni ne voudras jamais quelque chose de mal. Comment vas-tu faire ?

FRANÇOIS : Vous allez voir, papa. Vous savez que je suis grand, c'est-à-dire, ajouta-t-il en riant, que j'ai douze ans et que je suis raisonnable, que je travaille sagement, que je me lève, que je m'habille seul, que je suis presque toujours avec vous.

M. DE NANCÉ : Tout cela est très vrai, cher enfant ; mais en quoi cela peut-il arranger l'affaire de Paolo ?

FRANÇOIS : Vous allez voir, papa. Vous voyez d'après

ce que je vous ai dit, que je n'ai plus besoin des soins de ma bonne, que j'aime de tout mon cœur, mais qu'il me faudra quitter un jour ou l'autre. Je demanderai à ma bonne d'entrer chez Mme des Ormes pour me donner la satisfaction de savoir Christine heureuse.

M. DE NANCÉ : Ta pensée est bonne et généreuse, mon ami ; elle prouve la bonté de ton cœur ; mais ta bonne ne voudra jamais se mettre au service de Mme des Ormes, qu'elle sait être capricieuse, désagréable à vivre. Elle est chez moi depuis ta naissance ; elle sait que nous lui sommes fort attachés ; elle t'aime comme son propre enfant, et il vaut mieux qu'elle reste encore près de toi pour bien des soins qui te sont nécessaires.

FRANÇOIS : Pour les soins dont vous parlez, papa, nous avons Bathilde, la femme de votre valet de chambre ; elle m'aime, et je suis sûr que ma bonne serait bien tranquille, la sachant près de moi. Voulez-vous, papa ? Me permettez-vous de parler à ma bonne ?

M. DE NANCÉ : Fais comme tu voudras, cher enfant ; mais je suis très certain que ta bonne n'acceptera pas ta proposition. »

François remercia son père et courut chercher sa bonne ; il l'embrassa bien affectueusement.

« Ma bonne, dit-il, tu m'aimes bien, n'est-ce pas, et tu serais contente de me faire plaisir ?

LA BONNE : Je t'aime de tout mon cœur, mon François, et je ferai tout ce que tu me demanderas.

FRANÇOIS : Je te préviens que je vais te demander un sacrifice.

LA BONNE : Parle ; dis ce que tu veux de moi. »

François fit savoir à sa bonne ce que Paolo venait de lui raconter ; il lui expliqua la triste position de Christine, son abandon ; il dit combien Christine l'aimait, combien elle lui était attachée et dévouée, et combien il serait heureux de la savoir aimée et bien soignée. Il finit par supplier sa bonne de se présenter chez Mme des Ormes pour être bonne de Christine.

LA BONNE : C'est impossible, mon cher enfant ; jamais je n'entrerai chez Mme des Ormes, je serais malheureuse chez elle et loin de toi.

FRANÇOIS : Tu ne serais pas malheureuse, puisqu'elle ne s'occupe pas du tout de Christine et que Christine est très bonne ; et puis tu serais tout près de moi.

LA BONNE : Mais je serais obligée de rester près de Christine, et je ne pourrais pas te voir.

FRANÇOIS : Tu demanderas à venir ici tous les jours, et papa te fera reconduire en voiture. Je t'en prie, ma chère bonne, fais-le pour moi ; ce me sera une si grande peine de savoir Christine malheureuse comme elle l'a été avec cette méchante Mina. »

La bonne lutta longtemps contre le désir de François ; enfin, vaincue par ses prières et par l'assurance que Bathilde resterait près de lui, elle y consentit et elle permit à François de la faire proposer à Mme des Ormes.

X
François arrange l'affaire

François courut triomphant annoncer à son père la réussite de sa négociation, et Paolo fut chargé d'aller de suite offrir à Mme des Ormes la bonne de François. Paolo, enchanté de se tirer de l'embarras où l'avait plongé la proposition étrange de Mme des Ormes, approuva vivement l'idée de François, et alla en toute hâte la faire accepter par M. et Mme des Ormes. Il rencontra à la porte du parc M. des Ormes avec Christine.

« Signor ! lui cria-t-il du plus loin qu'il l'aperçut, hé ! Signor ! (M. des Ormes s'arrêta), zé vous apporte oune bonne nouvelle, oune nouvelle excellente ; la Signorina sera très heureuse.

— Quoi ? qu'est-ce ? répondit M. des Ormes avec surprise. Quelle nouvelle ?

PAOLO : Z'apporte oune bonne excellente, oune bonne admirable, oune bonne comme il faut à la Signorina. La

Signora votre épouse veut Paolo pour bonne, c'est impossible, Signor ; n'est-il pas vrai ?

M. DES ORMES : Tout à fait impossible, mon cher Monsieur Paolo. Je ne le permettrai sous aucun prétexte.

PAOLO : Bravo, Signor ! Ni moi non plus, malgré que z'ai dit *oui*. Mais voilà oune bonne admirable que zé vous apporte.

M. DES ORMES : Qui donc ? Où est cette merveille ?

PAOLO : Qui ? la donna Isabella, bonne de M. de Nancé. Où est-elle ? chez M. de Nancé, son maître, qui n'a plous besoin dé la donna, pouisque le petit François est avec son papa.

M. DES ORMES : C'est très bien, mais je ne veux pas livrer la pauvre Christine à une seconde Mina, et je veux savoir ce que c'est que cette Isabelle.

PAOLO : Oh ! Signor ! cette Isabella est oun anze, et la Mina est oun démon. Le petit Francesco aime la Isabella comme sa maman, et la petite Christina déteste la Mina comme oune diavolo (diable). C'est oune différence cela ; pas vrai, Signor ? Avec la Mina, Christinetta était oune pauvre misérable ; avec la Isabella, elle sera heureuse comme oune reine ! Voilà, Signor ! Zé cours chercher la Isabella. »

Et Paolo courait déjà, lorsque M. des Ormes l'appela et l'arrêta.

« Attendez, mon cher ; donnez-moi donc le temps d'en parler à ma femme.

PAOLO : Pas besoin, Signor. Vous verrez la Isabella, vous la prendrez, et la Signora votre épouse dira : « C'est bon. » Dans oune minoute, zé serai de retour. »

Cette fois, Paolo courut si bien que M. des Ormes ne put l'arrêter. Christine avait été si étonnée qu'elle n'avait rien dit.

« Connais-tu cette Isabelle que recommande Paolo ? lui demanda M. des Ormes.

CHRISTINE : Non, papa ; je sais seulement que Fran-

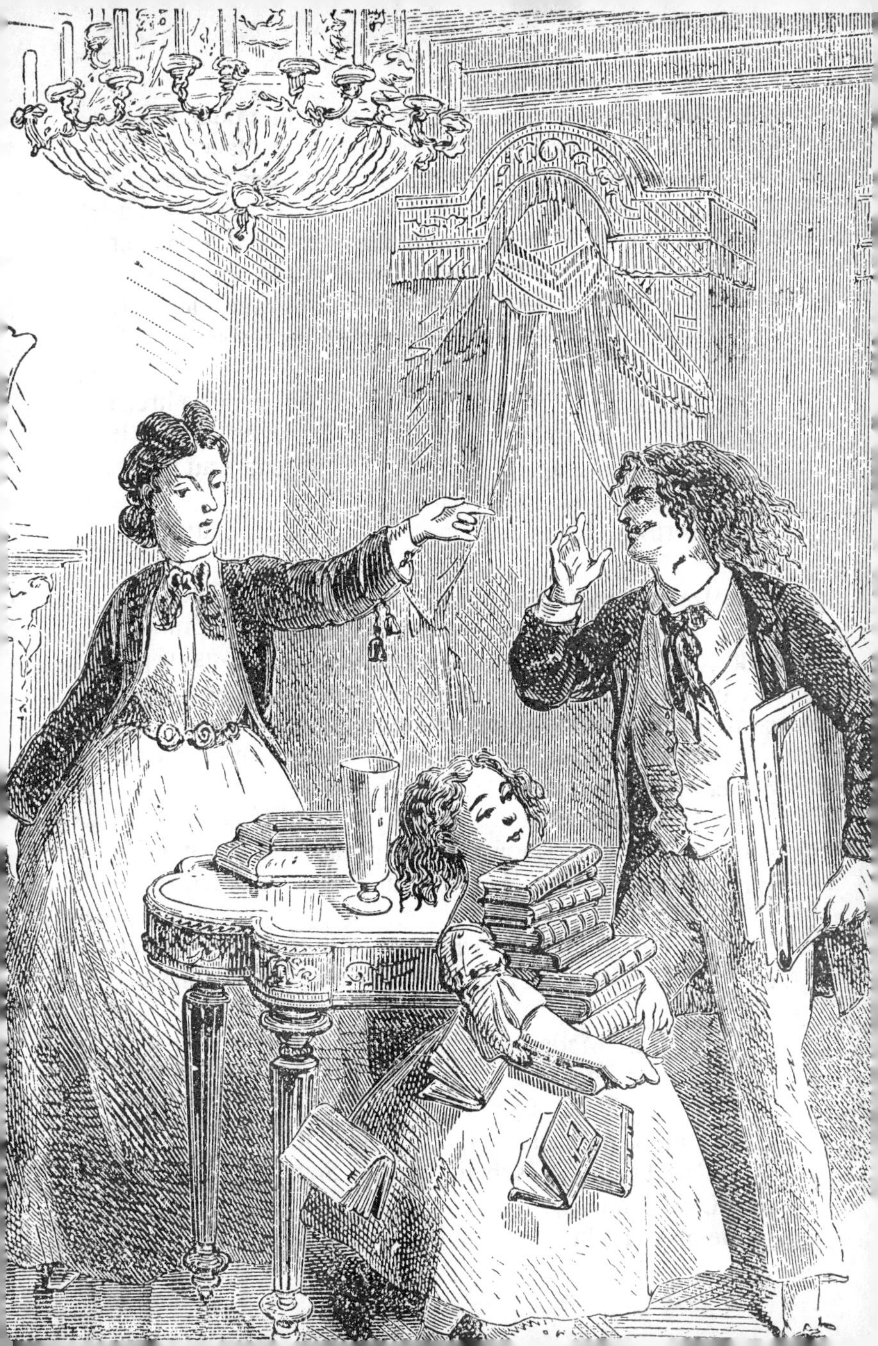

çois l'aime beaucoup, qu'elle est très bonne pour lui, et qu'il était très fâché qu'elle cherchât à se placer.

— C'est Dieu qui me l'envoie, se dit M. des Ormes ; je ne peux pas faire la bonne d'enfant avec toutes mes occupations au-dehors. C'est assommant d'avoir à promener une petite fille ! Que Dieu me vienne en aide en me donnant cette femme dont Paolo fait un si grand éloge. Je n'en parlerai à ma femme que lorsque j'aurai terminé l'affaire. »

M. des Ormes rentra avec Christine, qui se mit à lire, à écrire, à refaire tout ce que Paolo lui avait appris le matin. Une heure après, Mme des Ormes entra au salon.

« Que fais-tu ici toute seule, Christine ?

CHRISTINE : Je repasse mes leçons de ce matin, maman.

MADAME DES ORMES : Ici ! au salon ? Tu as perdu la tête ! Est-ce qu'un salon est une salle d'étude ? Emporte tout ça et va-t'en faire tes leçons ailleurs. Où as-tu pris ces livres, ces papiers ? Et de la musique aussi ? Tu ne comprends rien à tout cela. Reporte-les où tu les as pris.

CHRISTINE : C'est ce bon M. Paolo qui m'a tout apporté.

MADAME DES ORMES : Paolo ? C'est différent ! Je ne veux pas dépenser mon argent en choses aussi inutiles. Emporte ça dans ta chambre ; ne laisse rien ici. »

Christine commença à mettre les livres et les papiers en tas ; la porte s'ouvrit, et Paolo entra au salon suivi d'Isabelle.

« Signora, Madama, dit-il en saluant à plusieurs reprises, z'ai l'honneur de présenter la donna Isabella. »

Mme des Ormes, étonnée, salua la dame qui accompagnait Paolo, ne sachant qui elle saluait.

« C'est la donna Isabella ; voilà, Signora, oune lettre de M. de Nancé. »

De plus en plus surprise, Mme des Ormes ouvrit la lettre, la lut et regarda la bonne ; l'air digne et modeste, doux et résolu de cette femme lui plut.

MADAME DES ORMES : Vous désirez entrer chez moi ? D'après la lettre de M. de Nancé, je n'ai aucun renseignement à prendre ; vous aviez six cents francs de gages chez M. de Nancé ; je vous en donne sept cents et tout ce que vous voudrez, pour que je n'entende plus parler de rien et qu'on me laisse tranquille. Entrez chez moi tout de suite : je n'ai personne auprès de ma fille. Tenez, emmenez Christine avec ses livres et ses paperasses. Monsieur Paolo, vous allez lui donner la leçon là-haut dans sa chambre.

— Et le piano, Signora ?

— Je ne veux pas qu'elle touche au piano du salon ; faites comme vous voudrez, ayez-en un où vous pourrez, pourvu que je n'aie rien à acheter, rien à payer, et qu'on ne m'ennuie pas de leçons et de tout ce qui les concerne. Au revoir, Monsieur Paolo ; allez, Isabelle ; va-t'en, Christine. »

Et elle disparut. Paolo tout démonté, Isabelle fort étonnée, Christine très ahurie, quittèrent le salon ; Christine succombait sous le poids des livres et des cahiers ; Isabelle les lui retira des mains ; Paolo les prit à son tour des mains d'Isabelle.

« Permettez, Donna Isabella, c'est trop lourd pour vous. Mais... où faut-il les porter, Signorina Christina ?

CHRISTINE : En haut, dans ma chambre. Qui est cette dame ? demanda-t-elle tout bas à Paolo.

PAOLO : C'est la bonne que vous a donnée votre ami François ; c'est sa Donne, donna Isabella.

CHRISTINE : C'est vous, Madame Isabelle, que François aime tant ? Il m'a bien souvent parlé de vous... Et vous voulez bien quitter le pauvre François pour rester avec moi ?

ISABELLE : Oui, Mademoiselle ; j'ai du chagrin de quitter mon cher petit François ; j'aurais voulu rester encore l'été près de lui, mais il m'a tant suppliée de venir chez vous, que je n'ai pas pu lui résister. Je ne sais pas quand votre maman désire que j'entre tout à fait. Ne pourriez-vous pas le lui demander, Mademoiselle ?

CHRISTINE : Je n'ose pas ; il vaut mieux que ce soit M. Paolo, que maman a l'air d'aimer assez. Mon bon Monsieur Paolo, voulez-vous aller demander à maman quand Mme Isabelle, bonne de François, peut entrer ici ?

PAOLO : Zé veux bien, Signorina ; mais si votre mama est fâcée, comment zé ferai pour vous donner des leçons ?

CHRISTINE : Non, non, mon bon Monsieur Paolo, elle vous écoutera ; allez, je vous en prie.

PAOLO : Oh ! les yeux suppliants ! Zé souis oune bête, zé cède touzours. Quoi faire ? Obéir. »

Et Paolo se dirigea à pas lents vers l'appartement de Mme des Ormes, pendant que Christine faisait voir à sa future bonne celui qu'elle devait habiter. Il y avait deux jolies chambres, une pour la bonne, une pour Christine ; Isabelle parut très satisfaite du logement et se mit à causer avec Christine en attendant la réponse de Paolo.

Paolo avait frappé à la porte de Mme des Ormes.

« Entrez », avait-elle répondu.

« Ah ! c'est encore vous, Monsieur Paolo. Que vous faut-il ? Est-ce une simple visite ou quelque chose à demander ?

PAOLO : A demander, Signora. La donna Isabella demande quand elle doit entrer.

MADAME DES ORMES : Mais tout de suite ; qu'elle reste, puisqu'elle y est.

PAOLO : C'est impossible, Signora ; elle n'a rien que sa personne cez vous ; tout est resté cez M. de Nancé !

MADAME DES ORMES : J'enverrai chercher ses effets chez M. de Nancé.

PAOLO : C'est impossible, Signora ; elle n'a pas dit adieu à son petit François, à M. de Nancé, à personne.

MADAME DES ORMES : Elle ira demain en promenant Christine.

PAOLO : Mais, Signora, elle aime de tout son cœur le petit François et elle voudrait s'en aller pas si vite, tout doucement.

MADAME DES ORMES : Dieu ! que vous m'ennuyez, mon cher Paolo ! Qu'elle fasse ce qu'elle voudra, qu'elle vienne quand elle pourra, mais qu'on me laisse tranquille, qu'on ne m'ennuie pas de ces bonnes, de Christine, de François. Que je suis malheureuse d'avoir tout à faire dans cette maison.

PAOLO : Mais, Signora, la Christina est votre chère fille ; il faut bien que vous fassiez comme toutes les mama.

MADAME DES ORMES : Allez-vous me faire de la morale, mon cher Paolo ? Je suis fatiguée, éreintée, j'ai mille choses à faire ; je dois dîner demain chez Mme de Guibert ; il est quatre heures, et je n'ai rien de prêt, ni robe, ni coiffure. Jamais je n'aurai le temps avec toutes ces sottes affaires. — Faites pour le mieux, mon cher Paolo ; arrangez tout ça comme vous aimerez mieux, mais, de grâce, laissez-moi tranquille. »

Mme des Ormes repoussa légèrement Paolo, ferma la porte et sonna sa femme de chambre pour se faire apporter ses robes blanches, roses, bleues, lilas, vertes, grises, violettes, unies, rayées, quadrillées, mouchetées, etc., afin de choisir et arranger celle du lendemain.

Paolo remonta chez Christine, raconta à sa manière ce qui s'était passé entre lui et Mme des Ormes. Il fut décidé que Paolo donnerait à Christine sa leçon, qu'il remmènerait Isabelle chez M. de Nancé et qu'elle viendrait le lendemain assez à temps pour habiller Christine, qui devait aller dîner chez Mme de Guibert.

XI
M. des Ormes gâte l'affaire

Paolo tombait de fatigue de ses allées et venues de la journée ; il resta à dîner chez M. de Nancé, auquel il raconta la façon bizarre dont Mme des Ormes avait accepté Isabelle. François fut heureux de la certitude du bonheur de son amie Christine ; mais, une fois la chose assurée, il sentit péniblement le vide que laisserait dans la maison l'absence de sa bonne. Il comprit mieux le sacrifice qu'il avait généreusement conçu pour le bien de sa petite amie, quand il fut accompli. Encore une nuit passée sous le même toit, et sa bonne ne serait plus là pour l'aimer, le consoler dans ses petits chagrins, le câliner dans ses petits maux. Sa tristesse fut de suite aperçue par son père, qui en devina facilement la cause.

« Ton sacrifice est accompli, cher enfant, et malgré le chagrin que te causera l'absence de ta bonne, tu auras toujours la grande satisfaction de penser que tu es l'auteur d'une nouvelle et heureuse vie pour ta petite amie ; peut-être serait-elle tombée encore sur une femme méchante comme Mina, ou tout au moins indifférente et négligente. Avec Isabelle, il est certain qu'elle sera aussi heureuse que peut l'être un enfant négligé par ses parents, et ce sera à toi qu'elle devra non seulement son bonheur présent, mais le bonheur de toute sa vie, car elle sera bien et pieusement élevée par Isabelle.

— C'est vrai, papa, c'est une grande consolation et un grand bonheur pour moi aussi, et je vous assure que je ne regrette pas d'avoir donné ma bonne à Christine ; que je suis très content... »

Le pauvre François ne put achever ; il fondit en larmes ; son père l'embrassa, le calma en lui rappelant que sa bonne restait dans le voisinage, qu'il pourrait la voir souvent, et que Christine, qui avait un excellent cœur, lui tiendrait compte de son sacrifice en redoublant d'amitié pour lui. Ces réflexions séchèrent les larmes de François, et il résolut de garder tout son courage jusqu'à la fin.

Le lendemain, quand Isabelle dut partir, il demanda à son père la permission d'accompagner sa bonne jusque chez Christine.

M. DE NANCÉ : Certainement, mon ami ; mais qui est-ce qui te ramènera ?

FRANÇOIS : Paolo, papa, qui est chez Christine pour ses leçons ; nous reviendrons ensemble dans la carriole qui portera les effets de ma bonne, et il me donnera ma leçon d'italien et de musique au retour.

M. DE NANCÉ : Très bien, mon ami ; je te proposerais bien de te mener moi-même, mais je crains d'ennuyer

M. et Mme des Ormes, qui m'ennuient beaucoup : la femme par sa sottise et son manque de cœur à l'égard de sa fille, et le mari par sa faiblesse et son indifférence. »

François partit donc avec Isabelle ; ils préférèrent aller à pied pendant qu'une carriole porterait les malles au château des Ormes. Ils firent la route silencieusement ; François retenait ses larmes ; la bonne laissait couler les siennes.

ISABELLE : Cher enfant, pourquoi m'as-tu demandé d'entrer chez Mme des Ormes ? J'aurais pu encore passer deux ou trois mois avec toi.

FRANÇOIS : Et après, ma bonne, il aurait fallu tout de même nous séparer ! Et tu aurais été placée loin de moi, tandis que chez Christine je pourrai te voir très souvent. Si tu avais pu rester toujours chez papa !... Mais tu as dit toi-même que n'ayant rien à faire depuis que je sortais sans toi, que je couchais près de papa, que je travaillais loin de toi, tu t'ennuyais et que tu étais malade d'ennui. Tu cherchais une place, et en entrant chez Christine tu restes près de moi, tu me fais un grand plaisir en me rassurant sur son bonheur, et tu seras maîtresse de faire tout ce que tu voudras, puisque Mme des Ormes ne s'occupe pas du tout de la pauvre Christine.

— Tu as raison, mon François, tu as raison, mais... il faut du temps pour m'habituer à la pensée de vivre dans une autre maison que la tienne, ne pas t'embrasser tous les matins, et tant d'autres petites choses que j'abandonne avec chagrin. »

François pensait comme sa bonne, il ne répondit pas ; ils arrivèrent au château des Ormes, ils montèrent chez Christine, qui finissait sa leçon avec Paolo. En apercevant François elle poussa un cri de joie et se jeta à son cou. François, déjà disposé aux larmes, s'attendrit de ce témoignage de tendresse et pleura amèrement.

« François, mon cher François, pourquoi pleures-tu ? s'écria Christine en le serrant dans ses bras. Dis-moi pourquoi tu pleures.

FRANÇOIS : C'est le départ de ma bonne qui me fait du chagrin ; mais je suis bien content qu'elle soit avec toi ; elle t'aimera ; tu seras heureuse, aussi heureuse que j'ai été heureux avec elle.

CHRISTINE : Mais alors... pourquoi l'as-tu laissée partir de chez toi ?

FRANÇOIS : Pour que tu sois heureuse. Parce que je craignais pour toi une autre Mina.

CHRISTINE, *l'embrassant* : François ! Mon bon cher François ! que tu es bon ! Comme je t'aime ! Je t'aime plus que personne au monde ! Tu es meilleur que tous ceux que je connais ! Pauvre François ! cela me fait de la peine de te causer du chagrin. »

Et Christine se mit à pleurer. Isabelle fit de son mieux pour les consoler tous les deux, et elle y parvint à peu près.

Au bout d'une demi-heure, François fut obligé de s'en

aller. Christine demanda à Isabelle de le reconduire jusque chez lui, mais l'heure était trop avancée ; il fallait s'habiller et partir pour aller dîner chez Mme de Guibert.

« Nous nous retrouverons dans deux heures, dit Christine à François ; et tu verras aussi ta bonne, parce que maman a dit qu'on me remmènerait à neuf heures et que ce serait ma bonne qui viendrait me chercher.

— Quel bonheur ! » dit François qui partit en carriole avec Paolo et le domestique, après avoir bien embrassé sa bonne et Christine, et tout consolé par la pensée de les revoir toutes deux le soir même.

Isabelle commença la toilette de Christine, et sans la tarabuster, sans lui arracher les cheveux, elle l'habilla et la coiffa mieux que ne l'avait jamais été la pauvre enfant. Elle remercia sa bonne avec effusion, l'embrassa, lui dit encore combien elle était heureuse de l'avoir pour bonne et voulut aller joindre sa maman. Elle ouvrait la porte, lorsque M. des Ormes entra.

M. DES ORMES : Comment ! déjà prête ? Qui est-ce qui t'a habillée ? Comme te voilà bien coiffée ! Avec qui es-tu ici ?

CHRISTINE : Avec ma bonne, papa ; c'est elle qui m'a coiffée et habillée.

M. DES ORMES : Quelle bonne ? d'où vient-elle ? Que veut dire ça ? (Encore une sottise de ma femme, pensa-t-il.) J'en avais une qu'on m'a recommandée et que j'attends depuis le déjeuner. Je suis fâché, Madame, dit-il en s'adressant à Isabelle, que vous soyez installée ici sans que j'en aie rien su ; mais je ne puis confier ma fille à une inconnue, et je vous prie de ne pas vous regarder comme étant à mon service.

ISABELLE : Je croyais vous obliger, Monsieur, d'après ce que m'avait dit Mme des Ormes, en venant de suite près de Mademoiselle ; mais du moment que ma présence ici vous déplaît, je me retire ; vous me permettrez seule-

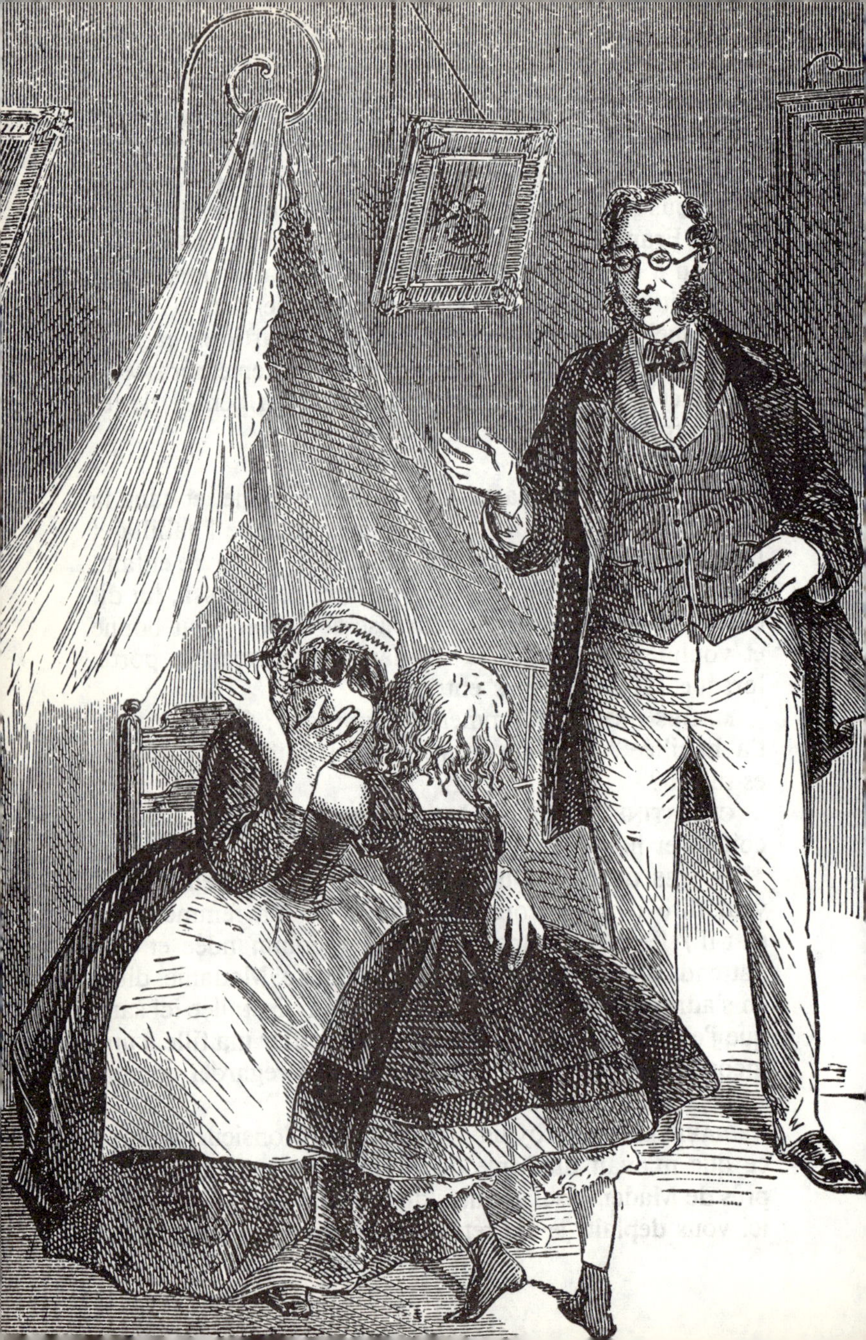

ment de rassembler mes effets que j'avais rangés dans l'armoire. »

L'air digne, le ton poli d'Isabelle frappèrent M. des Ormes, qui se sentit un peu embarrassé et qui dit avec quelque hésitation :

« Certainement ! prenez le temps nécessaire ; je ne veux rien faire qui puisse vous désobliger ; vous coucherez ici si vous voulez.

ISABELLE : Merci, Monsieur, je préfère m'en retourner chez moi. Adieu donc, ma pauvre Christine ; je vous regrette bien sincèrement, soyez-en certaine. »

Christine pleurait à chaudes larmes en embrassant Isabelle. M. des Ormes regardait d'un air étonné l'attendrissement de la bonne et les larmes de Christine, qui s'écria dans son chagrin :

« Dites à mon bon François que je voudrais être morte ; je serais bien plus heureuse.

M. DES ORMES : Ah çà ! Christine, tu perds la tête. Quelle sottise de te mettre à pleurer parce que je ne garde pas une bonne que je ne connais pas, que personne ne connaît et qui est ici depuis quelques instants, je pense ! »

Christine voulut répondre, mais elle ne put prononcer une parole. Isabelle ramassa promptement le peu d'effets qu'elle avait sortis de sa malle, embrassa une dernière fois Christine, et se disposa à partir en disant :

« J'enverrai demain chercher la malle, Monsieur ; vous permettrez peut-être que je la laisse ici ; mais si elle vous gêne, je demanderai à M. de Nancé de vouloir bien l'envoyer chercher de suite.

M. DES ORMES : M. de Nancé ! vous le connaissez ?

ISABELLE : Oui, Monsieur ; je viens de chez lui.

M. DES ORMES : Comment, vous seriez... ? Mais ne vous a-t-il pas donné une lettre pour moi ?

ISABELLE : Non, Monsieur ; j'en avais une pour Madame, qui m'a arrêtée de suite ; mais je vous assure que je regrette bien de m'être présentée ; si j'avais prévu ce qui arrive, je m'en serais bien gardée.

M. DES ORMES : Mon Dieu ! mais... j'ignorais que vous fussiez la personne que devait envoyer M. de Nancé ; je ne savais pas que vous eussiez vu ma femme ; restez, je vous en prie, restez.

ISABELLE : Non, Monsieur ; il pourrait m'arriver d'autres désagréments du même genre et je ne veux pas m'y exposer ; habituée à être traitée par M. de Nancé avec politesse et même avec affection, un langage rude, une méfiance injurieuse me blessent et me chagrinent. Adieu une dernière fois, ma pauvre petite Christine ; le bon Dieu vous protégera. François et moi, nous prierons pour vous. »

En finissant ces mots, Isabelle salua M. des Ormes et sortit. Christine se jeta dans un fauteuil, cacha sa tête dans ses mains et pleura amèrement. Elle ne pouvait aller dîner ainsi chez Mme de Guibert ; M. des Ormes, fort contrarié d'avoir agi si précipitamment, réfléchit un instant, laissa Christine et alla trouver sa femme.

Mme des Ormes finissait sa toilette et mettait ses bracelets.

M. DES ORMES : Vous avez arrêté une bonne tantôt ?

MADAME DES ORMES : Non ; hier pour aujourd'hui.

M. DES ORMES : Pourquoi ne me l'avez-vous pas dit ?

MADAME DES ORMES : Parce que le choix d'une bonne me regarde, que vous n'y entendez rien et que je ne suis pas obligée de vous demander des permissions pour agir comme je l'entends.

M. DES ORMES : Votre cachotterie est cause d'un grand désagrément pour vous. Ne connaissant pas cette bonne, je l'ai renvoyée.

MADAME DES ORMES, *stupéfaite* : Vous l'avez renvoyée ! Mais vous avez perdu le sens ! Jamais je ne retrouverai une femme sûre comme cette Isabelle ! Courez vite ; retenez-la, dites-lui de venir me parler.

M. DES ORMES, *embarrassé* : C'est trop tard : elle est partie.

MADAME DES ORMES, *avec colère* : Partie ! c'est trop fort ! c'est trop bête ! c'est méchant pour Christine que vous prétendez aimer, grossier pour moi qui ai choisi cette femme, injurieux pour cette pauvre bonne, et impertinent pour M. de Nancé qui me la recommande comme une merveille.

M. DES ORMES : Je suis désolé vraiment...

MADAME DES ORMES : Il est bien temps de se désoler quand la sottise est faite. Et voilà l'heure de partir pour ce dîner ! Brigitte, allez chercher Christine. »

Cinq minutes après, Christine entra, les yeux et le nez rouges et bouffis, les cheveux en désordre, la robe chiffonnée.

MADAME DES ORMES : Quelle figure ! Qu'est-ce qui t'est arrivé pour te mettre dans cet état ? Tu ne peux pas aller ainsi faite chez Mme de Guibert. Il faut te recoiffer et te rhabiller. Va chercher ta bonne.

— Ma bonne est partie, dit Christine en recommençant à sangloter.

MADAME DES ORMES : Ah ! c'est vrai ! Alors, viens tout de même comme tu es.

M. DES ORMES : Elle ne peut pas aller chez Mme de Guibert sanglotante, décoiffée et chiffonnée.

MADAME DES ORMES : Taisez-vous et laissez-moi faire ; je sais ce que je fais. Viens, Christine. »

Mme des Ormes repoussa son mari, monta dans la voiture, prit Christine près d'elle et dit au cocher :

« Chez M. de Nancé. »

M. DES ORMES : Comment ! vous ne m'attendez pas ? Vous allez chez M. de Nancé ? Pour quoi faire ? c'est ridicule.

MADAME DES ORMES : Je sais ce que je fais, et vous, vous ne savez pas ce que vous faites. Allez, Daniel. »

Daniel partit, laissant M. des Ormes stupéfait et très mécontent. Une demi-heure après, il fit atteler une petite voiture découverte et partit de son côté.

XII
Mme des Ormes raccommode l'affaire

Mme des Ormes arriva chez M. de Nancé au moment où la voiture de ce dernier avançait au perron. M. de Nancé attendait seul et fut très surpris de voir Mme des Ormes et Christine descendre de leur voiture.

MADAME DES ORMES : Monsieur de Nancé, attendez un instant ; où est Isabelle ? Il faut que je lui parle. M. des Ormes a fait une sottise comme il en fait si souvent. Ne connaissant pas Isabelle, il l'a prise pour une aventurière et l'a fait partir, ne sachant pas que je l'eusse vue et arrêtée. Il est fort contrarié, je suis désolée, Christine est désespérée, et il faut que je voie Isabelle et que je la ramène chez moi.

M. DE NANCÉ : Madame, à vous dire vrai, je ne crois pas que vous réussissiez, car elle doit être fort blessée du procédé de M. des Ormes ; elle n'est pas encore de retour ; revenant à pied par la traverse, elle sera ici dans un quart d'heure.

MADAME DES ORMES : Eh bien, je l'attendrai chez vous. Je ne pars pas avant d'avoir arrangé cette affaire. »

Un peu contrarié, M. de Nancé lui offrit le bras et la mena dans le salon, où ils trouvèrent François qui venait de rejoindre son père ; il fit un cri de joie en voyant Christine et une exclamation de surprise en apercevant ses yeux rouges et les traces de ses larmes.

FRANÇOIS : Christine, qu'as-tu ? Pourquoi viens-tu ? Qu'est-il arrivé ?

— Ta bonne est partie, dit Christine, recommençant à sangloter.

FRANÇOIS : Partie ! Ma bonne ! Et pourquoi ?

CHRISTINE : Papa l'a renvoyée.

FRANÇOIS : Renvoyé ma bonne ! ma pauvre bonne ! et pourquoi ?

CHRISTINE : Je ne sais pas ; il ne la connaissait pas. »

François resta muet ; combattu entre la joie de revoir sa bonne pour quelque temps encore et le chagrin de Christine, il ne savait ce qu'il devait regretter ou désirer. Mme des Ormes expliquait à M. de Nancé la gaucherie de M. des Ormes ; M. de Nancé, ne sachant s'il devait l'accuser avec Mme des Ormes ou combattre l'accusation, gardait le silence. En ce moment on vit Isabelle passer dans la cour et rentrer ; François et Christine coururent à elle.

« Amenez-la, amenez-la ! » criait Mme des Ormes.

François et Christine la firent entrer de force dans le salon. Mme des Ormes courut à elle :

« Ma chère Isabelle, je viens vous chercher. Vous allez

revenir chez moi ; M. des Ormes n'a pas le sens commun ; il ne vous connaissait pas, et il voulait avoir, il attendait Isabelle, bonne de François de Nancé ; c'est donc pour vous avoir qu'il vous a renvoyée si brutalement ! Mais n'y faites pas attention ; il est honteux et désolé ; Christine ne fait que pleurer ; tout le monde est dans le chagrin. Vous reviendrez, n'est-ce pas ?

ISABELLE : Madame, je dois avouer que la manière dont m'a parlé M. des Ormes m'a fort peinée, et que je crains d'avoir à recommencer des scènes de ce genre.

MADAME DES ORMES : Jamais, jamais, ma bonne Isabelle ; croyez-le et soyez bien tranquille pour l'avenir. Je défendrai à mon mari de vous parler ; personne ne trouvera à redire à rien de ce que vous ferez ; Christine vous obéira en tout.

— Oh oui ! en tout et toujours, s'écria Christine se jetant au cou d'Isabelle.

— Ma bonne, ne repousse pas ma pauvre Christine, lui dit tout bas François en l'embrassant.

ISABELLE : Mes chers enfants, je veux bien oublier ce qui s'est passé, mais M. des Ormes voudra-t-il à l'avenir me traiter avec les égards auxquels m'a habituée M. de Nancé ?

MADAME DES ORMES : Oui, je vous réponds de lui, ma chère Isabelle ; il ne s'occupe pas de Christine, vous ne le verrez jamais ; je ne sais quelle lubie lui a pris aujourd'hui.

ISABELLE : Alors, puisque Madame veut bien me témoigner la confiance que je crois mériter, je suis prête à retourner chez Madame. Mais Mlle Christine est toute décoiffée et chiffonnée ; elle ne peut pas dîner ainsi avec ces dames.

MADAME DES ORMES : Vous viendrez avec nous et vous l'arrangerez là-bas ou en route ; ça ne fait rien. Voyons, partons tous ; nous sommes en retard. Monsieur de Nancé, venez avec moi dans ma voiture ; les enfants et Isabelle suivront dans la vôtre. »

M. de Nancé, trop poli pour refuser cet arrangement, offrit le bras à Mme des Ormes et monta dans sa calèche. Isabelle et les enfants montèrent dans le coupé de M. de Nancé. Ils arrivèrent tous un peu tard chez les Guibert, mais encore assez à temps pour n'avoir pas dérangé l'heure du dîner. Quelques instants après, M. des Ormes entra ; il avait perdu du temps en faisant un détour pour s'expliquer avec Isabelle au château de Nancé ; tout le monde en était parti, et lui-même vint les rejoindre chez les Guibert. Après avoir salué M. et Mme de Guibert, il s'avança vivement vers M. de Nancé.

« J'ai bien des excuses à vous faire, Monsieur, du mauvais accueil que j'ai fait à la personne recommandée par vous, mais j'ignorais que vous eussiez écrit à ma femme, qu'elle eût vu la bonne de François, qu'elle l'eût prise de suite, et comme je ne connaissais pas de vue cette bonne, que je tenais beaucoup à elle précisément, et que je l'attendais d'un instant à l'autre, j'ai craint quelque originalité de ma femme ; elle a déjà pris, sans aucun renseignement, cette Mina que j'ai renvoyée, et j'ai craint pour Christine une seconde Mina ; je suis fort contrarié de ma bévue, et je vous demande de vouloir bien faire ma paix avec la bonne de François et obtenir d'elle qu'elle rentre chez moi pour le bonheur de Christine.

M. DE NANCÉ : Mme des Ormes est déjà venue arranger votre affaire, Monsieur. Isabelle a repris son service près de Christine ; elle est ici avec les enfants.

M. DES ORMES : Mille remerciements, Monsieur ; je suis heureux de savoir par vous cette bonne nouvelle. »

Le dîner fut annoncé, et M. des Ormes quitta M. de Nancé pour offrir son bras à Mme de Sibran ; on se mit à table. Les enfants dînaient à part dans un petit salon à côté ; les jeunes Sibran et les Guibert regardaient d'un air moqueur François et Christine qui avaient tous les deux les yeux rouges ; la toilette de Christine avait été imparfaitement arrangée.

« Pourquoi Mina t'a-t-elle si mal coiffée et habillée, Christine ? demanda Gabrielle.

CHRISTINE : D'abord, je n'ai plus Mina.

GABRIELLE : Plus Mina ! Que j'en suis contente pour toi ! Pourquoi est-elle partie ?

CHRISTINE : C'est papa qui l'a chassée hier matin.

BERNARD : Chassée ? racontez-nous cela, Christine ; ce doit être amusant.

HÉLÈNE : Est-ce qu'il a mis sa meute après elle ?

MAURICE : Oui, sa meute composée du chien de garde et d'un basset.

CHRISTINE : Je ne vous raconterai rien du tout, puisque vous parlez ainsi de papa et de ses chiens.

CÉCILE : Oh ! je t'en prie, Christine !

CHRISTINE : Non, je le dirai après dîner à Bernard et à Gabrielle ; mais à vous autres, rien.

CÉCILE : Tu es ennuyeux, Maurice, avec tes méchancetés.

MAURICE : Je n'ai rien dit de méchant : demande au chevalier de la Triste-Figure[1].

CHRISTINE : Qui appelez-vous comme ça ?

MAURICE : Votre chevalier, ébouriffé comme vous, et qui a les yeux gonflés comme vous, ce qui fait croire qu'on vous a administré une correction à tous les deux.

CHRISTINE : On administre des corrections aux méchants comme vous, à des garçons mal élevés comme vous. François est toujours bon, et s'il a les yeux rouges, c'est par bonté pour moi et pour sa bonne. Et s'il a l'air triste, c'est parce qu'il est bon : il est cent fois mieux avec son air triste et doux que s'il avait l'air sot et méchant.

ADOLPHE : Avec ça, il a une belle tournure, une belle taille.

CHRISTINE : Attendez qu'il ait vingt ans, et nous verrons lequel sera le plus grand et le plus beau de vous deux.

MAURICE : Ha, ha, ha ! quelle niaiserie ? attendre huit ans ! »

Christine, rouge et irritée, allait répondre, lorsque François l'arrêta.

FRANÇOIS : Laisse-les dire, ma chère Christine ! Ces pauvres garçons ne savent ce qu'ils disent : ne te fâche pas, ne me défends pas. Quel mal me font-ils ? Aucun. Et ils se font beaucoup de mal en se faisant voir tels qu'ils sont. Tu vois bien que toi et moi nous sommes vengés par eux-mêmes.

BERNARD : Bien répondu, François ! bien dit ! Tu sais joliment te défendre contre les méchantes langues.

FRANÇOIS : Je ne me défends pas, Bernard, car je ne me crois pas attaqué. Je calme Christine qui allait s'emporter. »

Bernard, Gabrielle et Mlles de Guibert se moquèrent de Maurice et d'Adolphe, qui finirent par ne savoir que

---

1. Surnom donné à un fou nommé don Quichotte.

répondre à François et à Christine, et, tout en riant et causant, le dîner s'avançait et on en était au dessert. Maurice et Adolphe, pour dissimuler leur embarras, mangèrent si abondamment que le mal de cœur les obligea de s'arrêter.

Les autres enfants firent des plaisanteries sur leur gloutonnerie.

HÉLÈNE : On dirait que vous mourez de faim chez vous.

CÉCILE : Ou bien que vous ne mangez rien de bon à la maison.

BERNARD : Vous serez malades d'avoir trop mangé.

GABRIELLE : Et personne ne vous plaindra. »

Maurice et Adolphe, mal à l'aise et honteux, ne répondaient pas ; ils avaient fini leur repas. On sortit de table ; tout le monde descendit au jardin ; les enfants se mirent à jouer et à courir, à l'exception de Maurice et d'Adolphe, qui restèrent au salon à moitié couchés dans des fauteuils. Ils avaient comploté de s'emparer de quelques cigarettes qu'ils avaient vues sur la cheminée, et de fumer quand ils seraient seuls ; leurs parents leur avaient expressément défendu de fumer, mais ils n'avaient pas l'habitude de l'obéissance, et ils firent en sorte qu'on ne s'aperçût pas de leur absence.

XIII
Incendie et malheur

M. de Guibert proposa une promenade en bateau ; on devait traverser l'étang, qui tournait comme une rivière et qui avait un kilomètre de long ; on devait descendre sur l'autre rive, et assister à une danse à l'occasion de la noce d'une fille de ferme de M. de Guibert. On s'embarqua en deux bateaux ; on recommanda aux enfants de ne pas bouger ; les messieurs se mirent à ramer. M. de Nancé avait placé François près de lui, et Christine s'était mise entre François et sa cousine Gabrielle. Quand on débarqua, la noce était très en train ; on dansait, on chantait, on avait l'air de beaucoup s'amuser ; les danseurs accoururent aussitôt pour inviter Mlles de Guibert, Gabrielle et

Christine ; Bernard engagea à danser une des petites filles de la noce ; les mamans, les papas dansèrent aussi ; au milieu de l'animation générale, personne ne s'aperçut de l'absence de Maurice et d'Adolphe ; à neuf heures, M. de Nancé parla de départ.

« Mais il n'est pas tard, dit Mme des Ormes.

M. DE NANCÉ : Il est neuf heures, Madame, et, pour nos enfants, je crois qu'il est temps de terminer cette agréable soirée.

MADAME DES ORMES : C'est ennuyeux, les enfants ! Ils gâtent tout ! Ils empêchent tout ! Ne trouvez-vous pas ?

M. DE NANCÉ : Je trouve, Madame, qu'ils rendent la vie douce, bonne, intéressante, heureuse enfin ; et, s'ils empêchent de goûter quelques plaisirs frivoles, ils donnent le bonheur. Le plaisir passe, le bonheur reste.

MADAME DES ORMES : C'est égal, on est bien plus à l'aise pour s'amuser sans enfants. »

Le jour baissait, et M. de Guibert avait fait allumer les lanternes du bateau, qui faisaient un effet charmant ; elles étaient en verres de différentes couleurs, et formaient lustres aux deux bouts du bateau. Toute la société du château se rembarqua et on s'éloigna. M. et Mme de Sibran s'aperçurent enfin que Maurice et Adolphe ne les avaient pas accompagnés, ce qu'Hélène expliqua par le malaise qu'ils éprouvaient pour avoir trop mangé. On était arrivé au quart du trajet, à un tournant d'où l'on découvrait le château, et on vit avec surprise des jets de flammes qui éclairaient l'étang ; chacun regarda d'où ils venaient, et on s'aperçut avec terreur qu'ils s'échappaient des croisées du château ; les rameurs redoublèrent d'efforts pour aborder au plus vite ; de nouveaux jets de flammes s'échappèrent des croisées de l'étage supérieur, et quand on put débarquer, les flammes envahissaient plus de la moitié du château. M. de Nancé fit rester les dames et les enfants sur le rivage, fit promettre à Fran-

çois de ne pas chercher à le rejoindre, et courut avec les autres pour organiser les secours. Les domestiques allaient et venaient éperdus, chacun criant, donnant des avis, que personne n'exécutait. M. de Sibran, fort inquiet de ses fils, les appela, les chercha de tous côtés ; personne ne lui répondit ; les domestiques, trop effrayés pour faire attention à ses demandes, ne lui donnaient aucune indication. M. de Guibert ne s'occupait que du sauvetage des papiers, des bijoux et effets précieux ; on jetait tout par les fenêtres, au risque de tout briser et de tuer ceux qui étaient dehors. Il n'y avait pas de pompe à incendie, pas assez de seaux pour faire la chaîne, personne pour commander ; à mesure que les flammes gagnaient le château, le désordre augmentait ; on avait heureusement pu sauver tout ce qui avait de la valeur, l'argent, les bijoux, les tableaux, le linge, les bronzes, la bibliothèque, etc. Mais tous les meubles, les tentures, les glaces furent consumés. M. de Guibert travaillait encore avec ardeur à sauver ce que le feu n'avait pas atteint ; M. de Sibran, éperdu, continuait à appeler et à chercher ses fils ; M. de Nancé avait demandé aux domestiques ce qu'étaient devenus les jeunes de Sibran.

« Ils sont sans doute dans le parc, Monsieur ; on suppose qu'ils auront mis le feu au salon, où ils étaient restés seuls, et qu'ils se sont sauvés ; on n'a trouvé personne dans les salons quand on s'est aperçu de l'incendie. Au rez-de-chaussée il ne leur était pas difficile de s'échapper. »

M. de Nancé, rassuré sur leur compte et se voyant inutile, retourna près de ces dames, pensant à l'inquiétude qu'avait certainement éprouvée François en le voyant s'exposer aux accidents d'un incendie, et aussi à l'inquiétude terrible de Mme de Sibran pour ses deux fils, qui étaient très probablement restés au salon, d'après le dire du valet de chambre.

Un cri de joie salua son retour, François se jeta à son cou ; il l'embrassa tendrement, et il sentit un baiser sur sa main ; Christine était près de lui, l'obscurité croissante l'avait empêché de l'apercevoir ; il la prit aussi dans ses bras et l'embrassa comme il avait embrassé François. Ensuite il chercha Mme de Sibran, qui était profondément accablée et qui, assise au pied d'un arbre, pleurait la tête dans ses mains.

« Eh bien ! mes enfants ? dit-elle avec inquiétude.

M. DE NANCÉ : Je crois qu'ils sont avec M. de Sibran, Madame ; ils ne tarderont pas à venir vous rassurer.

MADAME DE SIBRAN : Dieu soit loué ! ils sont en sûreté ! Les avez-vous vus ? Où étaient-ils ?

M. DE NANCÉ : Je ne saurais vous dire, Madame. Nous étions tous trop occupés pour avoir des détails. Mais, comme le disait le domestique que j'ai questionné, il est clair qu'ils ne pouvaient courir aucun danger, quand même ils se seraient trouvés dans le foyer de l'incendie ; au rez-de-chaussée, à six pieds de terre, il ne pouvait rien leur arriver.

MADAME DE SIBRAN : Vous avez raison, mais un

incendie est toujours si terrible ; Dieu vous bénisse, mon cher Monsieur, pour les nouvelles rassurantes que vous êtes venu me donner, et que mon mari... »

Un grand cri, cri de détresse et de terreur, interrompit sa phrase inachevée. A une mansarde du château, éclairée par les flammes, apparurent deux têtes livides, épouvantées, criant au secours ; c'étaient Maurice et Adolphe. MM. de Sibran, des Ormes et les domestiques étaient en bas ; leur cri d'épouvante avait répondu au cri de détresse des enfants. M. de Sibran se laissa tomber par terre ; M. des Ormes, les mains jointes, la bouche ouverte, répétait : « Mon Dieu ! mon Dieu ! » mais ne bougeait pas. Les domestiques criaient et couraient.

Mme de Sibran se releva et se précipita pour secourir ses fils, mais Dieu lui épargna la douleur de voir ses efforts inutiles, en la frappant d'un profond évanouissement.

« Pauvre femme ! dit M. de Nancé la regardant avec pitié ; elle est mieux ainsi que si elle avait sa connaissance. François, ne bouge pas d'ici, je te le défends : je vais tâcher de sauver ces infortunés.

— Papa, papa, ne vous exposez point ! s'écria François les mains jointes.

— Sois tranquille, je penserai à toi, cher enfant, et Dieu veillera sur nous. »

Et il s'élança vers le château.

« Des matelas, vite des matelas ! » cria-t-il aux domestiques épouvantés.

A force de les exhorter, de les pousser, de répéter ses ordres, il parvint à faire apporter cinq ou six matelas, qu'il fit placer sous la mansarde où étaient encore Maurice et Adolphe, enveloppés de flammes et de fumée.

M. DE NANCÉ : Jetez-vous par la fenêtre, il y a des matelas dessous. Allons, courage ! »

Maurice s'élança et tomba maladroitement, moitié sur les matelas et moitié sur le pavé. M. de Nancé se baissa pour le retirer et faire place à Adolphe ; mais avant qu'il eût eu le temps de l'enlever, Adolphe se jeta aussi et vint tomber sur les épaules de son frère, qui poussa un grand cri et perdit connaissance.

« Malheureux ! s'écria M. de Nancé, ne pouviez-vous attendre une demi-minute ?

— Je brûlais, je suffoquais », répondit faiblement Adolphe.

Et il commença à gémir et à se plaindre de la douleur causée par les brûlures. M. de Nancé remit Adolphe aux mains des domestiques, qui l'emmenèrent à la ferme, et lui-même s'occupa de faire revenir Maurice : mais ses soins furent inutiles ; les reins étaient meurtris ainsi que les épaules ; les jambes, qui avaient porté sur le pavé, étaient contusionnées et brisées ; il demanda qu'on allât au plus vite chercher un médecin, étendit Maurice sur

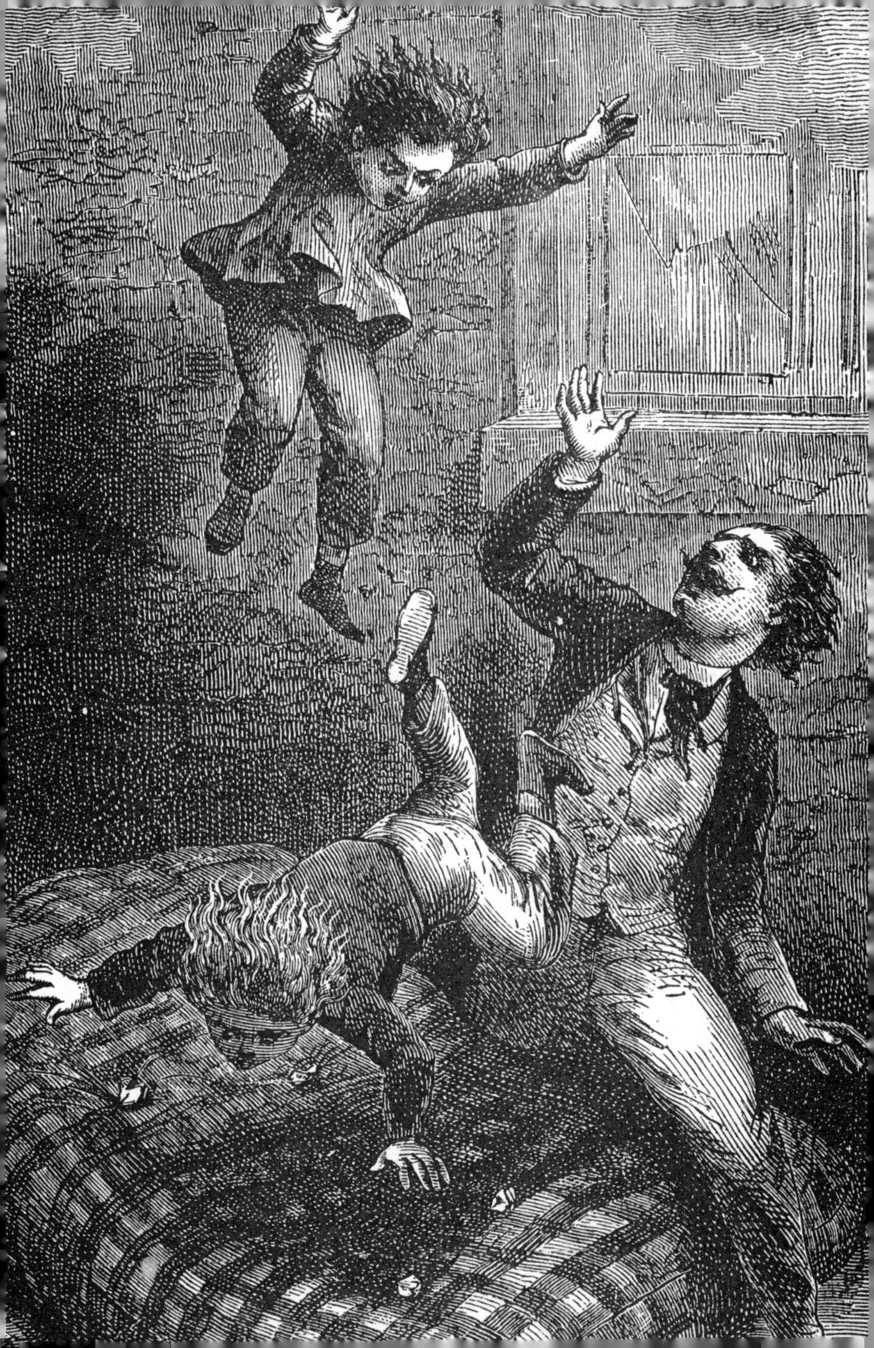

l'herbe, et engagea M. de Sibran à donner des soins à ses fils au lieu de se lamenter.

« Ma femme ! ma femme ! dit M. de Sibran avec désespoir.

M. DE NANCÉ : Que diable ! mon cher, ayez donc courage ! Que votre femme s'évanouisse, on le comprend. Mais vous, faites votre besogne de père, et voyez ce qu'il y a à faire pour secourir vos fils.

M. DE SIBRAN : Mes fils ! mes enfants ! Où sont-ils ?

M. DE NANCÉ : Ils sont contusionnés et brûlés : Maurice, là, près de vous, et Adolphe à la ferme.

— Maurice ! Maurice ! » s'écria M. de Sibran en se jetant près de lui.

Maurice poussa un gémissement douloureux.

M. DE NANCÉ : Prenez garde ! ne lui donnez pas d'émotions inutiles. Faites-lui respirer du vinaigre, bassinez-lui le front et les tempes, mais ne le secouez pas ! Mettez deux matelas près de lui, et tâchons de l'enlever pour le placer dessus. »

M. de Sibran demanda du monde pour l'aider à transporter Maurice. M. de Nancé appela M. des Ormes, lui répéta ce qu'il y avait à faire en attendant le médecin, et retourna près de ces dames. Il prit de l'eau dans son chapeau, en jeta quelques gouttes sur la tête et le visage de Mme de Sibran, toujours évanouie, lui bassina à grande eau les tempes et le front, et demanda à ces dames de continuer jusqu'à ce qu'elle reprît ses sens. Mme des Ormes et Mme de Guibert s'en chargèrent et apprirent par M. de Nancé le triste état de Maurice et d'Adolphe.

« Qu'est-ce qui a causé l'incendie, papa ? demanda François. Où est ma bonne ?

— Ta bonne va bien, mon enfant ; elle est allée donner des soins à Adolphe. Quant à l'incendie et ce qui l'a occasionné, personne ne le sait ; les domestiques étaient tous à table ; il n'y avait au salon que Maurice et Adolphe ; on ne comprend pas comment le feu a pris au salon, et comment ces deux garçons se sont trouvés dans les mansardes. Maurice est encore sans connaissance, et Adolphe gémit et ne parle pas ; tous deux sont fortement brûlés et doivent souffrir beaucoup. »

Mme de Sibran était revenue à elle pendant que M. de Nancé parlait aux enfants consternés. On lui dit que ses fils étaient sauvés ; M. de Nancé lui expliqua de quelle manière et comment la précipitation d'Adolphe avait contusionné Maurice.

« On a été chercher un médecin, ajouta-t-il, et je pense qu'on pourra sans inconvénient les transporter chez vous, Madame. »

Après quelques autres explications à ces dames et aux enfants, Mme de Guibert lui demanda si toutes les chambres du château avaient été atteintes et consumées, et s'il n'y avait plus de logement pour elle et sa famille.

M. DE NANCÉ : Tout est brûlé, Madame, mais on a pu sauver les effets d'habillement et les objets de valeur.

MADAME DE GUIBERT : Qu'allons-nous devenir ? Où irons-nous ?

M. DE NANCÉ : Si j'osais vous offrir un refuge provisoire, Madame, je vous demanderais de vouloir bien accepter mon château ; je n'en occupe qu'une petite partie avec mon fils ; le reste est à votre disposition.

MADAME DE GUIBERT : Merci, Monsieur de Nancé ; je suis bien reconnaissante de votre offre ; si mon mari m'y autorise, je l'accepterai pour quelques jours, jusqu'à ce que nous trouvions à nous loger. Ce sera une gêne pour vous, je le sais, et je vous suis d'autant plus obligée.

M. DE NANCÉ : Trop heureux de vous venir en aide dans un si grand embarras, Madame.

MADAME DE GUIBERT : Permettez-vous que nous nous installions chez vous dès cette nuit ?

M. DE NANCÉ : Certainement, Madame. Je retourne

chez moi pour donner les ordres nécessaires. Viens, François ; nous allons bientôt partir, mon ami. »

Mmes des Ormes et de Cémiane proposèrent à Mme de Sibran de la ramener près de ses fils.

« Après quoi nous retournerons chacune chez nous : les pauvres enfants doivent être harassés de fatigue », dit Mme de Cémiane.

XIV
Heureux moments pour Christine

Ils se dirigèrent tous vers la pelouse où se trouvait Maurice avec son père, toujours morne et accablé, et MM. des Ormes et de Cémiane. Maurice avait retrouvé sa connaissance et la parole ; il se plaignait de ses brûlures, de vives douleurs dans les jambes, dans les reins ; il ne pouvait faire un mouvement sans gémir. Mme de Sibran s'agenouilla près de lui sans parler ; ses larmes tombèrent amères et abondantes sur le visage de son fils noirci par la fumée, et qui exprimait une souffrance aiguë. Elle déposa un baiser sur son front, puis resta immobile et silencieuse. Elle demanda à ces dames de la laisser près de son fils et d'emmener leurs enfants. Elle pria M. de Sibran de faire porter Maurice près d'Adolphe, afin qu'elle les eût tous deux sous les yeux. M. de Nancé se chargea de la commission et s'éloigna avec

121

François, que Christine n'avait pas quitté un instant. Isabelle vint les joindre pour chercher Christine et la faire monter dans la voiture de Mme des Ormes. Mais quand ils arrivèrent dans la cour où étaient les voitures, ils trouvèrent Mme des Ormes partie. N'ayant trouvé ni Christine ni Isabelle, elle s'en était informée ; on lui avait répondu qu'elles avaient sans doute été emmenées par M. des Ormes ; ne poussant pas plus loin ses recherches, elle était partie pour les Ormes.

L'effroi de Christine en se voyant oubliée fut de suite calmé par M. de Nancé, qui lui dit :

« Ma petite Christine, je t'emmènerai avec François et Isabelle, et tu coucheras chez moi avec Isabelle, qui nous sera fort utile pour préparer les logements des Guibert.

— Merci, cher Monsieur de Nancé, répondit Christine en lui baisant la main qui tenait la sienne. Comme vous êtes bon ! Comme François est heureux ! et comme je suis contente pour lui que vous soyez son papa !

— Merci, papa ! mon cher papa ! s'écria François, dont les yeux brillèrent de joie. Montons vite en voiture, de peur que Mme des Ormes ne revienne chercher Christine. »

Christine sauta dans la voiture près de M. de Nancé ; François s'élança en face d'elle ; Isabelle, près de lui ; et M. de Nancé, souriant de l'inquiétude de François et de Christine, dit au cocher d'aller bon train. Quand ils arrivèrent, il chargea Isabelle d'installer Christine dans l'ancienne petite chambre de François donnant dans celle d'Isabelle ; François, tout joyeux, mena Christine dans cette petite chambre, l'embrassa ainsi que sa bonne, et alla se coucher dans la sienne, près de son père. Il n'oublia pas dans sa prière de remercier le bon Dieu de lui avoir donné un si bon père et une si bonne petite amie, et il s'endormit heureux et reconnaissant.

M. de Nancé, au lieu de se reposer des fatigues de la journée, veilla, avec Isabelle et Bathilde, à l'arrangement des chambres destinées aux Guibert, maîtres et domestiques ; tout était prêt quand ils arrivèrent. Il les reçut à la porte du château, les installa chacun chez eux, leur recommanda de demander tout ce qu'ils désiraient, et échappa à leurs remerciements mille fois répétés, en rentrant dans son appartement ; il embrassa son petit François endormi et se coucha après avoir, lui aussi, remercié le bon Dieu de lui avoir donné un si excellent fils.

Christine dormit tard et se réveilla le lendemain tout étonnée de ne pas connaître sa chambre ; elle ne tarda pas à se ressouvenir des événements de la veille, et son cœur bondit de joie quand elle pensa qu'elle reverrait François et M. de Nancé et qu'elle déjeunerait avec eux, chez eux. A peine Isabelle l'eut-elle habillée et lui eut-elle fait faire sa prière, que François entra ; Christine courut à lui et se jeta dans ses bras.

« Oh ! François, garde-moi toujours chez toi ! Je me sens si heureuse ici ! mon cœur est tranquille comme s'il dormait.

FRANÇOIS : Je serais bien, bien content de te garder toujours, mais ton papa et ta maman ne voudront pas.

CHRISTINE : Pourquoi ? qu'est-ce que ça leur fait ? Tu vois bien qu'ils m'ont oubliée hier dans ce château brûlé.

FRANÇOIS : C'est parce que tout le monde était agité par cet incendie. Tu vas voir qu'ils vont t'envoyer chercher... En attendant, je viens t'emmener pour déjeuner. Je déjeune toujours avec papa, et j'ai dit que tu déjeunerais avec nous. Veux-tu ?

CHRISTINE : Merci, merci, mon bon François. Quelle bonne idée tu as eue ! »

François embrassa sa bonne, qui les regardait avec tendresse, et, prenant la main de Christine, ils coururent tous deux chez M. de Nancé, qui écrivait en attendant François.

« Bonjour, mon bon cher papa », dit François en lui passant les bras autour du cou.

Il se sentit en même temps embrassé de l'autre côté, et deux petits bras entourèrent aussi son cou. C'était Christine, qui faisait comme François.

Il sourit, les embrassa tous deux.

« Bonjour, chers enfants ; vous voilà déjà ensemble ?

— Cher Monsieur de Nancé, gardez-moi toujours avec vous et avec François. Je serais si heureuse chez vous ! je vous aimerai tant ! autant que François, dit Christine en l'entourant toujours de ses bras.

M. DE NANCÉ : Ma pauvre chère enfant, j'en serais aussi heureux que toi ; mais c'est impossible ! Tu as un père et une mère.

— Quel dommage ! » dit Christine en laissant retomber ses bras.

M. de Nancé sourit encore une fois et l'embrassa.

« Notre déjeuner est prêt, dit-il. Nous avons bon appétit ; mangeons. »

Il servit à Christine et à François une tasse de chocolat, et prit lui-même une tasse de thé. Les enfants mangèrent et causèrent tout le temps : leurs réflexions amusaient M. de Nancé : leur amitié réciproque le touchait : il regrettait, comme Christine, de ne pouvoir la garder toujours : son petit François serait si heureux ! Mais il se redit ce qu'il leur avait dit déjà :

« C'est impossible ! »

Après les avoir laissés jouer quelque temps :

« Je crois, ma petite Christine, dit-il, que je vais à présent faire atteler la voiture pour te ramener chez tes parents, qui doivent être inquiets de toi.

— Déjà ! s'écrièrent les deux enfants à la fois.

— Eh oui ! déjà, mais vous vous reverrez bientôt et souvent. Isabelle te mènera promener de notre côté, et François ira se promener avec moi du côté des Ormes : vous jouerez pendant que je lirai au pied d'un arbre : et puis nous ferons des visites au château et à ta tante de Cémiane quand tu y seras. »

M. de Nancé fit atteler ; il monta dans la voiture avec François, Christine et Isabelle ; un quart d'heure après, ils descendaient au château des Ormes. Ils trouvèrent M. et Mme des Ormes dans le salon.

MADAME DES ORMES : Ah ! vous voilà, Monsieur de Nancé ; c'est fort aimable de m'avoir vous-même ramené Christine ; je pensais bien que quelqu'un s'en serait chargé.

M. DES ORMES : Comment est-ce M. de Nancé qui nous amène Christine ? D'où venez-vous donc, mon cher Monsieur ?

M. DE NANCÉ : De chez moi, Monsieur.

MADAME DES ORMES : Ah ! c'est que vous ne savez pas, mon cher, que j'ai laissé Christine hier soir chez les Guibert, la croyant avec vous. Ce n'est pas étonnant ! Cet incendie était si terrible ! Mais j'ai bien pensé ce matin, en la sachant encore absente, que M. de Nancé ou bien ma sœur de Cémiane l'aurait emmenée et nous la ramènerait.

125

M. DES ORMES : Vous abusez de l'obligeance de M. de Nancé, Caroline.

MADAME DES ORMES : Pas du tout. Je suis bien sûre que M. de Nancé est très heureux de me rendre ce service.

M. DE NANCÉ : Celui-là, oui, Madame : je vous l'affirme bien sincèrement.

— Vous voyez bien, dit Mme des Ormes triomphante. Vous croyez toujours que les autres pensent comme vous. Je suis persuadée, moi, que si j'avais à faire un voyage, et si je demandais à M. de Nancé de garder Christine chez lui en mon absence, il le ferait avec plaisir.

M. DE NANCÉ : Non seulement avec plaisir, Madame, mais avec bonheur. Essayez, vous verrez.

MADAME DES ORMES : Que vous êtes aimable, Monsieur de Nancé !

M. DES ORMES : Caroline, ne faites donc pas des suppositions impossibles. Monsieur de Nancé, voulez-vous rester à déjeuner avec nous ?

M. DE NANCÉ : Merci bien, Monsieur ; j'ai chez moi nos pauvres voisins incendiés, et je ne les ai pas encore vus aujourd'hui. »

M. de Nancé partit avec François quelques instants après ; Christine monta dans sa chambre avec Isabelle.

XV
Tristes suites de l'incendie

Aucun événement extraordinaire ne vint plus troubler la tranquillité des châteaux voisins. Christine continua à voir François, Gabrielle et Bernard, presque tous les jours, tantôt chez eux, tantôt au château des Ormes. François s'attachait de plus en plus à Christine, et, grâce au désir qu'avait Isabelle de se rapprocher de lui, ils se retrouvaient dans leurs promenades et aussi dans leurs visites au château de Cémiane. M. de Nancé, cédant au désir de François, donnait souvent des déjeuners et des goûters aux enfants des environs ; c'étaient les beaux jours de François et de Christine. Paolo continuait avec un succès marqué ses leçons à ses deux élèves. Mme des Ormes avait voulu que Paolo les donnât à Christine sans payement, mais M. des Ormes, qui redoutait le ridicule, plus encore qu'il ne craignait l'humeur de sa femme, les paya assez largement pour fermer la bouche aux mauvaises langues ; car dans le voisinage on s'amusait beaucoup de l'avarice de Mme des Ormes pour tout ce qui concernait sa fille.

La vie se passait donc heureuse et calme pour François et Christine ; pour M. de Nancé, qui n'était heureux que par son fils ; pour Isabelle, qui aimait beaucoup Christine à cause de la tendresse qu'elle témoignait à François, et aussi à cause des charmantes qualités qui se développaient par les soins de cette bonne intelligente et par ceux de M. de Nancé. Ce dernier portait à Christine une affection paternelle, et il cherchait à suppléer à la direction qui manquait à la pauvre enfant du côté de ses parents, par des conseils, toujours écoutés et suivis avec reconnaissance. Mme des Ormes oubliait sans cesse sa fille pour ne s'occuper que de toilette et de plaisirs. M. des Ormes, faible et indifférent, avait, comme nous l'avons vu, des éclairs de demi-tendresse qui ne duraient pas ; tranquille sur le sort de Christine depuis qu'il la savait sous la direction sage et dévouée d'Isabelle, il ne s'occupait pas de sa fille, et cherchait, comme sa femme, à passer agréablement ses journées. Tous deux laissaient à Isabelle liberté complète d'élever Christine selon ses idées ; c'est ainsi qu'aidée de M. de Nancé elle donna à Christine des sentiments religieux et des habitudes pieuses qui lui manquaient ; elle la menait au catéchisme avec François, qui fit cette année sa première communion sous la direction du bon curé du village et guidé par son père, dont la piété touchait et encourageait François et Christine.

Dès les premiers temps qui suivirent l'entrée d'Isabelle chez Christine, ils eurent occasion d'exercer la vertu de charité à l'égard de Maurice et d'Adolphe. Les brûlures d'Adolphe le faisaient souffrir beaucoup, mais ce n'était rien auprès de ce que souffrait Maurice. Outre des brûlures, le médecin lui avait trouvé les reins et le dos contusionnés et déviés, et les jambes toutes disloquées.

On les transporta chez eux la nuit même de l'incendie ; et ce fut après qu'ils furent installés dans leurs lits, que les deux médecins appelés commencèrent à panser les brûlures et à remettre les membres démis et brisés. Paolo avait demandé à assister à l'opération ; il voulut donner des conseils, et faire autrement que ne faisaient les médecins pour remettre les membres disloqués et brisés. Mais on se moqua de ses avis, et on refusa de les suivre.

Paolo se retira en branlant la tête, et dit le lendemain à M. de Nancé :

« Mauvais, mauvais pour le Maurice ! Sera bossou et horrible ; les zambes mal arranzées ; très mal ! C'est abouminable ! Moi z'aurais fait bien ; pas comme ces zens imbéciles. »

Maurice poussa des cris lamentables pendant cette opération, qui dura une demi-heure environ. Maurice se trouvait dans l'impossibilité de remuer, à cause des appareils qui maintenaient ses jambes et ses épaules : il fallait le faire boire et manger, le moucher et l'essuyer comme un petit enfant ; il se désolait, se fâchait : ses colères et ses agitations augmentaient son mal.

Les premiers jours sa vie fut en danger, et personne ne put le voir ; mais, après un mois, M. de Nancé demanda si François ne pouvait pas venir le distraire et le consoler ; M. et Mme de Sibran acceptèrent la proposition avec joie, et ils annoncèrent à leur fils la visite de François.

« Pourquoi l'avez-vous acceptée, dit Maurice en gémissant. Il va triompher de me voir si malade ; Adolphe et moi, nous nous sommes moqués de sa bosse, et il doit nous en vouloir.

MADAME DE SIBRAN : Mon pauvre ami, tu t'ennuies tant et tu souffres tant, que ton père et moi avons jugé utile de te donner une distraction.

MAURICE : Jolie distraction !

ADOLPHE : Agréable passe-temps ! »

Malgré l'humeur qu'ils témoignaient, ils ne voulurent pas que Mme de Sibran écrivît à François pour l'empêcher de venir. Le lendemain, François arriva à une heure ; ni Maurice ni Adolphe ne bougèrent ni ne parlèrent quand il entra chez eux et qu'il leur dit bonjour d'un air affectueux.

FRANÇOIS : Vous avez bien souffert et vous souffrez encore beaucoup ?... »

Pas de réponse.

FRANÇOIS : Nous avons été tous bien tristes de votre accident... Papa a envoyé tous les jours savoir de vos nouvelles... Dès que j'ai su que vous alliez un peu mieux, j'ai bien vite demandé la permission de venir vous voir... Vous surtout, pauvre Maurice, qui ne pouvez pas faire un mouvement... Je vous fatigue peut-être ?... Dites-le-moi franchement ; je reviendrai demain ou après-demain... »

Le pauvre François était un peu embarrassé : il ne savait s'il devait rester ou s'en aller : il attendit encore quelques minutes, et, Maurice et Adolphe persistant à garder le silence, il se leva.

« Adieu, Maurice ; adieu, Adolphe ; je reviendrai vous voir avec papa, et je ne resterai pas longtemps, pour ne pas vous fatiguer. »

Le bon François sortit un peu triste du mauvais accueil que lui avaient fait ces garçons dont il avait déjà eu tant à se plaindre ; mais, toujours bon et généreux, il se dit :

« Il ne faut pas leur en vouloir, à ces pauvres malheureux ! Ils souffrent ; peut-être que le bruit leur fait mal... Je verrai une autre fois à leur parler de choses qui les amusent. »

Christine savait qu'il avait été voir les Sibran : le lendemain, elle alla chez lui savoir de leurs nouvelles.

« Ils souffrent toujours beaucoup, répondit François.
CHRISTINE : Ont-ils été contents de te voir ?
FRANÇOIS : Je ne sais pas ; ils ne me l'ont pas dit.
CHRISTINE : T'ont-ils raconté comment le feu avait pris au salon ?
FRANÇOIS : Non, je ne le leur ai pas demandé.
CHRISTINE : De quoi avez-vous donc causé ?
FRANÇOIS : Mais ils n'ont pas causé ; j'ai parlé tout seul.
CHRISTINE : Ah ! mon Dieu ! est-ce que leur langue est brûlée ?
FRANÇOIS, *souriant* : Non ; seulement ils ne parlent pas. »
Christine le regarda attentivement.
CHRISTINE : François,... ils t'ont fait quelque méchanceté, et tu ne veux pas le dire. Je le vois à ton air embarrassé.

— Et tu as deviné, Christine, dit M. de Nancé en riant.

Ils ne lui ont pas dit un mot, pas répondu un oui ou un non ; ils ne l'ont pas regardé. Et François veut y retourner.

CHRISTINE : Tu es trop bon, François ! Je t'assure que tu es trop bon. Ne trouvez-vous pas, cher Monsieur ?

M. DE NANCÉ : On n'est jamais trop bon, ma petite Christine, et rarement on l'est assez. En retournant chez Maurice et Adolphe, François fait un double acte de charité, il rend le bien pour le mal, et il visite des malheureux qui souffrent et qui ont longtemps à souffrir encore, surtout Maurice. Cette seconde visite les touchera peut-être ; et, s'ils voient souvent François, ils deviendront probablement meilleurs.

CHRISTINE : C'est vrai, cela ; on est toujours meilleur quand on a passé quelque temps avec François et avec vous... Et c'est pourquoi je serais si contente de ne jamais vous quitter tous les deux !... Si vous vouliez ?...

— Pauvre chère enfant, dit M. de Nancé en l'embrassant, n'y pense pas ; c'est impossible.

CHRISTINE : Quand je serai vieille, et que je serai ma maîtresse, je viendrai chez vous et j'y resterai toujours.

M. DE NANCÉ : Alors nous verrons : nous avons le temps d'y penser. En attendant, va jouer avec François : j'ai à travailler.

CHRISTINE : Qu'est-ce que que vous faites ? A quoi travaillez-vous ?

M. DE NANCÉ : Tu es une petite curieuse. Je travaille à un livre que tu ne comprendras pas.

CHRISTINE : Vous croyez ? Je crois, moi, que je comprendrai. De quoi parlez-vous ?

M. DE NANCÉ : De l'éducation des enfants, et des sacrifices qu'on doit leur faire.

CHRISTINE : Ce n'est pas difficile à comprendre. Il faut faire comme vous, voilà tout. Je comprends très bien tous les sacrifices que vous faites à François. Je vois que vous restez toujours à la campagne pour l'éducation de François ; que vous ne voyez que les personnes qui peuvent être utiles ou agréables à François ; que vous me laissez venir si souvent vous déranger et vous ennuyer chez vous, pour François ; que vous m'apprenez à être bonne et pieuse, pour François ; que vous m'aimez enfin pour François ; que vous...

M. DE NANCÉ, *l'embrassant* : Assez, assez, chère enfant ; tu es trop modeste pour ce qui te regarde et trop clairvoyante pour le reste. Dans l'origine, je t'ai aimée et attirée pour François, mais je t'ai bien vite aimée pour toi-même, et, après François, tu es la personne que j'aime le plus au monde. François le sait bien : nous parlons souvent de toi, et nous nous entendons très bien pour t'aimer.

CHRISTINE, *se jetant à son cou* : Je suis bien contente de ce que vous me dites là ! Comme je vous aime, cher, cher Monsieur de Nancé ! Et comme cela m'ennuie de vous appeler monsieur ! J'ai toujours envie de vous dire : PAPA.

M. DE NANCÉ : Ne fais jamais cela, mon enfant ; ce serait mal.

CHRISTINE : Pourquoi mal ?

M. DE NANCÉ : Parce que ce serait presque un blâme pour ton papa ; c'est comme si tu disais : M. de Nancé est meilleur pour moi que mon vrai papa, et je l'aime davantage.

CHRISTINE : Mais... ce serait la vérité.

M. DE NANCÉ : Chut ! ma Christine : chut ! Que personne ne t'entende dire pareille chose. »

Christine resta un instant sans parler, la tête appuyée sur l'épaule de M. de Nancé.

M. DE NANCÉ : A quoi penses-tu, Christine ?

CHRISTINE : Je pense que je suis très heureuse de vous avoir connus, vous et François. Il est si bon, François !

M. DE NANCÉ, *souriant* : Oui, il est bien bon, mais prends garde qu'il ne s'impatiente de perdre son temps à nous regarder au lieu de jouer.

CHRISTINE : Est-ce que cela t'ennuie, François ?

FRANÇOIS : Oh non ! pas du tout. J'aime beaucoup à t'entendre dire des choses aimables à papa et à l'entendre te répondre.

CHRISTINE : Iras-tu demain chez Maurice ?

FRANÇOIS : Oui, certainement ; je l'ai promis.

CHRISTINE : Veux-tu que j'y aille avec toi ?

FRANÇOIS : Oui, si papa veut bien t'emmener.

M. DE NANCÉ : Tu ne peux pas y aller, Christine ; tu as neuf ans ; tu ne peux pas faire des visites à des grands garçons de treize et onze ans.

CHRISTINE : C'était seulement pour que François ne s'ennuie pas chez eux que je demandais à y aller, car je les déteste... c'est-à-dire je ne les aime pas beaucoup.

M. DE NANCÉ : Tu as bien fait de te reprendre, chère petite, car ton *déteste* n'était pas charitable ; à présent, mes enfants, allez-vous-en ; vous m'empêchez d'écrire. »

Les enfants allèrent rejoindre Isabelle et jouèrent quelque temps. Paolo arriva pour donner à François ses leçons ; et ils se séparèrent en disant :
« A demain ! »

XVI
Changement de Maurice

Le lendemain, avant la visite de Christine, qu'elle faisait toujours un peu tard, vers trois heures, à cause des leçons que lui donnait Paolo, François retourna avec son père chez les Sibran ; il monta, comme la veille, chez Maurice et Adolphe, qui le virent entrer avec surprise. Maurice rougit et voulut parler, mais il ne dit rien.

FRANÇOIS : Bonjour, Maurice ; bonjour, Adolphe ; j'espère que vous allez un peu mieux aujourd'hui... Vos yeux sont plus animés et vous êtes moins pâles... Je ne vous ferai pas une longue visite,... comme hier,... seulement pour vous raconter que M. de Guibert va demain s'établir à Argentan, où il a trouvé une maison à louer, pendant qu'il fait rebâtir son château brûlé... Il paraît qu'il ne perdra rien, parce que la compagnie d'assurances lui paye tous ses meubles et son château... Adieu, pauvre

Maurice : adieu. Adolphe : je prie toujours le bon Dieu qu'il vous guérisse bientôt. »

François leur fit un salut amical et se dirigea vers la porte.

« François ! » appela Maurice d'une voix faible.

François retourna bien vite près de son lit.

MAURICE : François ! pardonnez-moi ; pardonnez à Adolphe. Vous êtes bon, bien bon ! Et nous, nous avons été si mauvais, moi surtout ! Oh ! François ! comme Dieu m'a puni ! Si vous saviez comme je souffre ! De partout ! Et toujours, toujours ! Ces appareils me gênent tant ! Pas une minute sans souffrance !

FRANÇOIS : Pauvre Maurice ! Je suis bien triste de ce terrible accident. Je ne puis malheureusement pas vous soulager ; mais si je croyais pouvoir vous distraire, vous être agréable, je viendrais vous voir tous les jours.

MAURICE : Oh oui ! Bon, généreux François ! Venez tous les jours ; restez bien longtemps.

FRANÇOIS : A demain donc, mon cher Maurice ; à demain, Adolphe. »

Dès qu'il fut sorti, le regard douloureux de Maurice se reporta sur son frère.

« Pourquoi n'as-tu rien dit, Adolphe ? Comment n'as-tu pas été touché de la bonté de ce pauvre François, que nous avons si maltraité, que nous avons reçu si grossièrement avant-hier, et qui veut continuer ses visites, malgré notre méchanceté ?

ADOLPHE : Je déteste ce vilain bossu ; les bossus sont toujours méchants ; c'est toi-même qui l'as dit.

MAURICE : J'ai mal dit, car François est bon.

ADOLPHE : Est-ce qu'on sait s'il est bon ou méchant ?

MAURICE : Ce qu'il fait pour nous prouve qu'il est bon. S'il vient demain, je t'en prie, sois poli pour lui, et parle-lui. »

Adolphe ne répondit pas ; Maurice était fatigué, il ne dit plus rien.

137

En revenant à la maison avec son père, François lui raconta avec bonheur ce que lui avait dit Maurice. M. de Nancé partagea le triomphe de François et lui fit voir combien la bonté et l'indulgence réussissaient mieux que la colère et la sévérité. »

« Continue ta bonne œuvre, cher ami, peut-être s'améliorera-t-il tout à fait. C'est un vrai bonheur quand on peut rendre bons les méchants. »

Christine fut enchantée du résultat de cette seconde visite, et encouragea François à continuer et à tâcher de ramener aussi Adolphe à de meilleurs sentiments.

Pendant deux mois, François retourna tous les jours chez les Sibran. Adolphe guérit de ses brûlures au bout d'un mois ; il resta rebelle aux sollicitations de Maurice et insensible à la bonté, à l'amabilité de François. Le pauvre Maurice, au contraire, de plus en plus touché de la généreuse affection que lui témoignait François, devint plus doux, plus endurant, plus résigné de jour en jour : au bout de ces deux mois, le médecin lui permit de se lever et de faire usage de ses membres remis. Quand il se leva, sa faiblesse le fit retomber de suite sur son lit ; un second essai, plus heureux, lui permit de s'appuyer sur ses jambes et de se tourner vers la glace ; mais de quelle terreur ne fut-il pas saisi quand il vit ses jambes tordues et raccourcies, une épaule remontée et saillante, les reins ployés et ne pouvant se redresser, et le visage, jusque-là enveloppé de cataplasmes ou d'onguent, couturé et défiguré par les brûlures ! Adolphe l'avait été aussi, mais beaucoup moins.

Le malheureux Maurice poussa un cri d'horreur et retomba presque inanimé sur son lit. Mme de Sibran se jeta à genoux, le visage caché dans ses mains, et M. de Sibran quitta précipitamment la chambre pour cacher son désespoir à son fils.

« Mon Dieu ! mon Dieu ! criait Maurice, ayez pitié de moi ! Mon Dieu ! ne me laissez pas ainsi ! Que vais-je devenir ? Je ne veux pas vivre pour être un objet d'horreur et de risée ! »

Puis, se relevant et se regardant encore dans la glace :
« Mais je suis horrible, affreux ! François lui-même reculera d'épouvante en me voyant ! Lui est bossu, c'est vrai, mais son visage, du moins, est joli, ses jambes sont droites... Et moi ! et moi !... Maman, maman, secourez-moi ; ayez pitié de votre malheureux Maurice ! »

Mme de Sibran releva son visage inondé de larmes, et, regardant encore Maurice, l'horreur et le chagrin dont elle fut saisie lui firent craindre un évanouissement ; au lieu de répondre à l'appel de son fils, elle se releva et courut rejoindre son mari pour unir sa douleur à la sienne.

Maurice resta seul en face de la glace ; plus il examinait ses difformités nouvelles, plus elles lui paraissaient hideuses et repoussantes ; sa pâleur rendait plus apparentes les coutures et les plaques rouges de son visage ; sa faiblesse faisait ployer ses reins et ses jambes. Pendant qu'il continuait l'examen de sa personne, la porte s'ouvrit doucement, et François entra. Toujours attentif à éviter ce qui pouvait peiner ou blesser les autres, il réprima, non sans peine, un cri de surprise et de frayeur à la vue de l'infortuné Maurice, qu'il devina plus qu'il ne le reconnut. Maurice se retourna, l'aperçut et examina l'impression qu'il produisait sur François. Il ne put découvrir que l'expression d'une profonde pitié et d'un sincère attendrissement.

FRANÇOIS : Mon pauvre ami ! Mon pauvre Maurice ! Quel malheur ! Mon Dieu, quel malheur ! »

François soutint dans ses bras Maurice prêt à défaillir ; il le fit asseoir, resta près de lui, et pleura avec lui et sur lui.

« Du courage, mon ami, lui dit-il après quelques instants ; ne perds pas l'espoir de redevenir ce que tu étais. Tu es faible à présent, tu ne peux pas te redresser ni te tenir sur tes jambes ; dans quelques jours, quelques

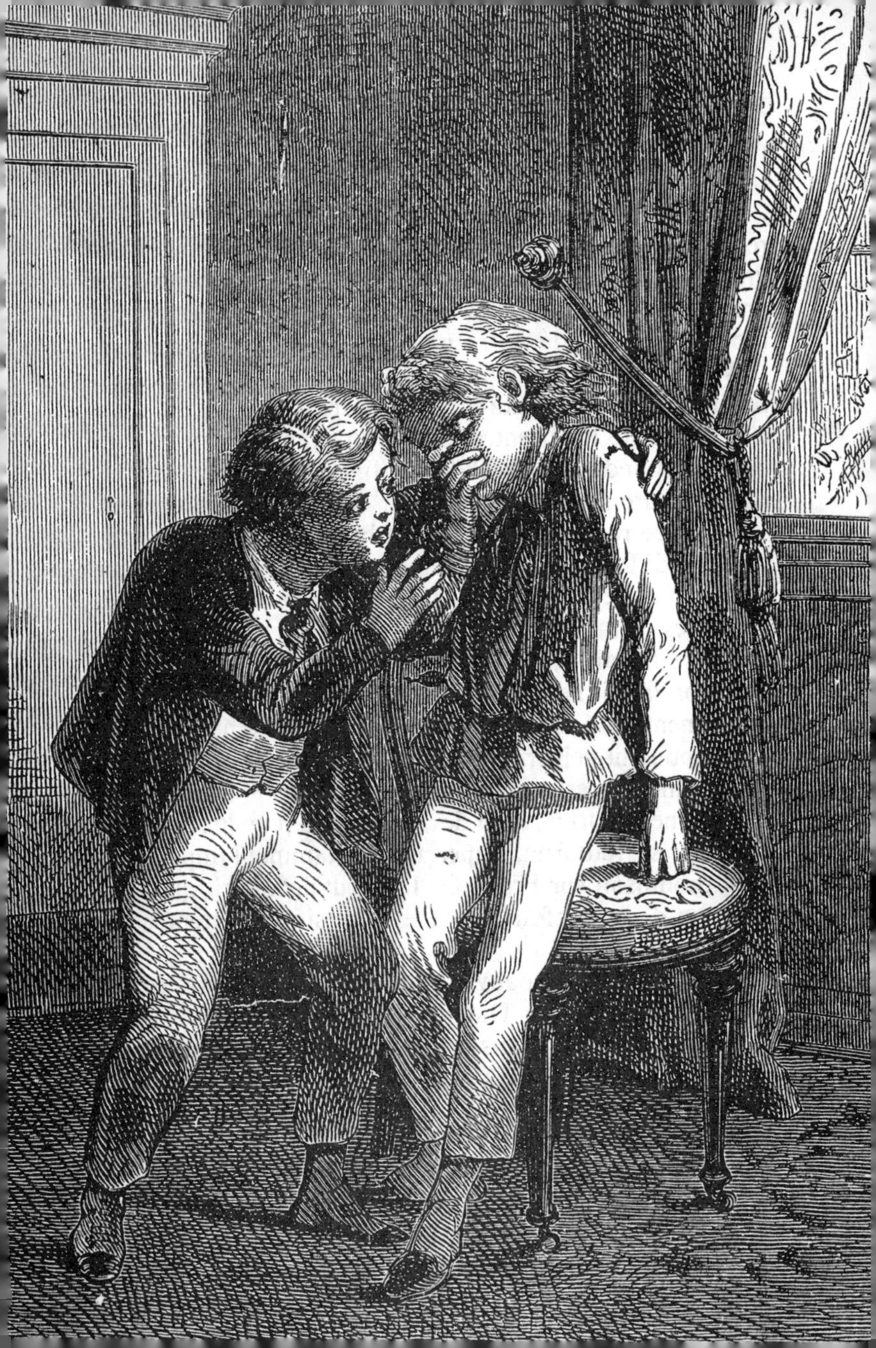

semaines au plus, tu retrouveras des forces et tu te tiendras droit comme avant.

MAURICE : Non, non, François ; je sens que je ne me tiendrai jamais droit. Et mes jambes ?... Comment se redresseraient-elles ? elles sont contournées et tortues. Et l'épaule ? Comment s'aplatirait-elle et redeviendrait-elle ce qu'elle était ? Regarde-moi et regarde-toi. Eh bien, moi qui me suis tant moqué de ton infirmité, qui t'ai ridiculisé et tourmenté, j'en suis réduit à envier ton apparence. Je n'oserai jamais me montrer ; je ne sortirai plus de ma chambre.

FRANÇOIS : Tu auras tort, mon pauvre Maurice ; tu te rendras malade, tu t'ennuieras horriblement et tu souffriras bien plus.

MAURICE : Crois-tu que ce soit agréable de voir tout le monde rire et chuchoter, d'entendre crier les petits enfants : Un bossu, un bossu ! Venez voir un bossu !

FRANÇOIS, *souriant* : Ce n'est pas agréable, je le sais mieux que tout autre ; c'est triste et pénible. Mais on se résigne à la volonté du bon Dieu et on s'y habitue un peu. Et puis, comme on est heureux quand on trouve quelqu'un de bon qui vous témoigne de la pitié, de l'amitié, qui prend votre défense, qui vous aime parce que vous êtes infirme ! Ce bonheur-là, Maurice, compense ce qu'il y a de pénible dans ma position.

MAURICE : Tu pourrais bien dire *notre* position... Ce que tu m'as dit me fait du bien ; je ne me sens plus aussi désespéré ; peut-être, en effet, serai-je moins difforme dans quelque temps. »

François resta longtemps chez Maurice ; quand il le quitta, le désespoir des premiers moments était calmé ; il promit à François d'espérer, de se résigner et d'obéir docilement aux prescriptions du médecin, quand même il ordonnerait les promenades à pied et en voiture.

Adolphe ne parut pas, tant que François resta chez Maurice ; il n'avait pas encore vu son frère levé.

Quand Maurice fut seul, Adolphe entra ; il poussa un cri en voyant la difformité de Maurice.

ADOLPHE. Mon pauvre Maurice, que tu es laid ! Quelle tournure tu as ! Quelles épaules ! Quelles jambes ! Et ta figure !... En vérité, je te plains ! c'est affreux ! c'est horrible !

MAURICE, *tristement* : Je le sais, Adolphe ; je le vois sans que tu me le dises.

ADOLPHE : Toi qui te moquais tant de François, tu es bien pis que lui ! Si tu voyais la figure que tu as !

MAURICE : Je l'ai vue dans la glace.

ADOLPHE : Et tu n'as pas eu peur en te voyant ?

MAURICE : Non, j'ai pleuré... Et le bon François a pleuré avec moi.

ADOLPHE : Ce qui veut dire que je dois pleurer aussi... Je t'en demande bien pardon ; je suis très fâché de ce qui t'arrive, mais il m'est impossible de pleurer comme un enfant parce que tu as eu le malheur de devenir difforme !

MAURICE : Comme c'est mal ce que tu dis, Adolphe ! François m'a consolé, m'a encouragé ; et toi, qui es mon frère et qui devrais me plaindre, tu ne trouves rien à dire pour me consoler de ce grand malheur.

ADOLPHE : François a pleuré avec toi parce qu'il est bossu, lui ; mais moi, que veux-tu que je fasse, que je dise ?

MAURICE : Adolphe, laisse-moi seul, je t'en prie : ton indifférence me peine ; elle m'afflige pour toi.

ADOLPHE : Pour moi ? tu es bien bon ! Je suis très fâché de ce qui t'arrive, mais quant à pleurer et en mourir de chagrin, je laisse cette satisfaction au sensible François. Adieu, je sors avec papa : nous allons t'acheter quelque chose pour te consoler ; nous serons de retour dans une heure.

Adolphe sortit. Maurice joignit les mains avec un geste de désespoir et gémit tout haut sur l'insensibilité de son frère ; il en fit la comparaison avec François, et il se demanda d'où pouvait venir cette différence. Il crut comprendre qu'elle provenait de l'éducation différente qu'ils avaient reçue : Adolphe et lui, élevés légèrement, sans religion, sans principes, ne vivant que pour le plaisir et la dissipation ; François, élevé pieusement, sérieusement, quoique gaiement, pratiquant la religion et la charité, s'oubliant pour les autres et faisant passer le devoir avant le plaisir.

« Il faut que j'en parle à François, se dit-il, et si j'ai deviné juste, je changerai de manière de penser et de vivre, et je crois que j'en serai plus heureux. »

XVII
Heureuse bizarrerie de Mme des Ormes

Christine arriva le lendemain comme d'habitude pour savoir des nouvelles du malade ; les larmes lui vinrent aux yeux quand elle sut combien l'incendie et la chute avaient défiguré le pauvre Maurice, et le désespoir dans lequel il était plongé à l'arrivée de François ; elle fut très contente du second succès de son ami.

CHRISTINE : Je suis sûre que tu finiras par le rendre excellent. C'est comme moi ; tu m'obliges à devenir bonne, rien que par amitié pour toi. Je ne sais ce que je serais capable de faire pour toi.

FRANÇOIS : Tu ne ferais pas de mauvaises choses, bien certainement.

CHRISTINE : Oh non ! d'abord parce que tu ne m'en conseillerais jamais, et puis parce que je te ferais de la peine et à ton papa aussi en faisant mal.

FRANÇOIS : Bonne Christine ! je plains le pauvre Maurice, s'il doit rester infirme, de n'avoir pas une chère petite Christine comme moi.

CHRISTINE : Il n'a qu'à prendre pour amie une des demoiselles Guibert.

FRANÇOIS : Ce ne sont pas des Christine. »

Un domestique entra.

« M. de Nancé demande M. François et Mlle Christine. »

Les enfants coururent chez M. de Nancé.

« Vous nous demandez, papa ? dit François.

— Oui, chers enfants ; je reçois un petit mot de Mme des Ormes qui me demande d'aller de suite chez elle avec toi, François, et avec toi, Christine ; je ne sais pas ce qu'elle désire de nous. Il faut y aller, mes enfants ; apprêtez-vous, nous irons à pied par les prairies. »

Les enfants et Isabelle furent prêts en cinq minutes ; M. de Nancé les attendait sur le perron ; ils coururent gaiement en avant. M. de Nancé les suivait avec Isabelle.

« Que peut me vouloir Mme des Ormes ? se demandait-il. Elle est si bizarre, si absurde, que je crains toujours quelque sottise dont ma petite Christine serait victime... et mon pauvre François aussi par conséquent... Je vais le savoir bientôt, au reste ; la voici qui vient au-devant de nous. »

Effectivement, Mme des Ormes, ne pouvant attendre patiemment l'arrivée de M. de Nancé, accourait comme une jeune personne de quinze ans, cueillant une fleur, poursuivant un papillon, gambadant et pirouettant.

MADAME DES ORMES : Venez vite, Monsieur de Nancé, que je vous dise une bonne nouvelle. M. des Ormes vient d'acheter un hôtel à Paris ; superbe hôtel ! Je donnerai des bals, des concerts... Non, pas de concerts ; je n'aime pas la musique. Des tableaux vivants ; c'est charmant. Vous figurerez dans mes tableaux vivants ; vous ferez le roi Assuérus, et moi la reine Esther, et mon mari l'oncle

Mardochée ; ah, ah, ah ! mon mari en Mardochée avec une grande barbe blanche ! N'est-ce pas que ce sera amusant ?

— Très amusant, Madame, répondit gravement M. de Nancé ; mais ce n'est pas pour cela que vous m'avez fait venir avec les enfants ?

MADAME DES ORMES : Si fait, si fait ; c'est pour vous proposer de venir demeurer avec nous dans mon hôtel : vous prendrez le rez-de-chaussée, que je vous louerai dix mille francs, mais à la condition que, les jours de réception, on soupera dans votre appartement.

M. DE NANCÉ : C'est impossible, Madame. D'abord je ne joue pas la comédie ; ensuite je passe mes hivers à la campagne avec mon fils.

MADAME DES ORMES : A la campagne ! Quel dommage ! J'avais si bien arrangé tout cela ! Vous auriez fait un superbe Assuérus. »

M. de Nancé ne put s'empêcher de sourire : tout cela lui parut d'un tel ridicule, que, pour le faire sentir à Mme des Ormes et pour l'en dégoûter, il lui dit :

« Prenez Paolo, Madame ! Ordonnez-lui de laisser pousser sa barbe et ses moustaches ; il jouera tout ce que vous voudrez.

MADAME DES ORMES : Tiens ! c'est une idée. Quand vous serez chez vous, envoyez-moi Paolo. Adieu, mon cher Monsieur de Nancé ; au revoir, je pars demain. Christine, dis adieu à tes amis, nous partons demain.

CHRISTINE : François, mon cher François ! je ne veux pas le quitter ! Laissez-moi avec lui, maman ; je vous en supplie, ne m'emmenez pas.

FRANÇOIS : Madame, Madame, laissez-moi ma chère Christine ! Je serai si malheureux sans elle ! De grâce, je vous en prie, ne l'emmenez pas. »

Et tous deux se jetèrent en sanglotant au cou l'un de l'autre.

MADAME DES ORMES : Eh bien ! eh bien ! qu'est-ce que

cela ? Quelle scène absurde ! Vas-tu finir de pleurer, Christine. Cela m'ennuie de voir pleurer.

CHRISTINE : Je pleurerai toujours tant que je serai séparée de François.

MADAME DES ORMES : Je t'enverrai à Séraphin, à Franconi !

CHRISTINE : Je ne veux pas de Séraphin sans François ; je veux rester avec François.

MADAME DES ORMES : Dieu ! quel ennui ! Que vais-je devenir avec une figure pleurante en face de moi ? Mon bon Monsieur de Nancé, de grâce, venez faire Assuérus.

M. DE NANCÉ : Impossible, Madame ; je ne me ferai jamais comédien.

MADAME DES ORMES : Que faire alors ? Venez à mon secours.

M. DE NANCÉ : Madame... »

M. de Nancé hésita.

MADAME DES ORMES : Quoi, quoi ? dites, dites, mon cher Monsieur de Nancé. Délivrez-moi de cet ennui ; je ne peux pas supporter la lutte.

M. DE NANCÉ : Madame,... je vous offre un moyen de vous en délivrer. Laissez-moi Christine ; vous serez bien plus libre, sans aucun embarras, aucune gêne.

MADAME DES ORMES : Mais pour vous quel ennui ! quelle charge !

M. DE NANCÉ : Non, Madame ; je jouirai d'abord du bonheur de ces deux enfants, et puis de la satisfaction de vous rendre un service, quelque léger qu'il soit.

MADAME DES ORMES : Léger ? mais c'est un énorme service que vous me rendez. C'est vrai ! Cette pauvre Christine ! elle serait sans cesse dérangée de sa chambre pour mes soirées, mes dîners : elle serait mal, très mal. Chez vous elle sera très bien ; c'est une chose décidée alors. Je vous l'envoie demain avec Isabelle. Seulement, comme j'ai besoin de mes chevaux et de mes gens, je l'enverrai dans la charrette de la ferme avec ses effets.

M. DE NANCÉ : Ne dérangez personne, Madame, j'irai prendre moi-même Christine et Isabelle.

MADAME DES ORMES : Merci, cher Monsieur ; vous me rendez un service d'ami ; je vous en remercie infiniment. Envoyez-moi Paolo pour Assuérus. »

M. de Nancé, délivré de son inquiétude pour François et Christine, rit bien franchement à la pensée de Paolo en Assuérus. Mais il promit de l'envoyer le soir même. Il allait s'éloigner lorsque Mme des Ormes le rappela.

« Monsieur de Nancé !... Cher Monsieur de Nancé, vous êtes si bon, que vous voudrez bien, j'en suis sûre, compléter votre obligeance en prenant Christine aujourd'hui même ; j'ai tant à faire ! M. des Ormes est parti ce matin ; je dîne chez ma belle-sœur de Cémiane ; je ne verrai pas Christine ; alors j'aime mieux vous la donner de suite.

M. DE NANCÉ : De tout mon cœur, chère Madame ; quand faut-il que je vienne la prendre ?

MADAME DES ORMES : Tout de suite ! Remmenez-la, et envoyez votre carriole pour ses effets, qu'Isabelle mettra dans une malle. Adieu, Christine ; adieu, ma fille ; sois bien sage, bien obéissante ; ne fais pas enrager ce bon M. de Nancé, qui veut bien de toi. Au revoir, dans six ou sept mois. »

Elle embrassa Christine sur les deux joues, serra la main de M. de Nancé, et s'éloigna en courant et sautillant comme elle était venue.

Quand elle se fut éloignée, Christine et François, dont le cœur bondissait de joie, se jetèrent dans les bras l'un de l'autre, puis Christine se jeta dans ceux de M. de Nancé, qu'elle embrassait en répétant :

« Mon père ! mon père ! mon bon père ! Vous m'avez sauvée ! Que je vous aime, cher, cher père ! »

M. de Nancé, attendri, lui rendit ses baisers.

« Chère enfant ! Oui, je suis ton père d'adoption ; tu sais si je t'aime tendrement. »

Et il réunit dans ses bras ces deux enfants dont l'un était à lui, et dont l'autre lui était seulement confié, mais il les aimait presque d'une égale tendresse.

La rentrée au château de Nancé fut triomphale : des cris de joie annoncèrent à Bathilde le séjour de Christine au château. Le dîner, la soirée furent une fête et un éclat de rire continuel. Christine se coucha, installée dans la maison de son cher François, et fut longtemps à s'endormir, tant la joie l'agitait. François était au moins aussi heureux ; et M. de Nancé l'était plus sérieusement et plus profondément.

XVIII
Paolo, pris, s'échappe

Aussitôt après être rentré, M. de Nancé envoya chercher Paolo et le fit mener de suite chez Mme des Ormes, qui l'attendait avec impatience. Dès qu'elle l'aperçut, elle courut à lui.

MADAME DES ORMES : Arrivez, arrivez vite, mon cher Paolo ; j'ai besoin de vous. M. de Nancé vous a-t-il parlé ?

PAOLO : Non, Signora ; il m'a seulement dit, avant que z'aie pou descendre de la voiture : « Partez vite, mon cer, Madama des Ormes vous attend. » Et la voiture m'a remmené si vite que z'en avais le vertize. Ce bon M. de Nancé, il a des cevaux qui courent comme des diavolo.

150

MADAME DES ORMES : Bon ! c'est très bien ! Je pars demain pour Paris ; je laisse Christine à M. de Nancé : mon mari a acheté un hôtel charmant, je donnerai des soirées, des bals et j'ai besoin de vous.

PAOLO : De moi ! Oh ! Signora ! ze ne sais pas danser, voltizer en tournant comme la sarmante Signora des Ormes. Ze ne peux vous servir à rien et z'aime mieux rester avec M. de Nancé.

MADAME DES ORMES : Du tout, du tout. J'ai besoin de vous pour mes charades ; vous ferez Assuérus.

PAOLO : Quoi ! c'est des sarades, Signora ? Quoi ! c'est Souérousse ?

MADAME DES ORMES : Des charades sont des choses charmantes ; je vous expliquerai plus tard. Assuérus est un roi ; ce sera vous.

PAOLO : Mais ze ne peux pas être roi, Signora. Ze ne souis qu'un pauvre médecin italien.

MADAME DES ORMES : Que vous êtes nigaud, mon cher ! Vous ne serez pas roi pour de bon, ce sera pour rire ; et je serai votre Esther, votre femme.

PAOLO, *effrayé* : Oh ! Signora, c'est impossible ! Ce bon M. des Ormes ! Non, non ! Ze ne pouis pas accepter ça, Signora. Ze souis trop zeune pour que vous soyez ma femme.

MADAME DES ORMES : Mais puisque je vous dis que tout cela est pour rire, pour s'amuser. Il faut absolument que je vous emmène.

PAOLO : Signora, de grâce ! Laissez-moi avec M. de Nancé, mon bon ami. Ze souis trop bête pour être un roi.

MADAME DES ORMES : Ça ne fait rien. Assuérus était très bête. Vous allez coucher ici ; je vous emmènerai demain avec moi. Brigitte, faites préparer un lit pour M. Paolo, je l'emmène à Paris. Sans adieu, mon cher Paolo. Brigitte, faites préparer un dîner pour M. Paolo. Je pars ; à demain. »

Mme des Ormes sauta dans un coupé, qui s'éloigna

rapidement. Paolo resta sur le perron sans voix et sans mouvement. Revenant à lui enfin et se frappant la tête de ses poings :

« Imbécile ! qu'ai-ze fait ? Elle va m'emmener ! ze ne veux pas moi avoir oune femme si horrible et si ridicoule ! Ze veux la laisser au pauvre M. des Ormes !... Quel diable d'Assouérous ! Ze ne souis pas Assouérous ! ze souis le pauvre Paolo, et ze veux être le pauvre Paolo et rester avec le bon M. de Nancé, qui ne me fait zamais enrazer comme cette femme ridicoule. Et ze veux rester et donner des leçons à mon petit François... Quel bon garçon !... Et à ma Christinetta !... Quelle bonne, douce demoiselle ! Si vive, si gaie ! et qui vous entortille avec ses grands yeux bleus si doux, et qui rient toujours... Quoi faire ? Ze vais parler à M. de Nancé ; ze me moque bien du dîner de la Signora ; ze ne veux pas de son dîner, moi. »

Paolo partit en courant, malgré les cris de Brigitte, et arriva tout essoufflé chez M. de Nancé au moment où les enfants venaient de se coucher.

M. DE NANCÉ : Qu'y a-t-il donc, mon pauvre Paolo ? Vous arrivez comme un homme poursuivi par des loups.

PAOLO : Oh ! caro Signor, z'aimerais mieux oune bande de loups que Mme des Ormes ; ze me souis sauvé cé vous ; elle veut m'emmener, me faire roi Assouérous, m'épouser. C'est impossible, Signor ! impossible ! Ze ne veux pas être son mari ! Ze ne veux pas sasser ce pauvre M. des Ormes ! Quoi faire, Signor ! Elle va me relancer partout ; à Arzentan, cé vous, partout ! »

M. de Nancé riait à se tenir les côtes ; il calma le pauvre Paolo, lui expliqua ce que Mme des Ormes voulait de lui, et quelle serait la vie qu'il mènerait à Paris. Paolo frémit, pria M. de Nancé de le cacher jusqu'après le départ de sa persécutrice et de lui permettre de venir passer quelques jours chez lui, de peur que Mme des Ormes ne le fît enlever à Argentan. M. de Nancé lui promit secours et protection, consentit volontiers à le garder tant qu'il voudrait rester à Nancé, et lui demanda où il avait dîné.

PAOLO : Noulle part, Signor ! Cette femme m'a fait perdre la tête et l'appétit.

M. DE NANCÉ : Vous allez dîner ici, mon pauvre Paolo. Je vais dire qu'on vous prépare à dîner et à coucher. »

Pendant que Paolo tremblait d'être enlevé, Mme des Ormes se fâchait et grondait tous ses gens pour avoir laissé échapper ce pauvre Paolo. Elle commanda qu'on allât au petit jour à Argentan, et qu'on le lui ramenât de gré ou de force ; mais le lendemain la carriole revint sans Paolo, qu'on n'avait pu trouver nulle part. Grande colère de Mme des Ormes, qui n'avait plus le temps d'aller à sa recherche : elle partit furieuse, arriva de même et trouva à redire à tout ce que son mari avait fait dans l'appartement ; elle donna divers ordres contraires à ceux qu'avait donnés M. des Ormes, et, aussitôt arrivée, elle annonça qu'elle aurait une grande soirée dans quinze jours, vers le

15 décembre. Et dès le lendemain, elle commença sa vie dissipée et tourbillonnante, visites, emplettes, dîners, spectacles, soirées, se couchant à trois et quatre heures du matin, se levant à midi, une vie de femme du monde, c'est-à-dire de folle. Elle se mit à organiser ses charades, mais elle trouvait difficilement des acteurs et actrices. Quand on sut qu'elle voulait faire le rôle d'Esther, personne ne voulut faire Assuérus. Dans son désespoir, elle écrivit à Paolo :

« Mon cher, mon bon Paolo, je vous demande en grâce de me donner huit jours. Prenez demain le chemin de fer ; descendez chez moi, dans mon hôtel, rue de la Femme-Sans-Tête, 18. Je ne vous garderai que huit jours au plus ; et comme je ne veux pas vous faire perdre l'argent que vous font gagner vos leçons, je vous donnerai cinq cents francs le jour de votre départ. J'ai absolument besoin de vous ; sans vous, ma fête est manquée. Si vous me refusez, je ne vous reverrai de ma vie et je vous défendrai de voir Christine. Ne répondez pas, mais arrivez vite.

« CAROLINE DES ORMES »

Quand Paolo reçut cette lettre, il retomba dans le désespoir ; M. de Nancé, après avoir ri de la persévérance de Mme des Ormes, conseilla à Paolo de se rendre à ses vœux et de prendre le chemin de fer de midi qui l'amènerait à Paris à quatre heures. Paolo soupira, pleura même, se tapa la tête et partit, maudissant la Signora et ses charades. Il était attendu ; on le reçut avec enthousiasme ; sans lui donner le temps de se reposer, Mme des Ormes l'entraîna dans le salon où se faisaient les répétitions ; tous les acteurs y étaient ; ils accueillirent Paolo avec des éclats de rire que ne justifiaient que trop son air effaré, étrange, son attitude embarrassée et son apparence misérable ; car pour ménager son habit de parade, il avait mis sa redingote râpée et tachée, des souliers ferrés, le reste à l'avenant.

Mme des Ormes, le traînant par la main, le présentait à tout le monde :

« Voici mon Assuérus, disait-elle ; commençons la répétition. »

On plaça Paolo sur une estrade ; l'un lui leva le bras, l'autre la jambe ; on lui ouvrit la bouche, on lui tira le nez, on hérissa ses cheveux ; tous riaient à se tordre, excepté Paolo, qui, impatienté de ces plaisanteries et de

ces rires, bondit de dessus l'estrade au milieu du salon, et cria avec colère :

« Ze ne veux pas qu'on me tiraille comme un veau qu'on égorge. Ze veux qu'on me respecte et qu'on me donne à manzer. Si la Signora me fait des farces comme ça, moi, Paolo, ze prends la dilizence et m'en retourne à Arzentan. »

Toute la société rit de plus belle, mais se retira devant les yeux enflammés et les gestes furieux de Paolo. Mme des Ormes lui expliqua que c'était une répétition, qu'on allait lui servir un bon repas ; elle le flatta, le calma, et puis elle sonna pour qu'on le menât dans sa chambre. Elle pria ces messieurs et ces dames de ne pas se décourager, que tout irait bien, maintenant qu'elle tenait son Assuérus, et qu'elle se chargeait de lui faire répéter son rôle et ses pauses.

Le jour de la représentation arriva. Le salon était plein de monde ; deux tableaux avaient été passablement exécutés. Esther et Assuérus, qui excitaient d'avance les rires de l'assemblée, étaient attendus avec impatience ; enfin la toile se leva. Assuérus, raide comme un soldat au port d'armes, le sceptre sur l'épaule en guise de fusil, regardait les spectateurs d'un œil hébété et terrifié ; Esther, demi agenouillée devant lui, les bras étendus, le regardait d'un œil suppliant.

« Abaissez votre sceptre sur ma tête », avait-elle dit tout bas, au moment où la toile allait se lever.

Assuérus l'abaissa, mais trop tard, convulsivement et si durement que le sceptre tomba de tout son poids sur la tête de Mme des Ormes ; le coup était si violent, si imprévu, qu'elle ne put s'empêcher de porter la main à sa tête en poussant un léger cri. Assuérus, éperdu, jeta sceptre, couronne et manteau, sauta à bas de l'estrade et disparut. Mme des Ormes se releva, regarda d'un air courroucé ses invités, qui riaient à qui mieux mieux, s'approcha de la rampe et voulut parler ; sa grande bouche ouverte, son nez osseux et détaché, ses pommettes saillantes, son front bas, son air oie enfin, redoublèrent les éclats de rire ; on n'avait jamais vu pareille Esther. Mme des Ormes, furieuse, se retira, se promettant de se venger sur Paolo de l'échec qu'elle subissait. Mais Paolo n'y était plus ; devinant la confusion et la colère de Mme des Ormes, il fit lestement un paquet de ses effets, mit dans son portefeuille les cinq cents francs que lui avait donnés M. des Ormes le matin même, et courut au chemin de fer pour y attendre le premier départ. Le lende-

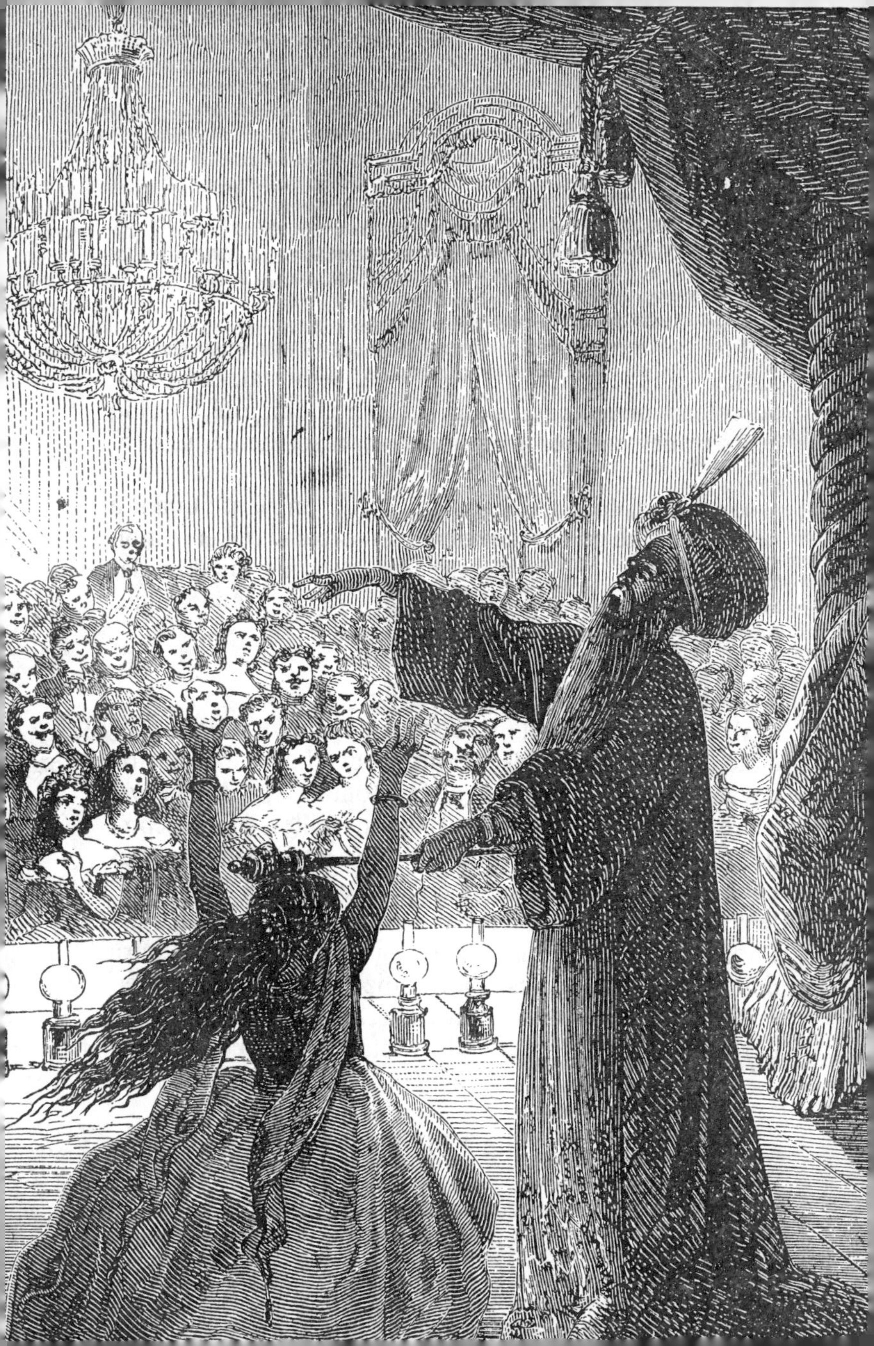

main, de bonne heure, il était à Nancé, racontant sa mésaventure qu'il bénissait puisqu'il lui devait d'être débarrassé de Mme des Ormes. Les enfants furent enchantés de le revoir ; il leur raconta les beautés de Paris telles qu'il les avait vues et jugées, et les ennuis des répétitions, des dîners et des soirées chez Mme des Ormes tels qu'il les avait éprouvés.

Peu de jours après, il reçut une lettre furieuse de son Esther ; elle le traitait de mal élevé, de brutal, de goujat, de voleur même, pour avoir accepté et emporté les cinq cents francs que son mari avait eu la sottise de lui donner.

« Ze les ai bien gagnés, se dit Paolo en riant ; quant à ses inzures, ze m'en moque et ze m'en bats l'œil et le mollet. Mais ze vais la défourioser. Ze vais lui dire des soses..., des soses qui lui feront ouvrir sa grande bouce comme oune bouce de crocodile. »

Et se mettant à table, il écrivit :
« O Signora ! ô bella ! ô adorable ! comment est-il possible qu'Assouérous reste comme oune homme de carton devant la belle Esther ! Z'ai fait tomber sur votre ceveloure admirable, sur vos ceveux éparpillés, mon sceptre de bois, z'ai donné une calotte sans le vouloir, ze vous zoure, Signora bella. Et pouis, la douleur de votre douleur a si rempli de douleur ma cétive personne, que moi, Paolo, roi Assouérous, ze mé souis sauvé et z'ai couru comme un dératé zousqu'à la dilizence du cemin de fer. Pardonnez, Signora de mon cœur, Signora de mon âme, et recevez encore votre humble, soumis et éternel esclave.
« PAOLO PERONNI. »

« Il faut que ze monte à M. de Nancé ; c'est zoliment zoli ce que z'ai écrit.

« Monsieur de Nancé, Signor, venez, ze vous prie, lire ma réponse, dit Paolo en entrant chez M. de Nancé. Vous me direz si ce n'est pas sarmant. Voici la lettre, voilà la réponse. »

M. de Nancé sourit à la lecture du style de Mme des Ormes, et éclata de rire en lisant la réponse de Paolo. Celui-ci, enchanté de l'effet qu'il avait produit, attendait, en ouvrant la bouche jusqu'aux oreilles, que M. de Nancé témoignât tout haut son admiration.

M. DE NANCÉ, *lui rendant les lettres* : Mon cher Paolo, votre lettre est dans son genre aussi ridicule que celle de Mme des Ormes. Elle vous injurie comme un Auvergnat, et vous lui répondez par une moquerie par trop évidente.

PAOLO : Cer Monsieur de Nancé, ze ne souis pas bête, quoique z'aie l'air d'oune imbécile ; c'est comme ça qu'il faut faire avec cette Signora absourdissima. Elle croit qu'elle est souperbe, ze lui dis qu'elle est souperbe ; elle croit que ze l'adore. Voilà la Signora ensantée ; ze souis peut-être le seul qui dise comme elle ; alors elle pardonne et ne se fasse pas quand ze viens donner des leçons à ma Christinetta. Voilà pourquoi z'ai écrit comme oune imbécile.

M. DE NANCÉ : Nous verrons si vous avez deviné juste, mon cher Paolo ; je le désire pour vous. »

Deux jours après, Paolo entra triomphant chez M. de Nancé, et lui présenta une lettre.

« Prenez, Signor, lisez, voyez si Paolo est oune bête ! »

M. de Nancé déploya le papier et lut :

« Mon bon et cher Paolo, votre charmante lettre m'a touchée et m'a bien fait regretter les injures que je vous ai écrites. Pauvre Paolo ! Pardonnez-moi ; je vous accepte pour esclave et je vous traiterai en bonne maîtresse. Adieu, mon esclave. Je m'amuse beaucoup, je donne des bals ; je danse toute la nuit.

« CAROLINE DES ORMES »

« Folle ! dit M. de Nancé en levant les épaules. Que je suis heureux d'avoir pu tirer ma chère Christine de cette maison de folie et de dissipation ! »

XIX
Christine est bonne, Maurice est exigeant

L'hiver se passait doucement et agréablement au château de Nancé. François et Christine accompagnaient M. de Nancé dans ses promenades de propriétaire, aidaient à la plantation des arbres, au tracé des chemins, etc. Elles étaient précédées et suivies des leçons de Paolo et de M. de Nancé. François sacrifiait quelquefois une promenade pour aller voir le pauvre Maurice, toujours si heureux de ces visites ; Maurice questionnait beaucoup François, lui demandait des conseils et en profitait au point d'avoir amené un changement complet dans son caractère. Il devenait doux, humble, raisonnable. Adolphe, tout en reconnaissant ce changement favorable, s'éloignait de plus en plus de son frère et détestait François chaque jour davantage. Maurice sortait depuis quelque temps, mais il ne s'était encore fait voir à personne. Un jour, il demanda à François si M. de Nancé voudrait bien lui permettre d'aller le voir au château. François l'assura que M. de Nancé serait charmé de le recevoir ainsi que Christine.

MAURICE : Christine ? Je croyais Mme des Ormes partie depuis longtemps.

FRANÇOIS : Oui, il y a trois mois qu'elle est partie, mais elle nous a laissé Christine et Isabelle.

MAURICE : Christine est avec toi ? Comme tu es heureux d'avoir une si bonne et si gentille petite fille !

FRANÇOIS : Oui, tu dis vrai ! très heureux ! Si tu la connaissais mieux, tu verrais comme elle est bonne, dévouée, aimable, gaie, charmante ! Et comme elle nous aime, papa et moi ! Elle nous dit, tout en riant, des choses si aimables, si affectueuses, que nous en sommes attendris, papa et moi.

MAURICE : Oh oui ! Je la connais bien.

FRANÇOIS : Je ne t'en parlais jamais, parce que je croyais que tu ne l'aimais pas.

MAURICE : Je la détestais comme je te détestais quand j'étais méchant ; mais à présent que je me souviens comme elle te défendait, comme elle t'aimait, je l'aime moi-même beaucoup, et je voudrais qu'elle m'aimât. Quand pourrai-je venir chez toi ?

FRANÇOIS : Veux-tu venir demain ? je préviendrai papa.

MAURICE : Très bien ; au revoir, à demain à deux heures. »

Ils se séparèrent et François annonça la visite de Maurice. M. de Nancé en fut bien aise pour François, qui formait là une nouvelle et agréable intimité.

Le lendemain, quand Maurice entra, embarrassé et honteux de sa ridicule apparence, François et Christine coururent à lui. Christine fut presque effrayée et repoussée au premier aspect, mais, surmontant sa répugnance par un sentiment de bonté, elle s'approcha de Maurice et l'embrassa.

« Pauvre Maurice, dit-elle, je sais combien vous avez souffert ; j'ai tout su par François.

MAURICE : Qui m'a pardonné comme vous me pardonnez, bonne Christine. Dieu m'a bien puni de mes méchantes moqueries à l'égard du bon François. Je riais de votre amitié pour lui, de votre généreuse défense contre mes ignobles attaques. A présent je comprends le bonheur d'être aimé et défendu par un ami, et j'envie son heureux sort d'avoir une amie telle que vous.

CHRISTINE : Moi ! je suis une pauvre petite amie qui dois tout à François et à M. de Nancé ! Sans eux je serais ignorante, sotte, méchante.

MAURICE : Ignorante, peut-être ! Mais sotte et méchante, jamais.

— Bonjour, mon bon Maurice, dit M. de Nancé qui entrait. Vous voilà bien mieux, mon ami ; et votre courage se soutient ; je sais par François combien vous êtes patient, résigné et... amélioré, pour tout dire.

MAURICE : C'est François qui m'a fait du bien par sa bonté, Monsieur. Moi qui avais été si méchant pour lui, et lui...

M. DE NANCÉ : Ne parlons pas du passé, mon ami, et profitons du présent. Venez nous voir souvent ; nous sommes très heureux ici. Ma petite Christine est gaie comme un pinson, douce comme une colombe et bavarde comme une pie : j'entends, une pie bien élevée et raisonnable, ce qui la rend très agréable et jamais incommode. »

Christine sourit et baisa la main de M. de Nancé. Maurice voulut lui prendre le bras, car il marchait péniblement avec ses jambes tortues ; le premier mouvement de Christine fut de céder à sa répugnance et de reculer, mais, rencontrant le regard peiné de François, elle se rapprocha et tendit son bras à Maurice.

MAURICE : Vous aimez peut-être mieux courir ou marcher en liberté, Christine ?

CHRISTINE : Non, non, je vais vous aider à marcher : cela me fera plaisir. Appuyez-vous bien, Maurice, n'ayez pas peur ; je peux vous soutenir.

MAURICE : Bonne Christine, serez-vous aussi mon amie comme vous l'êtes de François ?

CHRISTINE : Comme de François, jamais. Je ferai ce que je pourrai pour vous, je vous aiderai, je vous amuserai, je vous rendrai des services. Mais pour François, c'est autre chose. Je ne peux aimer personne comme j'aime François et M. de Nancé. »

François était enchanté de cette déclaration si franche de Christine ; Maurice redevenait triste ; bientôt il se plaignit d'éprouver de la fatigue, et on rentra ; après une demi-heure de conversation, il se leva, dit adieu à tout le monde et s'en alla. Christine courut à lui, lui offrit son bras ; il l'accepta en souriant tristement.

« Christine, dit-il en la quittant, je suis bien malheureux, et je n'ai pas un ami.

CHRISTINE : Vous avez François. Et François vaut tous les amis du monde. Adieu, Maurice, à bientôt, j'espère. »

Christine rentra dans le salon. Elle s'approcha de M. de Nancé, qui lisait dans un fauteuil, et, lui passant un bras autour du cou :

« Mon père, dit-elle.

— Ah ! ah ! ceci annonce une confidence ou une confession, dit M. de Nancé en l'embrassant et en posant son livre. Voyons, de quoi s'agit-il, mon enfant ?

— Mon père, répéta-t-elle tout bas, Maurice me répugne : je le déteste ; je sais que c'est mal. Je voudrais ne pas le toucher et il veut que je lui donne le bras. Et j'ai été bien fausse, car je lui ai offert mon bras pour l'aider à s'en aller et je lui ai dit : « A bientôt, j'espère », quand je voudrais ne le revoir jamais.

M. DE NANCÉ : Tu n'as pas été fausse, ma fille ; tu as

été bonne ; tu as senti que ton aversion était injuste et tu as voulu la vaincre. Mais pourquoi le détestes-tu ?

CHRISTINE, *s'animant* : C'est depuis qu'il m'a demandé de l'aimer comme j'aime François. En moi-même, je le trouvais sot et ridicule. Lui ! Maurice ! que je connais à peine, l'aimer comme j'aime François, comme je vous aime, vous qui êtes si bon pour moi depuis quatre ans ! François qui est mon frère, vous qui êtes mon père ! Que j'aime un étranger comme vous ! C'est bête et sot ! Et pour cela, je ne peux plus le souffrir.

— Ma chère enfant, répondit M. de Nancé en l'embrassant à plusieurs reprises, tu as raison de nous aimer plus que les autres, car nous t'aimons de tout notre cœur ; mais il ne faut pas que tu te moques de ceux qui te demandent de les aimer, et surtout d'un malheureux infirme, sans aucune affection au monde, car on m'a dit que depuis qu'il était difforme, son frère même rougissait de lui. Tu vois, ma chère petite, que c'est une vraie charité d'être bonne pour lui.

CHRISTINE : Bonne, je veux bien, mon père, mais je ne peux pas et je ne veux pas l'aimer comme j'aime François et vous.

M. DE NANCÉ : Tu n'y es pas obligée, mon enfant, mais tu ne dois pas le détester. Je serais bien triste de te voir détester quelqu'un.

CHRISTINE : Vous ! triste ? Par ma faute ? Oh ! mon père ! jamais je ne détesterai personne, pas même Maurice.

M. DE NANCÉ : C'est bien, mon enfant ; je te remercie de ta promesse et de ta confiance.

CHRISTINE : Je serais bien fâchée de vous cacher quelque chose, mon cher père, surtout quand c'est du mal. »

François entra au moment où un dernier baiser de Christine terminait la conversation.

FRANÇOIS : Ce pauvre Maurice me fait pitié ! Il est

parti si triste, plus triste que je ne l'ai vu depuis longtemps.

CHRISTINE : Qu'est-ce qu'il a ? Qu'est-ce qu'il veut ?

FRANÇOIS : Comment, ce qu'il a ? Tu as bien vu comme il est tortu, bossu, défiguré ?

CHRISTINE : Oui, j'ai vu ; il est horrible, affreux.

FRANÇOIS : Eh bien, c'est ça qui l'attriste ; il a bien vu que tu t'approchais avec répugnance, presque avec dégoût, dit-il.

CHRISTINE : C'est vrai, mais c'est sa faute.

FRANÇOIS : Comment, sa faute ? C'est sa chute pendant l'incendie qui l'a si terriblement défiguré.

CHRISTINE : Oui, mais écoute, François ; avant je ne l'aimais pas, parce qu'il était méchant pour toi. Le bon Dieu l'a puni ; je l'ai plaint beaucoup et je lui ai pardonné quand il est devenu bon et qu'il t'a aimé. Aujourd'hui, quand il est entré, il m'a fait pitié et j'étais disposée à lui porter un peu d'amitié ; mais il m'a demandé de l'aimer comme je t'aime, et alors... (le visage de Christine exprima une vive émotion), alors... je l'ai... je ne l'ai plus aimé du tout. Je l'ai trouvé ridicule et bête ! C'est sot de sa part ; cela prouve qu'il n'a pas de cœur, qu'il ne comprend pas la reconnaissance, la tendresse que j'ai pour toi et pour notre père ; il ne comprend pas que je ne peux aimer personne comme je vous aime ; que je ne suis heureuse qu'ici, avec vous, et que chez maman et partout je serai malheureuse loin de vous. Et quand maman et papa reviendront, je serai désolée. »

Christine fondit en larmes ; François la consola de son mieux, ainsi que M. de Nancé, qui lui dit qu'elle était une petite folle ; que ses parents ne songeaient pas encore à revenir ; que personne ne l'obligeait à aimer Maurice ; qu'elle ne lui devait que de la compassion et de la bonté. Christine essuya ses yeux, avoua qu'elle avait été un peu sotte et promit de ne plus recommencer.

« Seulement, je te demande, François, de ne pas me laisser trop souvent pour aller voir Maurice et de ne pas l'aimer autant que tu m'aimes.

— Sois tranquille, Christine ; tu seras toujours celle que j'aimerai par-dessus tout, excepté papa. »

XX
Surprise désagréable qui ne gâte rien

Les beaux jours du printemps arrivèrent et rendirent la campagne encore plus agréable aux habitants du château de Nancé ; Paolo était devenu l'homme indispensable. Dévoué, affectionné comme un chien fidèle, il était toujours prêt à tout ce qu'on lui demandait ; pour M. de Nancé, c'étaient les affaires, les comptes, l'arrangement de la bibliothèque, les courses lointaines et autres travaux, qu'il accomplissait avec un zèle, un empressement que rien n'arrêtait. Pour les enfants, c'étaient des commissions, des raccommodages, des inventions de jeux, des leçons de menuiserie, de gymnastique, des établissements de cabanes, de berceaux de feuillage, et mille autres inventions qui naissaient dans le cerveau fertile de ce Paolo, bizarre, ridicule, mais aimant et dévoué. M. de Nancé lui avait demandé de venir demeurer chez lui, l'éducation de François et de Christine exigeant beaucoup de temps et de surveillance. Il lui donnait cent francs par mois pour les deux enfants. M. et Mme des Ormes semblaient avoir oublié l'existence de leur fille ; excepté une lettre que M. des Ormes écrivait à Christine à peu près tous les mois, elle n'entendait jamais parler de ses parents. Mme des Ormes ne s'était pas informée une seule fois de ses besoins de toilette ou de livres, de musique, de tout ce qui compose l'éducation d'un enfant. Christine ne songeait pas encore à ces détails, mais elle avait un sentiment vague et pénible de l'abandon de ses parents, et un sentiment tendre et reconnaissant de ce que M. de Nancé faisait pour son éducation, pour son amélioration ; elle éprouvait aussi une grande reconnaissance des soins que donnait Paolo à son instruction ; elle l'aimait très sincèrement ; lui, de son côté, admirait son intelligence, sa facilité à retenir et à comprendre : elle venait d'avoir dix ans ; elle avait commencé son éducation à huit ans, et en piano, italien, histoire, géographie, dessin, elle était avancée comme l'est une bonne élève de dix à onze ans ; elle avait donc regagné tout le temps perdu. Isabelle aussi lui inspirait une affection pleine de respect et de soumission. Isabelle ne cessait de remercier son cher François de l'avoir décidée à se charger de Christine.

« Quelle heureuse position tu m'as faite, mon cher François, entre toi et Christine, chez ton excellent père ; rien ne manque à mon bonheur. Puisse-t-il durer toujours ! »

Il dura jusqu'à l'été. Un jour de juillet, que les enfants, aidés de M. de Nancé et de Paolo, construisaient un berceau de branchages au pied duquel ils plantaient des plantes grimpantes, une femme apparut au milieu d'eux ; c'était Mme des Ormes. La surprise les rendit tous immobiles ; rien n'avait fait pressentir sa visite.

MADAME DES ORMES : Eh bien, Monsieur de Nancé ;

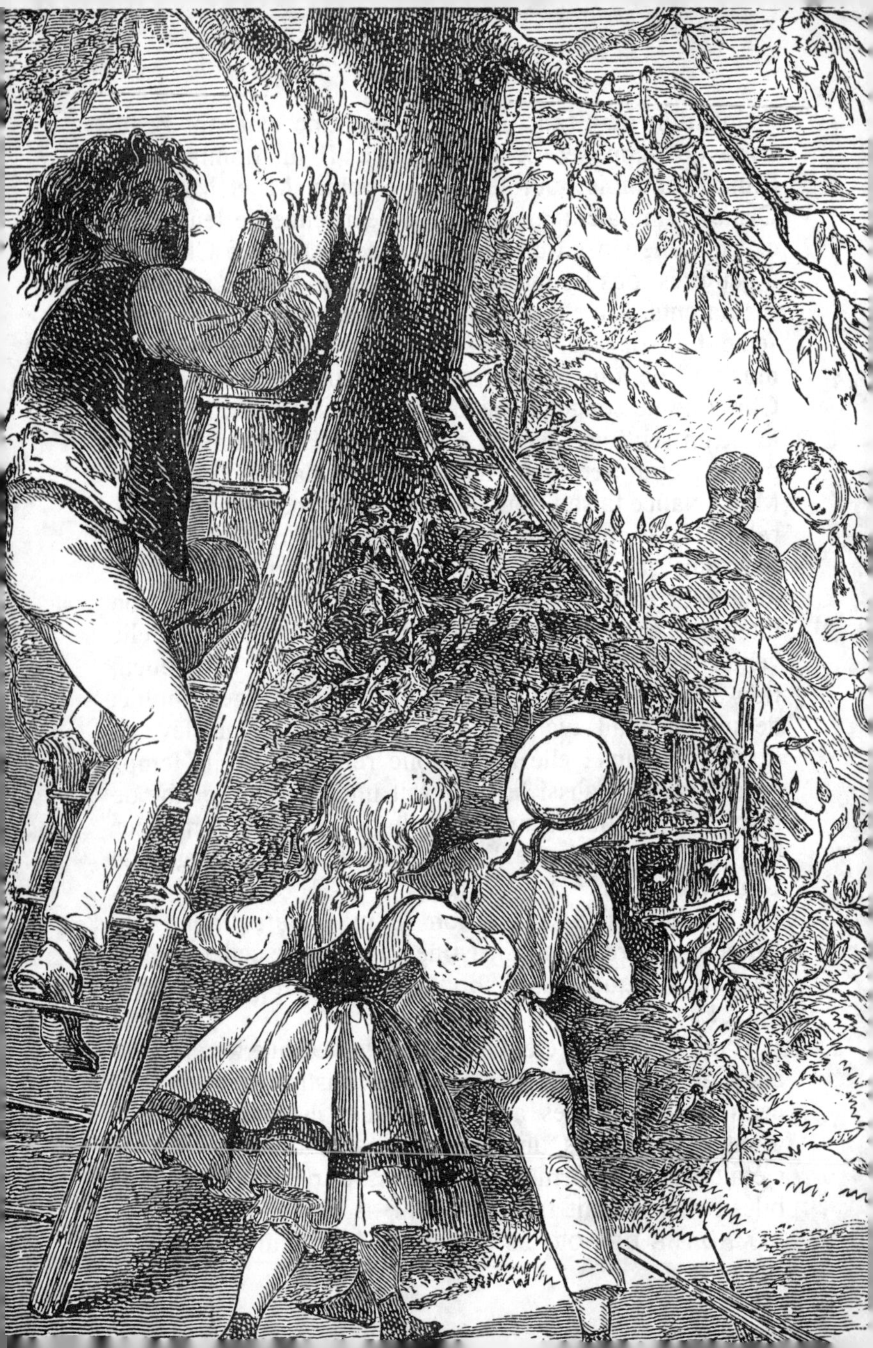

eh bien, mon cher esclave Paolo : eh bien, Christine, vous ne me dites rien ? »

M. de Nancé salua froidement et sans mot dire. Paolo salua gauchement et devint rouge comme une pivoine. Christine alla embrasser sa mère, mais Mme des Ormes arrêta une démonstration dangereuse pour son col garni de dentelles et pour sa coiffure emmêlée de fausses nattes et de faux bandeaux ; elle lui saisit les mains, lui donna un baiser sur le front, et, la regardant avec surprise :

« Comme tu es grandie ! Je suis honteuse d'avoir une fille si grande ! Tu as l'air d'avoir dix ans !

CHRISTINE : Et je les ai, maman, depuis huit jours.

MADAME DES ORMES : Quelle folie ! Toi, dix ans ! Tu en as huit à peine !

CHRISTINE : Je suis sûre que j'ai dix ans, maman.

MADAME DES ORMES : Est-ce que tu peux savoir ton âge mieux que moi ? Je te dis que tu as huit ans, et je te défends de dire le contraire. Puisque j'ai à peine vingt-trois ans, tu ne peux avoir plus de huit ans. »

Personne ne répondit ; elle mentait et se rajeunissait de dix ans, car elle s'était mariée à vingt-deux ans, et Christine était née un an après son mariage.

« Monsieur de Nancé, continua-t-elle, je vous remercie d'avoir gardé Christine si longtemps ; elle a dû bien vous ennuyer.

M. DE NANCÉ : Au contraire, Madame, elle nous a fait passer un hiver et un printemps fort agréables.

MADAME DES ORMES : En vérité ! Mais... alors,... si vous vouliez la garder jusqu'au retour de mon mari ? J'ai tant à faire, tant à arranger dans ce château ! J'ai tout justement besoin de l'appartement de Christine, car j'attends beaucoup de monde. Je serais obligée de la mettre dans les mansardes, et la pauvre petite serait très mal. Et puis elle s'ennuierait à mourir, car je ne peux la laisser

descendre au salon quand j'ai quelqu'un ! Elle est trop grande pour..., pour perdre son temps. Vous me la rendrez quand je serai seule.

M. DE NANCÉ : Donnez-la-moi, Madame, quand vous

voudrez et le plus que vous pourrez ; mon fils et moi, nous sommes heureux de l'avoir.

MADAME DES ORMES : Votre fils ? Ah oui ! c'est vrai ! C'est ce joli petit là-bas. A la bonne heure ! Il ne grandit pas comme une perche, lui ! il ne vous fait pas vieux par sa taille. Adieu, cher Monsieur ! Paolo, venez avec moi ; j'ai besoin de vous. Adieu, Christine. »

Mme des Ormes fit quelques pas, puis revint.

« A propos, Christine, tu n'as pas besoin de venir me voir chez moi. Ne la laissez pas venir, cher Monsieur de Nancé. Je viendrai la voir chez vous... Adieu... Eh bien, où est Paolo ?... Paolo !... mon pauvre Paolo ! Il sera parti en avant dans son empressement de me voir. »

Et Mme des Ormes hâta le pas pour rentrer et retrouver Paolo, auquel elle voulait faire exécuter différents travaux dans ses appartements.

M. de Nancé fut quelques minutes avant de revenir de son étonnement. Cette mère retrouvant sa fille sans aucune joie, aucune émotion, après une séparation de huit mois ! ne s'occupant que de la taille et de l'âge de sa fille, qu'elle veut cacher pour se rajeunir elle-même ! c'était plus révoltant encore que l'indifférence passée ; et la tendresse de M. de Nancé pour Christine se révoltait d'un accueil aussi froid.

François et Christine n'étaient pas encore revenus de leur frayeur d'être séparés, et de leur stupéfaction de se sentir réunis pour longtemps.

CHRISTINE : Oh ! François, François ! quel bonheur que j'aie tant grandi ! Je vais tâcher de beaucoup manger pour grandir plus encore et pour rester ici avec toi. »

Christine et François sautaient et battaient des mains dans leur joie ; M. de Nancé rit de bon cœur de la résolution de Christine. Chacun avait compris son bonheur et se livrait à une gaieté bruyante et à des plaisanteries réjouissantes, lorsque Paolo parut, l'air encore effrayé et regardant de tous côtés si la tête de Méduse avait réellement disparu. Se voyant en *famille*, comme il disait, il se mit aussi à battre des mains, à gambader, à rire tout haut, au grand ébahissement de ses amis ; François et Christine joignirent leur gaieté à la sienne ; M. de Nancé riait en les regardant.

« Ze me souis cacé derrière le gros arbre ! Z'avais oune peur terrible que la Signora ne m'aperçoût et ne me tirât de ma cacette. Quelle Signora terribila ! Aïe ! ze crois que ze l'entends. »

Et Paolo se précipita derrière son arbre. C'était une fausse alerte ; personne ne parut.

XXI
Visites de M. et Mme des Ormes

Les habitants du château de Nancé ne s'aperçurent du retour de M. et Mme des Ormes que par quelques rares apparitions du père ou de la mère de Christine. M. des Ormes confirma la défense qu'avait faite sa femme à Christine de venir au château.

« Ta mère a toujours du monde ; elle craint que tu ne t'ennuies, que tu ne déranges tes heures de travail ; et puis il faudrait venir te chercher, te ramener, ce qui serait difficile avec tous ces messieurs et dames qu'il faut promener et voiturer. Puisque M. de Nancé a la bonté de te garder chez lui, nous sommes bien tranquilles sur ton compte ; et je suis convaincu que tu n'es pas fâchée de cet arrangement.

CHRISTINE : Du tout, du tout, papa, au contraire ; je suis si heureuse avec ce bon M. de Nancé et mon ami François.

M. DES ORMES : Allons, tant mieux, ma fille, tant mieux ! J'espère que tu aimes M. de Nancé, que tu es aimable pour lui.

CHRISTINE : Je l'aime de tout mon cœur, papa, et je le lui témoigne tant que je peux. Je voulais même l'appeler *papa* ou *mon père,* mais il n'a pas voulu ; il croit que cela vous fera de la peine.

M. DES ORMES : Pas le moins du monde. Appelle-le comme tu voudras.

CHRISTINE : Merci, papa, merci, je le lui dirai. Vous êtes bien bon ; je vous remercie bien.

M. DES ORMES : Je suis bien aise de te faire plaisir, Christine, et que tu me le dises. Adieu, ma fille ; je viendrai te voir souvent ; mais pas de visites chez nous, ta mère m'a chargé de te le rappeler.

CHRISTINE : Soyez tranquille, papa ; je ne viendrai pas.

M. DES ORMES : A propos, as-tu su que ton oncle et ta tante de Cémiane étaient en Italie pour quelques années !

CHRISTINE : Non, papa ; je croyais qu'ils reviendraient passer l'été à Cémiane.

M. DES ORMES : Ils sont allés en Suisse, puis en Italie, pour la santé de ta tante, qui souffre de la poitrine. Adieu, Christine ; bien des amitiés à M. de Nancé. »

A peine M. des Ormes fut-il parti, que Christine s'élança vers l'appartement de M. de Nancé. Elle entra comme un ouragan.

« Papa ! mon père ! Je peux vous appeler comme je le voudrai ; papa me l'a permis.

— Christine, Christine, dit M. de Nancé en hochant la tête, tu as eu tort de le lui demander. Je t'ai déjà dit que ce n'était pas bien.

CHRISTINE, *avec affection* : Pas bien ? pourquoi ? Ne faites-vous pas pour moi ce que vous feriez si j'étais votre fille ? Ne me traitez-vous pas comme si j'étais votre fille ? Ne m'aimez-vous pas comme une vraie fille, comme une vraie sœur de François ? Ne croyez-vous pas que je vous aime comme un vrai père ? Pourquoi donc m'obliger à vous parler comme à un étranger, à vous appeler monsieur ? Pourquoi m'imposer cette peine ? Pourquoi me défendre de vous donner le nom que vous donne mon cœur, celui que vous donne François, qui ne peut pas vous aimer plus que je ne vous aime ! Mon père, mon cher père, laissez-moi vous appeler *mon père.* »

En achevant ces mots, Christine se laissa glisser à genoux devant M. de Nancé ; elle appuya ses lèvres sur sa main, et le regarda avec ces grands yeux doux et suppliants qui faisaient de Paolo son très humble serviteur. M. de Nancé, de même que Paolo, n'y résista pas : il releva Christine, la serra dans ses bras, l'embrassa à plusieurs reprises, et lui dit d'une voix émue :

« Ma fille ! ma chère fille ! appelle-moi ton père, puisque ton père te le permet, et crois bien que si je suis un père pour toi, tu es pour moi une fille bien tendrement aimée. »

Christine remercia M. de Nancé, lui demanda pardon de l'avoir dérangé de son travail, et alla raconter ce qui venait de se passer à François, qui s'en réjouit autant qu'elle. Elle rentra ensuite dans son appartement, où l'attendait Paolo pour lui donner ses leçons.

L'été se passa ainsi, bien calme pour François et pour Christine ; M. de Nancé refusa toutes les invitations de M. et Mme des Ormes.

« C'est bien mal à vous, Monsieur de Nancé, lui dit un jour Mme des Ormes dans une de ses rares visites : vous refusez toutes mes invitations ; vous ne voyez aucune de mes fêtes, qui sont si jolies, aucun de mes amis, qui sont si aimables, qui m'aiment tant, qui sont si heureux près de moi ! Vous ne goûtez à aucun de mes excellents dîners ; j'ai un cuisinier admirable ! un vrai Vatel !

M. DE NANCÉ : Je suis vraiment contrarié, Madame,

d'avoir toujours à vous refuser ; mais les devoirs de la paternité s'accordent mal avec les plaisirs du monde, et je préfère une soirée passée avec mes enfants, aux fêtes les plus brillantes.

MADAME DES ORMES : Comment dites-vous, *mes* enfants ? Je croyais que vous n'aviez qu'un fils.

M. DE NANCÉ : Et Christine, Madame ? Ne m'avez-vous pas permis de la regarder comme ma fille ?

MADAME DES ORMES : Christine ! Vous avez la bonté de vous en occuper vous-même ? Vous ne la laissez pas à sa bonne ?

M. DE NANCÉ : Non, Madame. Je croirais manquer à la confiance que vous avez bien voulu me témoigner en me la... donnant,... car vous me l'avez bien *donnée*, n'est-il pas vrai ?

MADAME DES ORMES, *riant* : Oui, oui. Gardez-la tant que vous voudrez ! Mais... où est-elle ? Je suis venue pour la voir.

M. DE NANCÉ : Je vais la faire descendre, Madame : elle prend sa leçon de musique avec Paolo. »

M. de Nancé sonna.

« Faites venir Mlle Christine, dit-il au domestique.

MADAME DES ORMES : A propos de Paolo, il y a longtemps que je ne l'ai vu. J'ai besoin de lui pour une décoration de théâtre ; nous allons jouer *la Belle au bois dormant*. C'est moi qui fais la BELLE. Tous ces messieurs ont déclaré que personne ne remplirait ce rôle mieux que moi. Ces dames étaient furieuses. Mais ils ont dit que les bras étaient très en évidence, car je serai dans un fauteuil, les bras pendants ; on dit que j'ai de très beaux bras... Comment trouvez-vous mes bras ?

M. DE NANCÉ, *froidement :* Probablement très beaux, Madame ; mais je ne m'y connais pas.

— Mon père, vous me demandez !... s'écria Christine, qui arrivait en courant, le croyant seul. Ah ! »

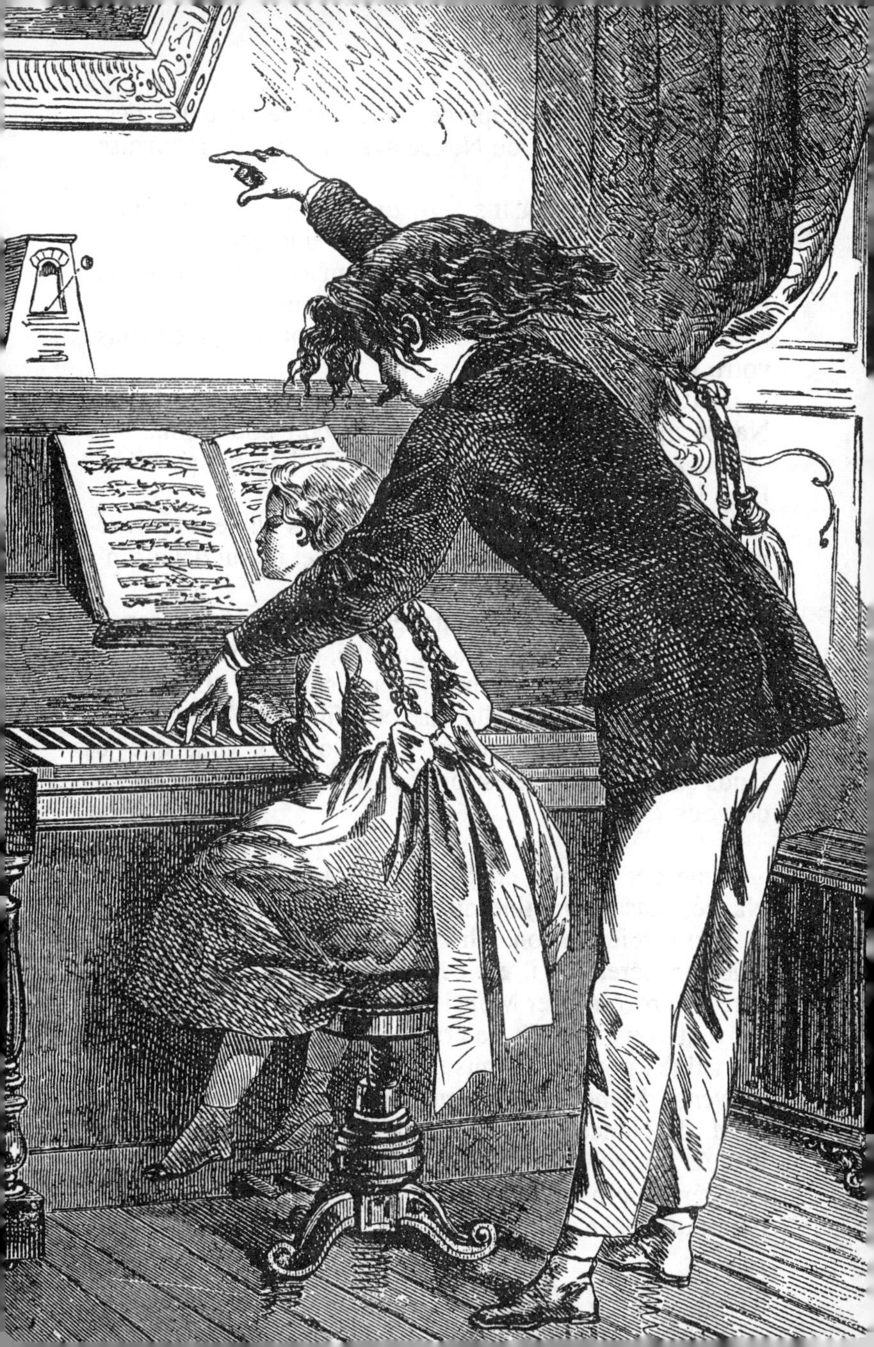

Christine venait d'apercevoir sa mère, que les dernières paroles de M. de Nancé avaient mise de mauvaise humeur.

MADAME DES ORMES : A qui parlez-vous si haut, Christine ? Croyez-vous entrer dans une écurie ?

CHRISTINE : Pardon, maman : on m'avait dit que M. de Nancé me demandait. Je le croyais seul.

MADAME DES ORMES : Et pourquoi l'appelez-vous votre père ?

CHRISTINE : Maman, papa m'a permis d'appeler M. de Nancé *mon père,* parce qu'il est si bon pour moi...

MADAME DES ORMES : Ah ! ah ! ah ! la bonne idée ! Dieu ! que c'est bête à M. des Ormes ! »

M. de Nancé s'aperçut que les choses allaient tourner mal pour la pauvre Christine interdite, et il crut devoir intervenir.

M. DE NANCÉ : Christine est d'une reconnaissance excessive du peu que je fais pour elle, Madame. Elle croit la mieux témoigner en m'appelant son père. Comment pourrais-je oublier qu'elle est votre fille, qu'elle me vient de vous ; qu'en m'occupant d'elle, c'est à vous que je rends service ; qu'elle est pour moi un souvenir perpétuel de vous ? »

Mme des Ormes, enchantée, serra la main de M. de Nancé, baisa Christine au front.

« Tu as bien raison, Christine, aime-le bien,... et appelle-le ton père, car il est cent fois meilleur que ton vrai père. Au revoir, cher Monsieur de Nancé ; je viendrai très souvent vous voir. Et ne craignez pas que je vous enlève Christine : non, non ; puisque vous y tenez, gardez-la en souvenir de moi. Adieu, mon ami. »

M. de Nancé la salua profondément et la reconduisit jusqu'à sa voiture. Elle y était déjà montée et M. de Nancé s'en croyait débarrassé, lorsqu'elle sauta à terre et remonta le perron.

« Et Paolo que j'oublie ! Christine, va me le chercher... Dieu ! qu'elle est grande, cette fille ! dit Mme des Ormes en la regardant courir pour exécuter l'ordre de sa mère. C'est vraiment ridicule d'avoir une fille si grande pour son âge ; elle est encore grandie depuis mon retour. Ne craignez-vous pas, cher Monsieur de Nancé, en la laissant vous appeler son père, qu'elle ne vous vieillisse terriblement ?

— Je ne crains rien dans ce genre, répondit M. de Nancé en souriant. François a quatorze ans, et je ne cherche pas à me rajeunir.

MADAME DES ORMES : Vous avez l'air si jeune. Quel âge avez-vous ?

M. DE NANCÉ : J'ai quarante ans, Madame.

MADAME DES ORMES : Quarante ans ! Dieu ! quelle horreur ! J'espère bien n'avoir jamais quarante ans !... Il est vrai que j'en suis loin ! J'ai à peine vingt-trois ans. »

M. de Nancé ne put réprimer entièrement un sourire moqueur.

MADAME DES ORMES : Vous ne le croyez pas ? C'est à cause de cette ridicule taille de Christine, à laquelle on donnerait dix ans, en vérité ? Et c'est à peine si elle en a huit. Je me suis mariée à quinze ans. »

M. de Nancé ne pouvait répliquer sans dire une impertinence : il se tut.

« Maman, dit Christine qui revenait tout essoufflée, je ne trouve pas M. Paolo ; il est sans doute parti, ne vous sachant pas ici.

MADAME DES ORMES : Que c'est ennuyeux ! Comment ne lui a-t-on pas dit que j'étais là. Ce bon Paolo ! Il est si heureux quand il me voit ! Envoyez-le-moi demain, mon cher Monsieur de Nancé. Adieu, à bientôt. »

Elle monta dans son poney-duc et partit en envoyant des baisers avec ses doigts épatés qu'elle croyait effilés.

« C'est ennuyeux que Paolo soit parti, dit Christine ; je

n'avais pas fini ma leçon de piano, et je n'ai pas encore eu ma leçon d'histoire.

M. DE NANCÉ : Il reviendra peut-être, mon enfant ; et, s'il rentre trop tard, tu viendras chez moi, je te donnerai ta leçon d'histoire.

CHRISTINE : Oh ! merci, mon père ! J'aime tant quand c'est vous qui me donnez mes leçons... Mais, dites-moi, mon père, est-ce vrai que vous ne me soignez que pour maman, et que vous ne m'aimez qu'en souvenir d'elle ?

M. DE NANCÉ : Ma pauvre petite, je te soigne pour toi, je ne t'aime que pour toi. Ce que j'en ai dit à ta maman, c'était pour adoucir sa mauvaise humeur, pour détourner son intention du reproche qu'elle t'adressait, et de crainte que ta grande tendresse pour nous ne lui donnât la pensée de te faire revenir chez elle. Tu juges quel chagrin c'eût été pour moi, pour François et pour toi-même.

CHRISTINE : Je crois que j'en serais morte ! Vous quitter, rentrer là-bas après avoir été heureuse et aimée ici, vous savoir dans le chagrin, vous et François ! Mon Dieu ! mon Dieu ! oui, j'en serais morte !

— Pst ! pst ! est-elle partie ? » dit une voix qui semblait venir du ciel.

M. de Nancé et Christine levèrent la tête et virent apparaître à une lucarne du grenier la tête de Paolo, inquiet et alarmé.

M. DE NANCÉ : Vous voilà ! Que faites-vous donc là-haut ? Je vous croyais sorti.

PAOLO : Attendez Paolo oune minute, Signor. Ze descends. »

Deux minutes après, Paolo apparut ; il paraissait content, mais encore un peu inquiet.

« Ze me souis sauvé ; z'avais peur que la Signora ne me poursuivît ; z'ai couru au grenier, et, comme ze n'entendais plus rien, z'ai regardé et ze souis venu.

M. DE NANCÉ : Mon cher, vous n'avez pas gagné grand'chose, car je suis chargé de vous envoyer demain chez Mme des Ormes. »

Paolo fit une mine allongée qui fit rire M. de Nancé, mais il fit signe à Paolo de se taire à cause de Christine.

« A présent, mon ami, allez continuer les leçons de ma petite Christine ; finissez votre temps de galères.

— O Dio ! quelle galère ! avec oune si sarmante Signorina ! si douce, si obéissante, si intellizente, si...

M. DE NANCÉ, *riant* : Assez, assez, mon cher, assez. Vous allez donner de l'orgueil à ma fille.

CHRISTINE : A moi, mon père ? De l'orgueil ? et de quoi ? Que fais-je, moi, que suivre vos conseils et ceux du bon Paolo ! C'est vous et lui qui devez avoir de l'orgueil, si je fais bien ; vous surtout, mon père, vous qui m'apprenez à être ce que dit Paolo, douce et obéissante, et à demander au bon Dieu de me rendre bonne et pieuse comme François.

— Voyez, voyez, Signor ! Quel anze que cet enfant ! » s'écria Paolo en joignant les mains et en s'élançant ensuite sur Christine, que, dans son admiration, il enleva de six pieds, et qu'il remit à terre avant qu'elle eût le temps de pousser un cri de frayeur.

« Vous m'avez fait peur, Paolo, lui dit Christine d'un air de reproche.

— Pardon, Signorina, pardon, dit Paolo confus : c'était la zoie, l'admiration. »

Et il rentra un peu honteux, précédé de M. de Nancé et de Christine.

XXII
Maurice chez M. de Nancé

François rentrait un jour de chez Maurice, qu'il continuait à voir une ou deux fois par semaine, et dont la santé et l'état physique ne s'amélioraient guère. Ses jambes et ses reins ne se redressaient pas ; son épaule restait aussi saillante, son visage aussi couturé. Il s'affaiblissait au lieu de prendre des forces. Sa difformité et l'insouciance de son frère lui donnaient une tristesse qu'il ne pouvait vaincre ; il allait assez souvent chez M. de Nancé, où il était toujours reçu avec amitié ; Christine était bonne et aimable pour lui ; elle lui témoignait de la compassion, mais pas l'amitié qu'il aurait désiré lui inspirer et qu'il éprouvait pour elle. Plusieurs fois il lui représenta qu'il avait les mêmes droits que François à son affection, puisqu'il était infirme et malheureux comme lui.

« François n'est pas malheureux, répondit Christine ; il a eu du courage ; il s'est résigné... D'ailleurs... »

Christine se tut.

MAURICE : D'ailleurs quoi, Christine ? Parlez.

CHRISTINE : Non, j'aime mieux me taire. Seulement personne ne pourra faire pour moi ce qu'ont fait M. de Nancé et François, je vous l'ai déjà dit. Et je vous ai dit aussi que je ferais ce que je pourrais pour vous témoigner la compassion et l'intérêt que vous m'inspirez. »

Maurice recommençait son exhortation, Christine répondait de même, et quand elle se trouvait seule avec M. de Nancé, elle se plaignait à lui des importunités de Maurice.

« Chaque fois qu'il me dit de ces choses, je l'aime moins ; je le trouve de plus en plus ridicule ; il demande plus qu'il ne le devrait ; et comme je ne sais que lui répondre, ses visites me sont désagréables... Que faire, cher père ? Je crains de ne pouvoir m'empêcher de le détester.

M. DE NANCÉ : Non, chère petite ; il t'ennuie ; mais tu ne le détesteras pas, car tu penseras qu'il est l'ami de François...

CHRISTINE : Oh !... l'ami !... François y va par charité.

M. DE NANCÉ : Et toi, tu le recevras par charité. Et tu prieras le bon Dieu de te rendre bonne et charitable ; et tu n'oublieras pas que tu vas faire ta première communion l'année prochaine.

CHRISTINE, *l'embrassant* : Et puis je penserai à vous et à François pour vous imiter ; la première fois que Maurice viendra, vous verrez, cher père, comme je serai bonne ! »

Les bonnes résolutions de Christine portèrent leur fruit ; Maurice crut voir que Christine l'aimait enfin comme il désirait en être aimé, et il devint plus gai et plus aimable pendant ses visites.

Le jour où François revint de chez Maurice, comme nous l'avons dit, il avait trouvé son pauvre protégé fort triste ; ses parents lui avaient annoncé que, n'ayant pas été à Paris depuis près d'un an, leurs affaires s'étaient dérangées et les obligeaient à y aller passer un ou deux mois ; que, de plus, leur père était assez gravement malade et les demandait ; qu'il fallait s'apprêter à partir sous peu de jours, et qu'Adolphe entrerait au collège dès leur arrivée à Paris.

« Alors, dit Maurice, j'ai supplié maman de me laisser ici et de ne pas m'exposer à la honte, aux humiliations pénibles que je subirais à Paris. Maman, inquiète de ma santé, ne veut pas me quitter, et pourtant elle est obligée d'aller à Paris pour ses affaires et pour mon grand-père. Il faut donc que je me laisse emmener, que je subisse toutes les peines que je prévois. Si papa pouvait y aller seul, je m'y résignerais encore ; et quant à Adolphe, je comprends bien qu'ici il ne travaille pas, il perd son temps et il a besoin d'aller au collège ; mais, maman partant, il faut que je parte aussi ! Quel chagrin pour moi de quitter la campagne et ma vie calme et retirée ! Maman, me voyant si malheureux de ce voyage, m'a dit qu'elle ferait le sacrifice que je lui demandais, qu'elle me laisserait ici, et qu'elle se séparerait d'avec moi si nous avions dans le voisinage un parent ou un ami intime qui voulût bien me recevoir chez lui pendant un mois ou deux, et encore, à la condition que moi ou le médecin nous lui écririons tous les jours pour la rassurer sur ma santé. C'est vrai que je suis malade, plus malade même qu'elle ne le croit, car je lui cache la plus grande partie de mes souffrances pour ne pas l'inquiéter davantage. Ce fatal voyage me tuera ! Et, par malheur, nous n'avons dans le voisinage aucun parent, aucun ami qui puisse me recueillir ! Oh ! François, que je suis malheureux ! »

François, ne trouvant aucune parole pour consoler le pauvre Maurice, pleura avec lui et l'engagea à recourir à Dieu et à la sainte Vierge. Il lui promit de lui écrire souvent ; il chercha à le rassurer sur sa santé, sur les terreurs que lui causait son séjour à Paris, et le laissa un peu moins abattu, mais bien malheureux encore.

François vint raconter à son père et à Christine le nouveau et vif chagrin du pauvre Maurice.

« Pauvre garçon ! pauvre Maurice ! dit Christine : que pouvons-nous faire pour le consoler dans sa douleur ?

M. DE NANCÉ : Ses chagrins sont malheureusement de nature à ne pouvoir être effacés ; mais nous pouvons les adoucir en redoublant de soins et d'affection jusqu'à son départ. Demain, François pourra y retourner, et nous l'accompagnerons.

CHRISTINE : Mon père, je crois que j'ai trouvé un moyen excellent de le rendre non seulement moins triste, mais heureux.

M. DE NANCÉ : Toi, tu as trouvé cela, Christine ? Dis-le-nous bien vite.

CHRISTINE C'est que vous allez être... pas content.

M. DE NANCÉ : Pas content ? Pourquoi ? Ton invention est donc mauvaise, méchante ?

CHRISTINE : Au contraire, mon père : excellente et très bonne. Devinez ! Ce n'est pas difficile.

M. DE NANCÉ : Comment veux-tu que je devine, si tu ne me dis pas quelque chose pour m'aider ?

CHRISTINE : Et toi, François, devines-tu ? »

François la regarda attentivement.

« Je crois que j'ai trouvé », s'écria-t-il.

Et il dit quelques mots à l'oreille de Christine.

« C'est ça, tu as deviné, répondit-elle en riant. A votre tour, mon père ; vous ne devinez pas ?

M. DE NANCÉ : Hem ! je crois que je devine aussi. Tu veux que je lui propose...

CHRISTINE : C'est cela ! c'est cela ! Eh bien, papa, voulez-vous ?

M. DE NANCÉ, *souriant* : Mais tu ne m'as pas laissé achever ! tu ne sais pas ce que j'allais dire !

CHRISTINE : Si fait, si fait ! Et je vous demande encore : Le voulez-vous ?

M. DE NANCÉ, *avec malice* : Il faut bien, puisque tu le

désires si vivement. Mais je te demande instamment que ce ne soit pas pour longtemps. Huit jours au plus.

CHRISTINE : Ce sera assez, mon père, pour le consoler ; pourtant, j'aimerais mieux un mois que huit jours.

M. DE NANCÉ, *de même* : Nous verrons si nous pouvons nous y habituer, François et moi.

CHRISTINE : Oh ! vous vous y habituerez très bien. François ira le lui demander demain.

M. DE NANCÉ, *souriant* : Il vaut mieux que tu y ailles toi-même avec Isabelle ; tu verras en même temps la chambre que te donnera Mme de Sibran pour toi et pour Isabelle.

CHRISTINE, *effrayée* : Quelle chambre ? Pourquoi une chambre ?

M. DE NANCÉ : Mais pour demeurer chez Mme de Sibran pendant huit jours, jusqu'à son départ, comme tu le désires.

CHRISTINE : Moi, demeurer là-bas ? Moi, vous quitter ? aller chez ce Maurice que je ne peux pas souffrir ? Oh ! mon père ! vous ne m'aimez donc pas, puisque vous me renvoyez avec tant de facilité ! Vous ne croyez pas à ma tendresse, puisque vous me supposez le désir, la possibilité de vouloir vous quitter ! François, tu avais deviné, toi ; tu m'aimes ! »

Christine, désespérée et tout en larmes, se jeta au cou de François, qui regardait son père avec tristesse.

M. DE NANCÉ, *la saisissant dans ses bras et l'embrassant* : Christine ! ma fille ! mon enfant ! Ne pleure pas ! Ne t'afflige pas ! C'est une plaisanterie ; je devinais très bien que tu me demandais de faire venir Maurice ici avec nous. Tu ne m'as pas laissé achever, et j'ai profité de l'occasion pour te guérir de ta précipitation à vouloir comprendre les pensées inachevées. Je suis désolé, chère enfant, du chagrin que tu témoignes ! Et crois bien que je ne t'aurais jamais permis l'inconvenance que je te proposais en plaisantant ; et que je tiens trop à toi, que je t'aime trop, pour me séparer de toi volontairement. »

Christine, consolée, embrassa tendrement ce père et ce frère tant aimés, et renouvela la proposition d'avoir Maurice à Nancé.

M. DE NANCÉ : Tout ce que vous voudrez, mes enfants : je m'associe à votre acte de charité, quoiqu'il ne me soit pas plus agréable qu'à Christine ; mais, comme elle, je supporterai les ennuis d'un malade étranger et je vaincrai mes répugnances. »

Quand François retourna le lendemain chez Maurice, et lui fit part de l'invitation de M. de Nancé, le visage de Maurice exprima une telle joie, une telle reconnaissance, que François en fut touché. Il remercia François dans les termes les plus affectueux, et annonça le départ de sa mère pour le lendemain matin, parce qu'on avait reçu de mauvaises nouvelles de son grand-père.

FRANÇOIS : Alors tu viendras à Nancé dans l'après-midi ?

MAURICE : J'en parlerai à maman ; elle le voudra bien, j'en suis sûr, et alors je viendrai le plus tôt que je pourrai. Mais, dis-moi, François, Christine ne sera-t-elle pas ennuyée de mon long séjour près de vous ?

FRANÇOIS : Pas du tout, puisque c'est elle qui en a eu l'idée et qui l'a demandé à papa.

MAURICE : En vérité ? Christine ! Oh ! qu'elle est bonne ! Quelle bonne petite amie j'ai là ! »

François réprima un petit mouvement de mécontentement du vol que voulait lui faire Maurice de l'amitié de Christine. Mais il réfléchit que Christine n'avait pour Maurice que de la compassion, et que ce n'était qu'un acte de charité qu'elle exerçait envers lui.

« A demain ! lui dit François.

— Oui, à demain, cher ami ! dit gaiement Maurice. Eh bien, tu pars sans me donner la main ?

FRANÇOIS : C'est vrai ! Je n'y pensais pas ! Viens de bonne heure.

MAURICE : Le plus tôt que je pourrai ; merci, mon ami. »

François s'en retourna à Nancé un peu pensif ; il rencontra à moitié chemin Christine et son père qui venaient à sa rencontre.

M. de Nancé demanda des nouvelles de Maurice, pendant que Christine disait à François :

« Qu'as-tu ? tu es triste !

— Oui, je suis fâché contre moi-même. »

Et il raconta à son père et à Christine ce que lui avait dit Maurice.

« Et alors..., dit-il.

CHRISTINE, *vivement* : Et alors, tu as été fâché contre lui, et tu as eu envie de lui dire que je n'étais pas son amie et que tu étais et serais mon seul ami, et que je **ne l'aime**rais jamais comme je t'aime ? Et puis, tu ne **l'aimes pas** ; tout comme moi, dit Christine en riant et en **l'embras**sant.

FRANÇOIS, *surpris* : Tiens ! comment as-tu deviné ?

CHRISTINE : C'est que cela m'a fait la même chose

quand il m'a demandé de l'aimer comme je t'aime : je le trouvais bête, je me sentais fâchée contre lui, et depuis ce temps je ne peux pas l'aimer pour de bon ; mais papa dit que ça ne fait rien, qu'on peut tout de même être bon et aimable pour lui, sans l'aimer.

FRANÇOIS : Je crains que ce ne soit mal de ma part, papa ; c'est vrai que je ne l'aime pas. Et pourtant il me fait pitié, je le plains ; mais je n'aime pas à le voir.

M. DE NANCÉ : Et pourtant tu y vas de plus en plus, mon ami.

FRANÇOIS : Parce que je l'aime de moins en moins : et c'est pour me punir de ce mauvais sentiment, que je fais plus pour lui que si je l'aimais.

M. DE NANCÉ : Tu ne peux faire ni plus ni mieux, mon ami, car tu agis par charité ; tu fais donc plus et mieux que si tu agissais par amitié... Sois bien tranquille, et, quand il sera ici, continue à lui laisser croire que tu es son ami. Le bon Dieu te récompensera de ce grand acte de charité.

CHRISTINE : Mon père, vous avez raison de dire *grand* acte de charité, parce que c'est difficile d'être avec les gens qu'on n'aime pas, comme si on les aimait. »

L'arrivée de Paolo interrompit leur conversation, que François reprit avec son père avant de se coucher. Ils dirent beaucoup de choses que nous n'avons pas besoin de savoir, et dont le résultat fut pour François une tranquillité de cœur complète, un redoublement de tendresse pour Christine et de compassion pour Maurice, qu'il résolut de traiter plus amicalement encore que par le passé.

XXIII
Fin de Maurice

Le lendemain, Maurice arriva pâle et défait, les yeux rouges et gonflés, la poitrine oppressée. Le départ de ses parents lui avait causé une douleur profonde, malgré la promesse de sa mère de revenir dès qu'il y aurait une amélioration dans la santé de son grand-père. Quand il vit François et Christine qui accouraient au-devant de lui, il sourit, un éclair de joie illumina son visage ; il hâta le pas pour les joindre plus vite ; dans son empressement, une de ses jambes accrocha l'autre, et il tomba de tout son long par terre ; aussitôt un flot de sang s'échappa de sa bouche : une veine s'était rompue dans sa poitrine. François et Christine coururent à lui pour le relever, et, malgré leur frayeur, ils n'en témoignèrent aucune, de peur d'effrayer Maurice.

« Va chercher papa, dit François à l'oreille de Christine, qui partit comme une flèche.

CHRISTINE : Mon père, venez vite ; Maurice vomit du sang ; François le soutient.

M. DE NANCÉ, *se levant* : Où sont-ils ?

CHRISTINE : Dans le vestibule.

M. DE NANCÉ : Va vite appeler ta bonne, ma chère enfant ; qu'elle apporte ce qu'il faut. »

Isabelle, en entendant le récit de Christine, prit une fiole d'*eau de Pagliari*, en versa une cuillerée dans un verre d'eau, et se hâta d'arriver près de Maurice, auquel elle fit boire la moitié de cette eau. Quelques instants après il but l'autre moitié, et le vomissement de sang, qui avait déjà diminué, s'arrêta tout à fait. Isabelle obligea Maurice à se mettre au lit, malgré sa résistance. Il témoignait un tel chagrin d'être séparé de ses amis François et Christine, que M. de Nancé lui promit de les lui amener, pourvu qu'il parlât le moins possible, ce que Maurice promit avec joie.

M. de Nancé ne tarda pas à ramener ses enfants.

MAURICE : François, Christine, mes chers, mes bons

amis ; je suis bien malade, je le sens... Je suis trop malheureux ; j'ai demandé au bon Dieu de me faire mourir.

FRANÇOIS : Oh ! Maurice, que dis-tu ? Tu veux donc nous quitter ; tu ne nous aimes donc plus ?

MAURICE : C'est parce que je vous aime trop que je suis malheureux. Je voudrais être toujours avec vous, et je vous vois si peu ! Je voudrais être avec maman et papa, et les voilà partis ! Je voudrais que mon frère m'aimât, et il ne me témoigne que de l'indifférence. Toi, François, et toi, chère et bonne Christine, si vous pouviez être mon frère et ma sœur ! Mais vous ne l'êtes pas ! Je voudrais que vous m'aimiez de telle sorte que vous n'aimiez que moi, et cela aussi est impossible.

M. DE NANCÉ : Maurice, vous parlez trop ; je vais renvoyer vos amis si vous continuez.

MAURICE : Pardon, Monsieur ; je ne dirai plus rien. »

François et Christine s'assirent près du lit de Maurice et cherchèrent à le distraire en causant, avec M. de Nancé, de leurs projets d'hiver et de l'été prochain. Ils mêlaient toujours Maurice à leurs projets, pensant lui faire plaisir. Il souriait tristement ; à la longue, une larme, qu'il retenait, coula le long de sa joue.

FRANÇOIS : Maurice, tu pleures ? Souffres-tu ? Qu'as-tu ?

MAURICE : Je ne souffre que d'une grande faiblesse. Je pleure parce que je vous aurai quittés depuis longtemps quand le printemps arrivera.

M. DE NANCÉ : Pourquoi ? Si votre bonheur et votre santé dépendent de votre séjour chez moi, je ne serai pas assez cruel pour vous renvoyer, mon pauvre garçon.

MAURICE : Ce n'est pas ce que je veux dire, Monsieur... Je crois que je n'ai plus longtemps à vivre.

FRANÇOIS : Maurice, ne pense donc pas à des choses si tristes !

MAURICE : Mes bons amis, le peu d'affection que m'a témoigné mon frère, le départ de maman et de papa, que je croyais ne jamais quitter dans l'état où je suis, la crainte de mourir loin d'eux, sans les revoir, sans recevoir leur bénédiction, sans les embrasser, tout cela me tue ! Depuis longtemps je me sens mourir, et je le cache à mes parents ; je les regrette amèrement, et pourtant je suis heureux d'être ici, parce que je veux mourir bien pieusement, et vous m'y aiderez. Vous êtes tous si bons, si pieux ! Chez moi, personne ne prie ; personne ne parle du bon Dieu ; personne n'a l'air d'y penser. Monsieur de Nancé, ajouta-t-il en joignant les mains, ayez pitié de moi ! Je voudrais faire ma première communion comme l'a faite François, et je ne sais comment la faire ; je ne sais rien ; je ne sais même pas prier. Ayez pitié de moi ! Dites, que dois-je faire ?

— Mon pauvre garçon, répondit M. de Nancé, attendri, il faut vous soumettre à la volonté de Dieu ; vivre s'il le veut, et ne pas vous préoccuper de la crainte de mourir. Il faut vous soigner comme on vous l'ordonne, offrir à Dieu les chagrins qu'il vous envoie, et lui demander du courage et de la patience. Quant à la première communion, nous en reparlerons demain. A présent, restez bien tranquille jusqu'à l'arrivée du médecin, que j'ai envoyé chercher. Isabelle ou Bathilde restera près de vous. Soyez calme, mon ami, et remettez-vous entre les mains du bon Dieu, notre père et notre ami à tous. »

M. de Nancé lui serra la main.

« Merci, Monsieur, merci ; vous m'avez déjà consolé. »

M. de Nancé sortit, emmenant François et Christine qui pleuraient et qui envoyèrent à Maurice un baiser d'adieu, auquel il répondit par un sourire.

« Le croyez-vous bien malade, papa ? dit François avec anxiété.

M. DE NANCÉ : Je ne sais, mon ami ; il est possible qu'il voie juste en se croyant près de sa fin ; il est extrêmement changé et affaibli depuis quelque temps déjà. Aujourd'hui son visage est très altéré. Le départ de ses parents l'a beaucoup affligé.

FRANÇOIS : Pauvre Maurice ! et moi qui ne l'aimais pas !

CHRISTINE : Et moi donc ? Mais nous allons le soigner comme si nous l'aimions tendrement ; n'est-ce pas, François ?

FRANÇOIS : Oh oui ! Et je l'aime réellement à présent ; il me fait trop pitié.

CHRISTINE : Je suis comme toi, et je crois que je l'aime. »

Quand le médecin arriva, il traita légèrement le vomissement de sang de Maurice ; il l'attribua à sa chute, et pensa que ce serait un bien pour le fond de la santé ; il engagea Maurice à se lever, à manger, à sortir, à faire enfin ce que lui permettraient ses forces. M. de Nancé lui demanda pourtant d'écrire à M. et à Mme de Sibran pour les avertir de l'accident arrivé à leur fils. Lui-même leur en raconta tous les détails en ajoutant l'opinion du médecin, et promit de les avertir de la moindre aggravation dans l'état de Maurice. Cette consultation rassura tout le monde, excepté Maurice lui-même, qui persista à vouloir hâter sa première communion.

M. de Nancé, n'y voyant que de l'avantage, et ayant reçu de M. et Mme de Sibran l'autorisation de céder à ce qu'ils croyaient être une fantaisie de malade, fit venir tous les jours un prêtre pieux et distingué, pour donner à Maurice l'instruction religieuse qui lui manquait. M. de Nancé lui-même développa, par son exemple et par ses paroles, la foi et la piété de Maurice ; François lui racontait les pieuses impressions de sa première communion, et, un mois après son entrée chez M. de Nancé, Maurice faisait aussi sa première communion avec les sentiments les plus chrétiens et les plus résignés.

La faiblesse avait insensiblement augmenté, au point qu'il se soutenait difficilement sur ses jambes. Mais le médecin n'en concevait aucune inquiétude et attendait une guérison complète au retour du printemps. Peu de jours après sa première communion, il fut pris d'un nouveau vomissement de sang. M. de Nancé s'empressa d'écrire à M. et à Mme de Sibran, en ne dissimulant pas sa vive inquiétude.

Le vomissement de sang ne put être complètement arrêté, et plusieurs fois dans la matinée il reprit avec violence. La faiblesse de Maurice augmentait d'heure en heure. Dans l'après-midi, il demanda François et Christine.

« François, bon et généreux François, dit-il, je ne veux pas mourir sans te demander une dernière fois pardon de ma méchanceté passée. Ne pleure pas, François ; écoute-moi, car je me sens bien faible. Quand je ne serai plus, prie pour moi, demande au bon Dieu de me pardonner ; aime-moi mort comme tu m'as aimé vivant ; ton amitié a été ma consolation dans mes peines, elle a sauvé mon âme en me ramenant à Dieu. Que Dieu te bénisse, mon François, et qu'il te rende le bien que tu m'as fait !

« Et toi, Christine, ma bonne et chère Christine, qui m'as aimé comme un frère, comme un ami ; ta tendresse, tes soins ont fait le bonheur des derniers mois de ma triste et pénible existence. Que Dieu te récompense de ta bonté, de ta charité, de ta tendresse ! Que Dieu te bénisse avec François ! Puisses-tu ne jamais le quitter pour votre bonheur à tous deux et celui de votre excellent père !... Oh ! Monsieur de Nancé, mon père en Dieu, mon sauveur, je vous aime, je vous remercie ; ma reconnaissance est si grande, que je ne puis l'exprimer comme je le voudrais. Que Dieu... ! »

Un nouveau vomissement de sang interrompit Maurice. François et Christine, à genoux près de son lit, pleuraient amèrement ; M. de Nancé était vivement ému. Maurice revint à lui ; il demanda M. le curé, que M. de Nancé avait déjà envoyé prévenir et qui entrait. Maurice reçut une dernière fois l'absolution et la sainte communion ; il demanda instamment l'extrême-onction, qui lui fut administrée.

Depuis ce moment, un grand calme succéda à l'agitation et à la fièvre ; il pria M. de Nancé, dans le cas où ses parents arriveraient trop tard, de leur faire ses tendres adieux et de leur exprimer ses vifs regrets de n'avoir pu les embrasser avant de mourir.

« Dites-leur aussi que j'ai été bien heureux chez vous, que je les bénis et les remercie de m'avoir permis de venir mourir près de vous. Dites-leur qu'ils aiment François et Christine pour l'amour de moi. Dites-leur que je meurs en les aimant, en les bénissant ; que je meurs sans regrets et en bon chrétien. Adieu,... adieu... à maman... »

Il baisa le crucifix qu'il tenait sur sa poitrine, et il ne dit plus rien. Ses yeux se fermèrent, sa respiration se ralentit, et il rendit son âme à Dieu avec le sourire du chrétien mourant.

M. de Nancé avait fait éloigner ses enfants avec Isabelle, pour éviter l'impression de ces derniers moments ;

lui-même ferma les yeux du pauvre Maurice, et resta près de lui à prier pour le repos de son âme.

Le lendemain, de grand matin, M. et Mme de Sibran, inquiets et tremblants, entraient précipitamment chez M. de Nancé. Il leur apprit avec tous les ménagements possibles la triste et douce fin de leur fils. Le désespoir des parents fut effrayant. Ils se reprochaient de n'avoir pas deviné le danger, de l'avoir abandonné le dernier mois de son existence, de l'avoir laissé mourir dans une famille étrangère.

Ils demandèrent à voir le corps inanimé de leur fils, et là, à genoux près de ce lit de mort, ils demandèrent pardon à Maurice de leur aveuglement.

« Mon fils, mon cher fils ! s'écria la mère, si j'avais eu le moindre soupçon de la gravité de ton état, je ne t'aurais jamais quitté. Plutôt perdre toute ma fortune et la dernière bénédiction de mon père, que le dernier soupir de mon fils. »

Ils restèrent longtemps près de Maurice sans qu'on pût les en arracher. M. de Nancé se rendit près d'eux et parvint à leur rendre un peu de calme en leur parlant de la douceur, de la résignation de Maurice, de sa tendresse pour eux, des efforts qu'il avait faits pour dissimuler ses souffrances, dans la crainte de les inquiéter et de les chagriner. Il leur parla de sa piété, des sentiments profondément religieux qui lui avaient tant fait désirer sa première communion. Isabelle les rassura sur les soins qu'il avait reçus, sur la tendresse que lui avaient témoignée M. de Nancé, François et Christine ; elle leur redit toutes ses paroles, toutes ses recommandations, et enfin elle leur représenta si vivement la triste vie qu'il était destiné à mener, et ses propres terreurs devant les misères et les humiliations qu'il pressentait, qu'ils finirent par comprendre que sa fin prématurée était un bienfait de Dieu qui l'avait pris en pitié.

Ils voulurent voir, remercier et embrasser François et

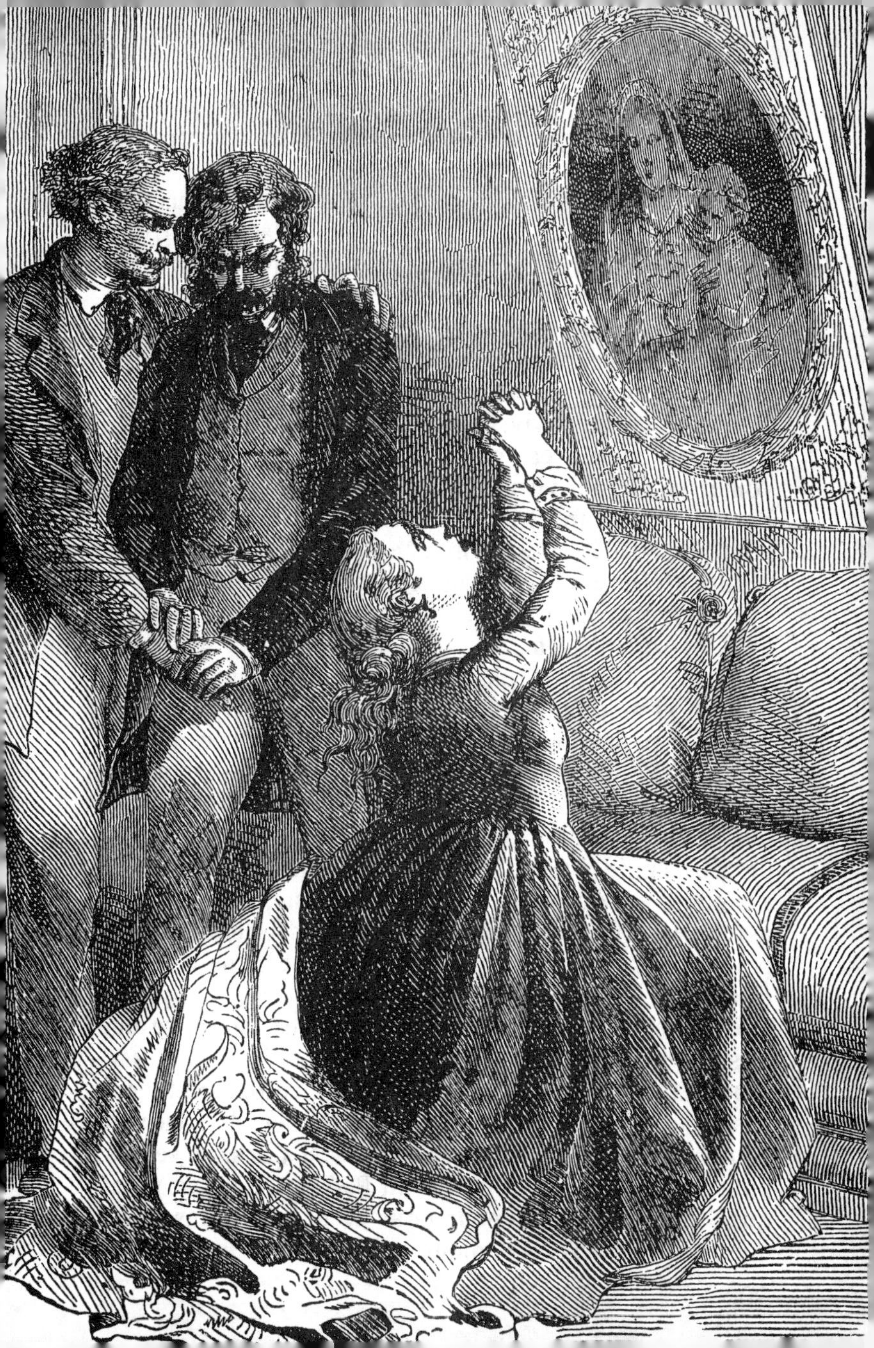

Christine, et ils pleurèrent avec eux près du corps de Maurice.

Les jours suivants, M. de Nancé éloigna le plus possible les enfants de ces scènes de deuil. Paolo contribua beaucoup à distraire François et Christine de l'impression douloureuse qu'ils avaient ressentie.

« Que voulez-vous, mes sers enfants ? Le pauvre Signor Maurice est mort comme ze mourrai, comme vous mourrez, comme le Signor de Nancé mourra, un zour. Voulez-vous qu'il vive avec les zambes crossues ? Ce n'est pas zouste, ça, puisqu'il était horrible. Pourquoi voulez-vous qu'il vive horrible ? Ce n'est pas zentil, ça. Puisqu'il est heureux avec le bon Zézu et les petits anzes, pourquoi voulez-vous qu'il reste à Nancé ou à Sibran, à zémir, à crier : « Mon Dieu, faites que ze meure ! »

CHRISTINE : C'est égal, Paolo, ça me fait de la peine qu'il ne soit plus là...

PAOLO : Ça n'est pas zouste. Pourquoi voulez-vous oune si grande fatigue pour la Signora Isabella, et pour votre ser papa qui se relevait la nuit pour voir ce pauvre garçon ? Et moi donc, qui vous voyais tous misérables, et qui avais les leçons toutes déranzées ? « Pas de mousique auzourd'hui, Paolo, Maurice me demande de rester. Pas de zéographie, Paolo, Maurice veut zouer aux cartes ; il s'ennouie. » Vous croyez que c'est zouste, ça ; que c'est agréable de voir mes pauvres élèves ainsi déranzés ? Et pouis..., et pouis... tant d'autres sozes que ze ne veux pas dire.

CHRISTINE : Quoi donc, Paolo ? Dites, qu'est-ce que c'est ? Mon cher Paolo, dites-le-nous.

PAOLO : Eh bien, ze vous dirai que ce pauvre Signor Maurice vous empéçait de vous promener, de zouer, de courir, de causer, et que vous étiez si bons, si zentils, pour lui... Écoutez bien ce que dit Paolo !... non pas parce que vous aviez de l'amour pour ce garçon, mais parce que... vous aviez de l'amour pour le bon Dieu, et que vous êtes tous les deux bons, sarmants et saritables. Est-ce vrai ce que ze dis ?

FRANÇOIS : Chut ! Paolo. Pour l'amour de Dieu, ne dites pas ça ; ne le dites à personne.

PAOLO, *content* : Eh ! eh ! on pourrait bien le dire à Signor de Nancé.

FRANÇOIS : A personne, personne ! Je vous en prie, je vous en supplie, mon bon, bon Paolo.

PAOLO, *hésitant* : Moi,... ze veux bien,... mais...

CHRISTINE : Le jurez-vous ? Jurez, mon cher Paolo.

— Ze le zoure ! » dit Paolo en étendant les bras.

A force de raisonnements pareils, Paolo finit par les distraire. M. de Nancé était obligé à de fréquentes absences pour les obsèques du pauvre Maurice et pour venir en aide aux malheureux parents. Aussitôt après l'enterrement, M. et Mme de Sibran retournèrent à Paris, où ils avaient leur fils Adolphe et toute leur famille.

A Nancé, on reprit la vie habituelle, tranquille, occupée, uniforme et heureuse. Pourtant la mort du pauvre Maurice attrista pendant longtemps leurs soirées d'hiver.

XXIV
Séparation, désespoir

L'été suivant ramena M. et Mme des Ormes et la bande joyeuse et dissipée que M. de Nancé continua à éviter. Leurs relations avec Christine ne furent ni plus tendres ni plus fréquentes. Ils semblaient avoir entièrement abandonné leur fille à M. de Nancé. Cette position bizarre dura quelques années encore ; Christine arriva à l'âge de seize ans et François à vingt.

Christine était devenue une charmante jeune personne, sans être pourtant jolie ; grande, élancée, gracieuse et élégante, ses grands yeux bleus, son teint frais, ses beaux cheveux blonds, de belles dents, une physionomie ouverte, gaie, intelligente et aimable, faisaient toute sa beauté ; son nez un peu gros, sa bouche un peu grande, les lèvres un peu fortes, ne permettaient pas de la qualifier de belle ni de jolie, mais tout le monde la trouvait charmante ; elle paraissait telle, surtout aux yeux de ses trois amis dévoués, M. de Nancé, François et Paolo. Son caractère et son esprit avaient tout le charme de sa personne ; l'infirmité de François, qui leur faisait éviter les nouvelles relations et fuir les réunions élégantes du voisinage, avait donné à Christine les mêmes goûts sérieux et le même éloignement pour ce qu'on appelle *plaisirs* dans le monde. M. de Nancé les menait quelquefois chez Mme de Guibert et chez Mme de Sibran, mais jamais quand il y avait du monde. Une fois, il les avait forcés à aller à une petite soirée de feu d'artifice et d'illuminations chez Mme de Guibert ; mais Christine avait tant souffert de l'abandon dans lequel on laissait François, des regards moqueurs qu'on lui jetait, des ricanements dont il avait été l'objet, qu'elle demanda instamment à M. de Nancé de ne plus l'obliger à subir ces corvées.

« Comme tu voudras, ma fille. Je croyais t'amuser ; c'est François qui m'a demandé de te procurer quelques distractions.

— François est bien bon et je l'en remercie, mon père. Mais je n'ai pas besoin de distractions ; je vis si heureuse près de vous et près de lui, que tout ce qui change cette vie douce et tranquille m'ennuie et m'attriste.

M. DE NANCÉ : J'ai en effet remarqué hier que tu étais triste, mon enfant, et que tu ne prenais plaisir à rien ; toi, toujours si gaie, si animée, tu ne parlais pas, tu souriais à peine.

CHRISTINE : Comment pouvais-je être gaie et m'amuser, mon père, pendant que François souffrait et que vous partagiez son malaise ? Je n'entendais autour de moi que des propos méchants, je ne voyais que des visages moqueurs ou indifférents. Ici c'est tout le contraire ; les paroles sont amicales, les visages expriment la bonté et l'amitié. Non, cher père, je voudrais ne jamais sortir d'ici. »

M. de Nancé avait compris le tendre dévouement de sa fille ; il n'insista pas et l'embrassa en lui rappelant que sa mère revenait le lendemain.

« Il faut que j'aille la voir, dit-il.

CHRISTINE : Faut-il que j'y aille avec vous, mon père ?

M. DE NANCÉ : Non, mon enfant ; tu sais qu'elle défend tes visites au château.

— Je n'en suis pas fâchée, dit Christine en souriant ; quand elle me voit, c'est toujours pour me gronder ; je resterai avec François toujours bon, toujours aimable. »

M. de Nancé alla voir M. et Mme des Ormes ; il leur représenta qu'il était obligé de mener son fils dans le Midi pour sa santé et pour d'autres motifs ; qu'il était impossible qu'il emmenât Christine avec lui, et que, malgré le vif chagrin que leur causerait à tous cette séparation, il la jugeait absolument nécessaire.

MADAME DES ORMES : Je ne peux pas la reprendre, Monsieur de Nancé ; que ferais-je d'une grande fille comme Christine ? Je ne saurais pas m'en occuper, la diriger ; elle courrait risque d'être fort mal élevée.

M. DE NANCÉ : Ce ne serait pas impossible, Madame, si vous ne vous en occupez pas ; mais il faut que vous preniez un parti quelconque, car enfin Christine a seize ans et elle est votre fille.

MADAME DES ORMES : Elle est bien plus à vous qu'à nous. Christine n'a jamais eu de cœur, et c'est ce qui m'en a détachée. D'abord et avant tout, je ne veux pas d'elle chez moi ; ma maison n'est pas montée pour cela, et mon genre de vie ne lui conviendra pas.

M. DE NANCÉ : Alors, Madame, me permettez-vous un conseil dans votre intérêt à tous ?

MADAME DES ORMES : Oui, oui, donnez vite.

M. DE NANCÉ : Mettez-la au couvent pour deux ou trois ans.

MADAME DES ORMES : Parfait ! admirable ! Mais pas à Paris ! Je ne veux absolument pas l'avoir à Paris.

M. DE NANCÉ : Le couvent des dames Sainte-Clotilde, qui est à Argentan, est excellent, Madame.

MADAME DES ORMES : Très bien. C'est arrangé ;

n'est-ce pas, Monsieur des Ormes ? Vous donnez, comme moi, pleins pouvoirs à M. de Nancé ? »

M. des Ormes, plus que jamais sous le joug de sa femme, consentit à tout ce qu'elle voulut, et M. de Nancé rentra chez lui le cœur plein de tristesse, pour annoncer à ses enfants la fatale nouvelle de leur séparation.

Au retour de sa visite, M. de Nancé fit venir François et Christine.

« Qu'avez-vous, mon père ? dit Christine en entrant ; vous êtes pâle et vous semblez triste et agité.

— Je le suis en effet, mes enfants, car j'ai une fâcheuse nouvelle à vous annoncer. »

M. de Nancé se tut, passa sa main sur son front, et, voyant la frayeur qu'exprimait la physionomie de François et de Christine, il les prit dans ses bras, les embrassa, et, les regardant avec tristesse :

« Mes enfants, mes pauvres enfants, notre bonne et heureuse vie est finie ; il faut nous séparer... Ma Christine, tu vas nous quitter.

CHRISTINE, *avec effroi* : Vous quitter ?... Vous quitter ? Vous, mon père ? toi, mon frère ? Oh non !... non... jamais !

M. DE NANCÉ : Il le faut pourtant, ma fille chérie : ta mère te met au couvent, parce que moi je suis obligé de mener François finir ses études dans le Midi, et que je ne puis t'y mener avec moi.

— Ma mère me met au couvent ! Ma mère m'enlève mon père, mon frère, mon bonheur ! s'écria Christine en tombant à genoux devant M. de Nancé. O mon père, vous qui m'avez sauvée tant de fois, sauvez-moi encore ; gardez-moi avec vous ! »

François releva précipitamment Christine, la serra contre son cœur, et mêla ses larmes aux siennes. M. de Nancé tomba dans un fauteuil et cacha son visage dans ses mains. Tous trois pleuraient.

« Mon père, dit Christine en se mettant à genoux près

de lui et en passant un bras autour de son cou, pendant que de l'autre main elle tenait celle de François, mon père, votre chagrin, vos larmes, les premières que je vous aie jamais vu répandre, me disent assez qu'une volonté plus forte que la vôtre dispose de mon existence et me voue au malheur. J'obéirai, mon père ; je ne serai plus heureuse que par le souvenir ; je penserai à vous, à votre tendresse, à votre bonté, à mon cher, mon bon François ; je vous aimerai tant que je vivrai, de toute mon âme, de toutes les forces de mon cœur. J'ai été, grâce à vous, à vous deux, heureuse pendant huit ans. Si je ne dois plus vous revoir, j'espère que le bon Dieu aura pitié de moi, qu'il ne me laissera pas longtemps dans ce monde. François, mon frère, mon ami, n'oublie pas ta Christine, qui eût été si heureuse de consacrer sa vie à ton bonheur. »

François ne répondit que par ses larmes aux tendres paroles de Christine.

« Comment pourrai-je vivre sans toi, ma Christine ? lui dit-il enfin en la regardant avec une tristesse profonde.

CHRISTINE : La vie n'a qu'un temps, cher François. »

Et, se penchant à son oreille, elle lui dit bien bas :

« Ayons du courage pour notre pauvre père, qui souffre pour nous plus que pour lui-même. »

François lui serra la main et fit un signe de tête qui disait oui.

« Mon père, dit Christine en baisant les mains et les joues inondées de larmes de M. de Nancé, mon père, le bon Dieu viendra peut-être à notre secours ; il nous réunira peut-être. Qui sait si cette séparation n'est pas pour notre bonheur à venir ? »

M. de Nancé releva vivement la tête.

« Que Dieu t'entende, ma chère fille bien-aimée ! Qu'il nous réunisse un jour pour ne jamais nous quitter ! »

Le courage de Christine excita celui de François ; quand M. de Nancé vit ses enfants plus calmes, son propre chagrin devint moins amer. Il entra dans quelques détails sur leur existence future, encore animée par l'espoir de la réunion.

CHRISTINE : Quand j'aurai vingt et un ans, mon père, je pourrai disposer de moi-même ; je viendrai alors chercher un refuge près de vous, et nous jouirons d'autant mieux de notre bonheur que nous en aurons été privés pendant... cinq ans.

— Cinq ans ! s'écria François. Oh ! Christine, serons-nous réellement cinq ans séparés ?

M. DE NANCÉ : Qui sait ce qui peut arriver, mon ami ? Peut-être nous retrouverons-nous bien plus tôt.

CHRISTINE : Vous m'écrirez bien souvent, n'est-ce pas, mon père ? N'est-ce pas, François ?

FRANÇOIS : Tous les jours ! Un jour mon père, et moi l'autre.

CHRISTINE : Et moi de même, si on me le permet à ce couvent ; on y est peut-être très sévère.

M. DE NANCÉ : Non, ma fille ; la supérieure est une ancienne amie de ma femme ; elle est excellente et te donnera toute la liberté possible ; c'est pour cette raison que j'ai indiqué ce couvent à ta mère, de peur qu'elle ne te plaçât dans quelque maison inconnue et éloignée. Ici, du moins, tu auras ta tante de Cémiane, qui revient à la fin de l'année, après une absence de six ans.

CHRISTINE : Oui, mon père, Gabrielle m'a écrit que ma tante était tout à fait remise depuis les deux ans qu'elle a passés à Madère. Et vous, mon père, vous serez bien loin avec François ?

M. DE NANCÉ : Dans le Midi, chère enfant, près de Pau, où François finira ses études. Nous reviendrons dans deux ans avec le bon Paolo, que j'emmène.

CHRISTINE : Bon Paolo ! lui aussi ! Plus personne !

M. DE NANCÉ : Isabelle seule te restera, ma fille ; et nos cœurs seront toujours près de toi. »

Les journées passèrent tristement ; Paolo partageait les chagrins de Christine ; il cherchait à relever son courage.

PAOLO : Cère Signorina, prenez couraze ! Vous serez heureuse ; c'est moi, Paolo, qui le dis.

CHRISTINE : Heureuse ! Sans eux, c'est impossible !

PAOLO : Avec eux ! Qué diable ! deux ans sont bien vite passés !... Deux ans, ze vous dis. »

Christine secoua la tête.

PAOLO : Vous remuez la tête comme une cloce ; et moi ze vous dis que ze sais ce que ze dis, et que dans deux ans vous ferez des cris de zoie : « Vive Paolo ! »

Christine ne put s'empêcher de sourire.

CHRISTINE : Je crierai : Vive Paolo ! quand vous aurez obtenu de ma mère la permission pour moi de revenir près de mon père et de François.

PAOLO : Eh ! eh ! ze ne dis pas non ! ze ne dis pas non ! »

Cet espoir et l'air d'assurance de Paolo tranquillisèrent un peu Christine, mais ce ne fut pas pour longtemps ; les préparatifs de départ qui se faisaient autour d'elle, et auxquels elle eut le courage de prendre part, la replongeaient sans cesse dans des accès de désespoir. A mesure qu'approchait l'heure de la séparation, ce père et ces enfants, si tendrement unis, semblaient redoubler encore d'affection et de dévouement.

Le jour du départ de Christine, les adieux furent déchirants. M. de Nancé voulut la mener lui-même au couvent, mais François restait au château avec Paolo. M. de Nancé fut obligé d'arracher la malheureuse Christine d'auprès de François pour la porter dans la voiture. M. de Nancé soutint sa fille presque inanimée. La tête appuyée sur l'épaule de son père, Christine sanglota longtemps. La désolation de M. de Nancé lui fit retrouver le courage qu'elle avait momentanément perdu, et quand ils arrivèrent au couvent, Christine parlait avec assez de calme de leur correspondance et de l'avenir auquel elle ne voulait pas renoncer, quelque éloigné qu'il lui apparût.

La supérieure était une femme distinguée et excellente. Mise au courant de la position de Christine par M. de Nancé, qui lui avait raconté ce que nous savons et même ce que nous ne savons pas, elle reçut Christine avec une tendresse toute maternelle, et quand il fallut dire un dernier adieu à son père chéri, Christine tomba défaillante dans les bras de la supérieure.

Quand M. de Nancé fut de retour, il trouva François et Paolo pâles et silencieux ; François se jeta dans les bras

de son père, qui le tint longtemps embrassé.

M. DE NANCÉ : Partons, partons vite, mon cher enfant. Ce château sans Christine m'est odieux.

FRANÇOIS : Oh oui ! mon père ! Il me fait l'effet d'un tombeau ! le tombeau de notre bonheur à tous. »

Les chevaux étaient mis, les malles étaient chargées. Les domestiques étaient d'une tristesse mortelle : personne ne put prononcer une parole. M. de Nancé, François et Paolo leur serrèrent la main à tous. Paolo, en montant en voiture, s'écria :

« Dans deux ans, mes amis ! Dans deux ans ze vous remènerai vos bons maîtres, et vous serez tous bien zoyeux ! Vous allez voir ! En route, cocer ! et marcez vite ! »

La voiture roula, s'éloigna et disparut. La tristesse et la désolation régnèrent à Nancé comme au cœur des maîtres. Le voyage se fit et s'acheva rapidement ; mais ni l'aspect d'un pays nouveau, ni les agréments d'une habitation charmante, ni les distractions d'un nouvel établissement ne purent dissiper la morne tristesse de François et de M. de Nancé. Paolo réussit pourtant quelquefois à les faire sourire en leur parlant de Christine, en racontant des traits de son enfance. Tous les jours arrivait une lettre de Christine, et tous les jours il en partait une pour elle. Peu de temps après leur arrivée dans les environs de Pau, un espoir fondé vint ranimer le cœur et l'esprit de François et de son père ; chaque jour augmentait leur sécurité ; quelle était cette espérance ? Nous ne la connaissons pas encore, mais nous pensons qu'une indiscrétion de Paolo ou la suite des événements nous la révélera un jour. L'attitude de Paolo est triomphante ; son langage est mystérieux comme ses allures. M. de Nancé paraît heureux ; il ne s'attriste plus en nommant Christine, pour laquelle il éprouve une tendresse de plus en plus vive. Mais il ne lui échappe aucune parole qui puisse expliquer le changement qui se fait en lui. François aussi cause plus gaiement ; il ne parle que de Christine et d'un heureux avenir. Leur correspondance continue active et affectueuse. Paolo même écrit et reçoit des lettres. Les mois se passent, les années de même ; enfin, après deux années de séjour à Pau, un jour, après avoir reçu une lettre de Christine et de Mme de Cémiane et en avoir longuement causé avec son père, François lui dit :

« Mon père, pouvons-nous parler à Christine aujourd'hui ? Je suis si malheureux loin d'elle !

— Oui, mon ami, nous le pouvons. Paolo vient tout juste de me dire qu'il m'y autorisait et qu'il répondait de toi sur sa tête. »

François serra vivement la main de son père et le quitta en disant :

« Mon père, écrivez et faites des vœux pour moi : j'ai peur.

— Je suis fort tranquille, moi, mon ami : comment pouvons-nous douter de ce cœur si rempli de tendresse ? »

M. de Nancé n'était pourtant pas aussi calme qu'il le disait ; quand François fut parti, il se promena longtemps avec agitation dans sa chambre et relut plusieurs fois la lettre de Christine. Puis il se mit à écrire lui-même. Pendant qu'il est ainsi occupé, nous allons savoir ce qu'avait fait et pensé Christine pendant ces deux longues années.

XXV
Deux années de tristesse

Lorsque Christine se trouva seule avec la supérieure, qu'elle fut assurée de ne plus revoir M. de Nancé ni François, son courage faiblit et elle se laissa aller à un désespoir qui effraya la supérieure : elle parla à Christine, mais Christine ne l'entendait pas ; elle la raisonna, l'encouragea, mais ses paroles n'arrivaient pas jusqu'au cœur désolé de Christine. Ne sachant quel moyen employer, la supérieure la mena à la chapelle du couvent.

« Priez, mon enfant, lui dit-elle ; la prière adoucit toutes les peines. Rappelez-vous les sentiments si religieux de votre père et de votre frère. Imitez leur courage, et n'augmentez pas leur douleur en vous laissant toujours aller à la vôtre. »

Christine tomba à genoux et pria, non pour elle, mais pour eux ; elle ne demanda pas à souffrir moins, mais que les souffrances leur fussent épargnées. Elle se résigna enfin, se soumit à son isolement, et se promit de revenir chercher du courage aux pieds du Seigneur, toutes les fois qu'elle se sentirait envahie par le désespoir. Quand la supérieure revint la prendre, Christine pleurait doucement ; elle était calme et elle suivit docilement la supérieure dans la chambre qui lui était destinée ; elle y trouva Isabelle, arrivée depuis quelques instants, qui lui donna des nouvelles du départ de M. de Nancé, de François et de Paolo ; elle lui redit les paroles de Paolo, lui peignit la douleur et l'abattement de François et de son père ; Christine trouva une grande consolation à se retrouver avec Isabelle, qui partageait ses sentiments douloureux et ses affections.

Les premiers jours se traînèrent péniblement. Christine n'avait pas encore de lettres ; elle écrivait tous les jours, et reçut enfin une première lettre de François : lui aussi était triste, se sentait isolé et malheureux ; le lendemain M. de Nancé lui donna quelques détails sur leur établissement, et la correspondance continua ainsi, animée et intéressante.

Six mois après, Mme de Cémiane revint chez elle après une absence de six années ; son premier soin fut d'aller voir sa nièce et de lui mener Bernard et Gabrielle ; les deux cousines ne se reconnurent pas, tant elles étaient métamorphosées ; Gabrielle était aussi grande que Christine, mais brune, avec des couleurs très prononcées, des yeux noirs et vifs, les traits délicats ; c'était une fort jolie personne. Bernard était devenu un grand garçon de dix-neuf ans, bon, intelligent, raisonnable, mais un peu paresseux pour le travail de collège ; il était très bon musicien, il peignait remarquablement bien, et avec ces deux talents il prétendait pouvoir se passer de grec et de latin. Leur joie de revoir Christine réjouit un peu le cœur de la pauvre délaissée : ils causèrent ou plutôt parlèrent sans arrêter pendant une heure et demie que se prolongea la visite de Mme de Cémiane. Christine écouta beaucoup et parla peu. Sa tante l'observait attentivement et avec intérêt.

« Ma pauvre Christine, lui dit-elle en se levant pour partir, qu'est devenu ton rire joyeux, ta gaieté d'autrefois ? Tu as le regard malheureux, le sourire triste, presque douloureux. Es-tu malheureuse au couvent, mon enfant ? Je t'emmènerai de suite chez moi, si c'est ainsi. »

Christine embrassa sa tante et pleura doucement, mais amèrement, dans ses bras.

MADAME DE CÉMIANE : Viens, ma pauvre enfant, viens ! C'est affreux de t'avoir enfermée dans cette prison ; tu vas venir chez moi.

CHRISTINE : Je vous remercie, ma bonne tante ; ce n'est pas le couvent qui fait couler mes larmes ; j'y suis aussi heureuse que je puis l'être, séparée de ceux que j'aime tendrement, passionnément, de ceux qui m'ont recueillie, élevée, aimée, rendue si heureuse pendant huit ans ! C'est M. de Nancé qui m'a placée ici, et j'y resterai tant qu'il désirera que j'y reste. Je pleure leur absence ; loin de mon père et de mon frère, il n'y a pour moi que tristesse et isolement.

MADAME DE CÉMIANE : Tu ne nous aimes donc plus, Christine ?

CHRISTINE : Je vous aime et vous aimerai toujours, mais pas de même ; je ne puis exprimer ce que je sens ; mais ce n'est pas la même chose ; je puis vivre sans vous, je ne me sens pas la force de vivre loin d'eux.

MADAME DE CÉMIANE : Oui, je comprends ; tes lettres à Gabrielle étaient pleines de tendresse pour M. de Nancé et pour François. Comment est-il, ce bon petit François ?

CHRISTINE, *vivement* : Toujours aussi bon, aussi dévoué, aussi aimable.

MADAME DE CÉMIANE : Oui, mais sa taille, son infirmité ?

CHRISTINE : Il est grandi, mais son infirmité reste toujours la même.

MADAME DE CÉMIANE : Quel âge a-t-il donc maintenant ?

CHRISTINE : Il a vingt et un ans depuis trois mois.

MADAME DE CÉMIANE : Écoute, ma petite Christine, je comprends ton chagrin, mais il ne faut pas l'augmenter par la vie d'ermite que tu mènes au couvent ; tu aimes Gabrielle et Bernard, ils t'aiment beaucoup ; ils se font une fête de t'avoir, et tu vas venir passer quelque temps avec nous. Je l'avais déjà demandé à ta mère, qui m'a dit de faire tout ce que je voudrais.

CHRISTINE : Permettez-vous, ma tante, que j'écrive à M. de Nancé pour demander son consentement, et que j'attende sa réponse ?

— Certainement, ma chère petite, répondit en souriant Mme de Cémiane. Il est ton père d'adoption, et tu fais bien de le consulter. »

Quatre jours après, Mme de Cémiane, qui avait aussi écrit à M. de Nancé, vint enlever Christine et Isabelle du couvent. Christine avait reçu de son côté un consentement plein de tendresse de son père adoptif ; il lui reprochait d'avoir attendu ce consentement ; il lui faisait les promesses les plus consolantes pour l'avenir, la suppliait de ne pas perdre courage, que l'heure de la réunion n'était pas si éloignée qu'elle le croyait, etc.

Gabrielle et Bernard furent enchantés d'avoir leur cousine. Christine elle-même fut distraite forcément de son chagrin par la gaieté de ses cousins, par les soins affectueux de son oncle et de sa tante ; elle retrouvait sans cesse des souvenirs de François et des jours heureux qu'elle avait passés avec lui dans son enfance. Gabrielle, voyant le charme que trouvait Christine à tout ce qui la ramenait à François et à M. de Nancé, et trouvant elle-même un vif plaisir à rappeler cet heureux temps, en parlait sans cesse ; elle questionna beaucoup Christine sur la vie qu'elle menait à Nancé, s'étonnait qu'elle y eût trouvé de l'agrément, parlait de Paolo, de Maurice, demandait des détails sur sa maladie et sa mort.

« Ce qui est surprenant, dit Christine, c'est qu'on n'ait jamais su comment lui et Adolphe se sont trouvés tout en haut, dans une mansarde, pendant l'incendie du château des Guibert.

GABRIELLE : On le sait très bien. Adolphe l'a raconté à Bernard. Tu sais qu'ils avaient si bien dîné, qu'ils se sont trouvés malades après et puis qu'ils étaient de mauvaise humeur ; ils sont restés au salon ; Maurice avait découvert un paquet de cigarettes oubliées sur la cheminée ; il engagea Adolphe à les fumer ; ils allumèrent leurs cigarettes et jetèrent les allumettes, sans penser à les éteindre, derrière un rideau de mousseline, qui prit feu immédiatement. Ne pouvant l'éteindre, et voyant s'enflammer la tenture de mousseline qui recouvrait les murs, ils furent saisis de frayeur ; ils n'osèrent pas s'échapper par les salons et le vestibule, craignant d'être accusés d'avoir mis le feu. Ils aperçurent une porte au fond du salon ; ils s'y précipitèrent ; elle donnait sur un petit escalier intérieur, qu'ils montèrent : ils arrivèrent à une mansarde, où ils se crurent en sûreté, pensant que l'incendie serait éteint avant d'avoir gagné les étages supérieurs. Ce ne fut que lorsque les flammes pénétrèrent dans leur mansarde qu'ils cherchèrent à redescendre ; mais les escaliers étaient tout en feu, et ils se précipitèrent à la fenêtre en criant au secours. Avant qu'on eût exécuté les ordres de M. de Nancé, ils furent très brûlés, surtout le pauvre Maurice, qui cherchait de temps en temps à s'échapper à travers les flammes. Je m'étonne que Maurice ne vous l'ait pas raconté pendant qu'il était chez vous.

CHRISTINE : François s'était aperçu que Maurice n'aimait pas à parler et à entendre parler de ce terrible événement, et il ne lui en a jamais rien dit.

GABRIELLE : Mais toi, tu aurais pu le questionner.

CHRISTINE : Non : François m'avait dit de ne pas lui en parler. »

XXVI
Demandes en mariage réponses différentes

Christine trouvait dans l'amitié de Gabrielle et de Bernard, et dans l'affection compatissante de M. et Mme de Cémiane, un grand adoucissement à son chagrin ; elle voyait sans peine comme sans plaisir quelques voisins de campagne que recevait souvent Mme de Cémiane. Les Guibert y venaient très souvent. Adolphe prétendait être fort lié avec Bernard, Gabrielle et Christine ; il faisait le beau, l'aimable, se moquait de tout le voisinage, et avait souvent des prises avec Christine, qui, toujours bonne, défendait vivement les absents et ripostait à Adolphe de manière à lui fermer la bouche. Elle ne supportait pas surtout qu'il se permît la moindre plaisanterie sur Maurice, dont elle prit une fois la défense avec tant de tendresse, de pitié, d'animation, qu'Adolphe fut atterré ; chacun blâma sa cruelle attaque contre un frère mort, et approuva la courageuse défense de Christine.

Ces querelles fréquentes, bien loin d'éloigner Adolphe de Christine, la lui rendirent au contraire plus agréable ; il vint de plus en plus chez Mme de Cémiane, s'occupa de plus en plus de Christine, qui restait froide et indifférente. Enfin un jour il pria Mme de Cémiane de lui accorder un entretien particulier, et, après quelques phrases polies, il lui demanda la main de Christine.

MADAME DE CÉMIANE : Ce n'est pas moi qui dispose de la main de ma nièce, mon cher Adolphe, c'est elle-même avant tout ; ensuite, ce sont ses parents, et enfin, et dominant tout, c'est M. de Nancé, qu'elle a adopté pour père, et qu'elle aime avec une tendresse extraordinaire.

ADOLPHE : Pour commencer par Christine elle-même, chère Madame, ayez la bonté de lui parler aujourd'hui et de me faire savoir de suite où je dois adresser ma lettre de demande à M. et à Mme des Ormes.

MADAME DE CÉMIANE : Je ferai ce que vous désirez, Adolphe, mais je ne suis pas aussi certaine que vous du succès de votre demande.

ADOLPHE : Oh ! Madame, vous plaisantez ! Une pauvre fille abandonnée par ses parents, élevée par un étranger, avec un vilain bossu pour tout divertissement, enfermée ensuite dans un couvent, est trop heureuse qu'on veuille lui donner une position agréable et indépendante en l'épousant ; elle a de l'esprit, elle sera fort riche, elle est charmante, elle me plaît enfin, et je vous demande instamment de m'aider à ce mariage, qui me donnera le droit de vous appeler ma tante. »

Adolphe baisa la main de Mme de Cémiane en l'appelant « ma tante » et s'en alla.

Mme de Cémiane hocha la tête et fit appeler Christine, à laquelle elle communiqua la demande d'Adolphe.

« Que dois-je lui répondre, ma chère enfant ?

CHRISTINE : Ayez la bonté de lui dire, ma tante, que je le remercie beaucoup de sa demande, mais que je la refuse absolument.

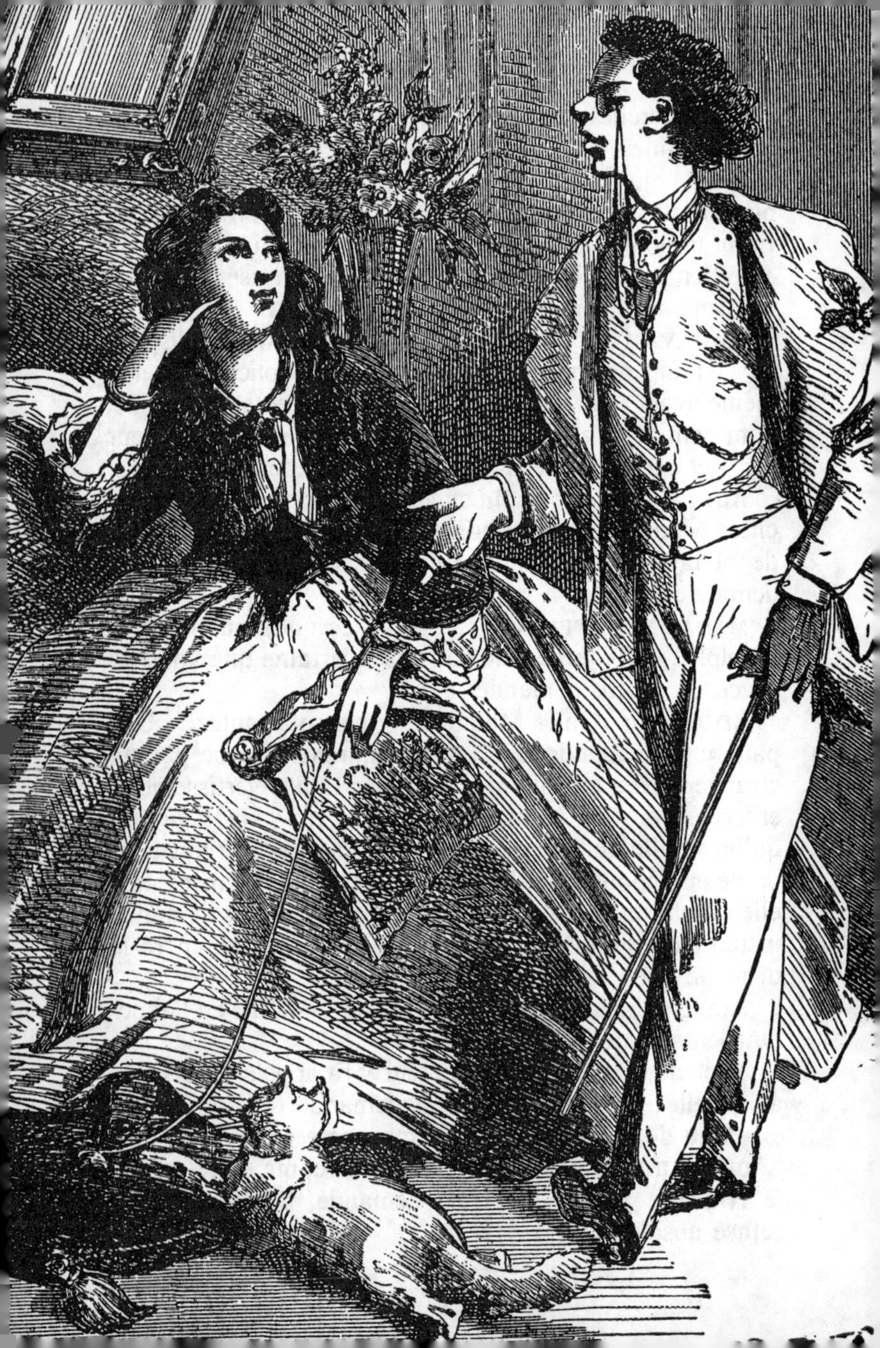

MADAME DE CÉMIANE : Pourquoi, Christine ?

CHRISTINE : Je ne l'aime pas, ma tante, et je n'ai aucune estime pour lui.

MADAME DE CÉMIANE : Mais il est très aimable ; il est riche, il est joli garçon.

CHRISTINE : Que voulez-vous, ma tante, il me déplaît.

MADAME DE CÉMIANE : Avant de refuser si positivement, écris à M. de Nancé. Songe donc à ta position, ma pauvre enfant. Je ne dois pas te dissimuler que ta mère a beaucoup dérangé sa fortune par ses dépenses excessives. Que deviendrais-tu si je venais à te manquer ?

CHRISTINE : J'écrirai à M. de Nancé, ma tante, mais pour lui dire que j'aimerais mieux mourir que d'épouser Adolphe ou tout autre.

MADAME DE CÉMIANE : Comment, tu ne veux pas te marier ?

CHRISTINE : Non, ma tante ; quoi qu'il arrive, je serai plus heureuse qu'avec un mari que je ne pourrais souffrir, je le sais, j'en suis sûre.

MADAME DE CÉMIANE : Comme tu voudras, Christine ; cette aversion du mariage adoucira le coup que je vais porter à Adolphe, qui était si sûr de ton consentement. J'écrirai de mon côté à M. de Nancé pour lui raconter notre conversation. Au revoir, ma petite Christine ; va faire ta lettre pendant que j'écrirai la mienne. »

C'était cette lettre de Christine avec celle de sa tante que M. de Nancé lisait et à laquelle il répondait, à la prière de François.

Peu de jours après cette demande d'Adolphe, Christine reçut la réponse qu'elle attendait avec impatience ; c'était bien M. de Nancé qui répondait. Elle baisa la lettre avant de la commencer, et lut ce qui suit :

« Ma fille, ma bien-aimée Christine, mon François, ton frère, ton ami, ne se sent plus le courage de vivre loin de toi ; il traîne ses tristes journées sans but et sans plaisir ; moi-même, malgré mes efforts pour dissimuler mon chagrin, je souffre comme lui de ton absence. Et toi, ma Christine, tu es malheureuse, je le sens, j'en suis sûr : toutes tes lettres en font foi, malgré tes efforts pour paraître calme et gaie. François me sollicite aujourd'hui de te demander si tu veux mettre un terme à notre séparation ? Car de toi, de ta volonté, ma Christine, dépend tout notre bonheur à venir. Tu t'étonnes que j'aie l'air de douter de cette volonté : mais laisse-moi te dire à quel prix, par quel sacrifice peut s'opérer notre réunion. J'ose à peine te l'écrire, ma chère enfant, si dévouée, si aimante !... Veux-tu devenir ma vraie fille en devenant la femme de mon François ? Veux-tu consacrer ta belle jeunesse, ta vie, au bonheur d'un pauvre infirme, vivre avec lui loin du monde et de ses plaisirs, t'exposer aux cruelles plaisanteries que provoque son infirmité ? La vie sera pour toi sérieuse et monotone, elle se continuera entre moi et ton frère ; notre tendresse en sera le seul embellissement, la seule distraction. J'attends ta réponse, ma Christine, avec une anxiété que tu comprendras facilement, puisque notre bonheur en dépend. Ce qui me donne du courage et de l'espoir, c'est ce que tu nous dis aujourd'hui de la demande d'Adolphe, de ton refus et de ses motifs, qui nous ont remplis d'espérance, etc., etc. »

Christine eut de la peine à lire cette letre jusqu'au bout, tant ses yeux obscurcis par les larmes déchiffraient péniblement l'écriture si connue et si chère de son père. Quand elle l'eut finie, son premier mouvement fut de se jeter au pied de son crucifix et de remercier Dieu du bonheur qu'il lui envoyait. Ensuite elle courut chez Isabelle, et, se jetant à son cou, elle lui remit la lettre de M. de Nancé en lui disant :

« Lisez, lisez, chère Isabelle ; voyez ce que me demande mon père. Cher père ! cher François ! ils vont revenir ! Je les reverrai, et nous ne nous quitterons plus jamais. Oh ! Isabelle, quelle vie heureuse nous allons mener ! »

Isabelle embrassa tendrement sa chère enfant et témoigna une grande joie de cet heureux événement, qu'elle n'osait espérer, dit-elle, malgré qu'elle y eût pensé bien des fois.

CHRISTINE : Comment ne me l'avez-vous pas dit plus tôt ? Si j'en avais eu l'idée, j'en aurais parlé à mon père et à François, et nous n'aurions pas eu deux années horribles à passer.

ISABELLE : J'en ai dit quelques mots un jour à M. de Nancé ; il me défendit d'en jamais parler à François ni à vous surtout. « Je ne veux pas, me dit-il, que ma pauvre Christine, toujours dévouée, se sacrifie au bonheur de François et au mien ; elle est trop jeune encore pour comprendre l'étendue de son sacrifice, il faut que François passe deux ans dans le Midi avec moi et Paolo, et que ma pauvre chère Christine arrive à dix-huit ans au moins avant que nous lui demandions de se donner à nous sans réserve. »

CHRISTINE : Mon père a pu croire que je ferais un sacrifice en devenant sa fille ? C'est mal, cela ; et je vais le gronder aujourd'hui même. »

En sortant de chez Isabelle, Christine alla chez sa tante.

« Chère tante, dit-elle en l'embrassant, voyez le bonheur que Dieu m'envoie ; lisez cette lettre de M. de Nancé. »

Mme de Cémiane lut et sourit.

MADAME DE CÉMIANE : Tu vas donc accepter la demande de François ?

CHRISTINE : Avec bonheur, avec reconnaissance, chère tante ; c'est la fin de toutes mes peines, le commencement d'une vie si heureuse, que je n'ose croire à sa réalité.

MADAME DE CÉMIANE : Mais, chère enfant, as-tu réfléchi à ce que te dit M. de Nancé lui-même, des inconvénients d'unir ton existence à celle d'un pauvre infirme, objet des moqueries du monde, et...

CHRISTINE : J'ai pensé au bonheur d'être la femme de François, la fille de M. de Nancé, au droit que me donnaient ces titres de vivre avec eux, chez eux, toujours et toujours. Tout sera à nous tous ; notre vie sera en commun ; nous ne quitterons jamais Nancé et nous n'entendrons pas les sottes plaisanteries et les méchancetés du monde.

MADAME DE CÉMIANE : Tu disais l'autre jour que tu ne voulais pas te marier.

CHRISTINE : Avec Adolphe et tous les autres, non, ma tante ; mais avec François, c'est autre chose.

MADAME DE CÉMIANE : Tu oublies qu'il faut le consentement de tes parents, ma chère petite. Veux-tu que je leur écrive, si cela t'embarrasse ?

CHRISTINE : Oh oui ! ma tante. Je vous remercie ; vous êtes bien bonne. C'est dommage que Gabrielle et Bernard soient sortis ; j'aurais voulu leur faire voir de suite la lettre de mon père.

MADAME DE CÉMIANE : Ils ne tarderont pas à rentrer.

CHRISTINE : Et je vais vite répondre à mon cher père, et vite envoyer ma lettre à la poste. »

Christine rentra et répondit ce qui suit à M. de Nancé :

« Mon cher, cher père, que je vous remercie, que vous êtes bon ! que je suis heureuse ! Vous voulez donc bien que je sois la femme de notre cher François ; vous voulez bien que je sois votre fille, votre vraie fille ? Et pourquoi, mon père, mon cher père, m'avez-vous laissée toute seule à pleurer et à me désoler pendant deux ans ? Et pourquoi, vous et François, ne m'avez-vous pas demandé plus tôt ce que vous me demandez aujourd'hui ? Si je n'étais si heureuse, je vous gronderais, mon bon, cher, bien-aimé père, de ce que je viens d'apprendre par Isabelle, et de ce que je vous raconterai plus tard : mais je n'ai que de la joie, du bonheur dans le cœur, et je n'ai pas le courage de gronder... Je n'ai pas même relu ce que vous me dites du prétendu sacrifice que je vous fais. Ce que vous appelez plaisirs du monde est pour moi d'un ennui mortel ; la vie que vous me décrivez est précisément celle que j'aime, que je désire ; votre tendresse à tous deux est mon seul, mon vrai bonheur, et je n'ai besoin d'aucune distraction à ce bonheur. Ce que vous dites de l'infirmité de François n'a pas de sens pour moi ; je l'aime comme il est ; je l'ai toujours aimé ainsi et je l'aimerai toujours. Avec vous et lui, je ne désirerai rien, je ne regretterai rien. Ne me quittez jamais, c'est tout ce que je vous demande en retour de ma vive tendresse. Je vous prie instamment, mon père chéri, de vous mettre en route de suite après la lecture de ma lettre. Si vous attendez ma réponse avec impatience, vous jugez avec quels sentiments je vous attends. Si je m'écoutais, j'irais moi-même vous porter cette réponse ; mais je comprends que ce serait ridicule aux yeux du sot monde que vous me soupçonnez de pouvoir regretter.

« Au revoir donc sous peu de jours, mon père chéri ; je n'appelle plus François que *mon mari* dans mon cœur, et je suis aujourd'hui *sa femme* dévouée et affectionnée.

Bientôt je signerai CHRISTINE DE NANCÉ. Que je serai heureuse ! Je vous embrasse, mon père, mille et mille fois, et François aussi.

« J'oublie que je n'ai pas encore le consentement de mes parents ; mais ça ne fait rien. Ma tante s'est chargée d'écrire et de l'avoir. »

Lorsque M. de Nancé reçut cette réponse de Christine, lui aussi eut les yeux pleins de larmes de joie et de reconnaissance ; la tendresse si dévouée, si absolue de Christine le toucha profondément. Il appela François.

« La réponse de Christine, mon fils.
FRANÇOIS : Que dit-elle, mon père ? Consent-elle ?
M. DE NANCÉ : Mon enfant, je suis heureux ! Quel trésor nous recevons de Dieu ! Lis, mon enfant, lis, tu verras quel cœur et quelle âme. »

François lut, et plus d'une fois il essuya une larme qui obscurcissait sa vue.

« Charmante et admirable nature, dit-il en rendant la lettre à son père.
M. DE NANCÉ : Oui, mon ami, tu seras heureux autant que peut l'être un homme en ce monde. Et moi ! avec quel bonheur j'achèverai entre vous deux une vie qui n'a été heureuse que par vous !... Je vais écrire à ta femme, ajouta-t-il en souriant, pour lui annoncer notre départ. Va voir avec Paolo, en lui faisant part de ton mariage, quel jour nous pourrons partir. »

François ne tarda pas à revenir, suivi de Paolo, dont le visage resplendissait de joie.

« Après-demain, Signor, après-demain matin à huit heures nous serons en route. Ze vais dire au valet de sambre de faire tous les paquets. Ze vais tout préparer de mon côté, avec mon ser François, qui ne fera pas le paresseux, ze vous en réponds.

M. DE NANCÉ : Mais croyez-vous François en état de partir ?

PAOLO : Eh ! Signor mio, il peut aller en Cine sans se reposer. Que diable ! voyez ce garçon ; il est rézouissant à regarder. Ze vous dis que z'en réponds sur ma tête.

M. DE NANCÉ : Tant mieux, mon cher, tant mieux ! Partons après-demain ; envoyez-moi le valet de chambre ; je vais lui faire payer tous mes fournisseurs et faire prévenir le cuisinier pour qu'il se tienne prêt à partir avant nous. Allons, mon François, emballons, rangeons, et n'oublie pas les marbres et les curiosités destinées à Christine. »

François ne se le fit pas dire deux fois, et après avoir

écrit quelques pages de tendresse et de reconnaissance à Christine, lui, M. de Nancé et Paolo commencèrent leurs préparatifs de départ.

XXVII
Christine a réponse à tout

Pendant qu'à Pau ils font leurs paquets, nous allons retourner près de Christine, que sa tante venait de demander.

« Christine, j'ai une lettre de ta mère.

CHRISTINE : Vous envoie-t-elle son consentement et celui de mon père pour mon mariage avec François ?

MADAME DE CÉMIANE : Oui, mais...

CHRISTINE : Quoi donc, ma tante ? Vous avez l'air tout émue.

MADAME DE CÉMIANE : Ma pauvre petite, c'est que j'ai une nouvelle fâcheuse à t'annoncer.

CHRISTINE : Ah ! mon Dieu ! est-ce que M. de Nancé ou François... ?

MADAME DE CÉMIANE : Non, non, il ne s'agit pas d'eux. Il s'agit de ta dot.

CHRISTINE : Dieu ! que vous m'avez fait peur, ma tante ! Je craignais un malheur.

MADAME DE CÉMIANE : Mais c'est un malheur que j'ai à t'apprendre ! D'abord, tes parents ne te donnent pas de dot.

CHRISTINE : Eh bien, qu'est-ce que cela fait, ma tante ?

MADAME DE CÉMIANE, *étonnée* : Comment, ce que cela fait ? Mais M. de Nancé et François comptaient certainement sur une dot.

CHRISTINE : Je suis sûre qu'ils n'y ont pas plus pensé que moi. M. de Nancé est assez riche pour nous trois.

MADAME DE CÉMIANE : Quelle drôle de fille tu fais !... L'autre chose que j'ai à te dire, c'est que tes parents sont ruinés.

CHRISTINE : J'en suis bien peinée pour eux.

MADAME DE CÉMIANE : Ils sont obligés de vendre les Ormes.

CHRISTINE : En sont-ils fâchés ?

MADAME DE CÉMIANE : Non, ils vont s'établir à Florence.

CHRISTINE : Moi, cela m'est égal, si cela ne leur fait rien.

MADAME DE CÉMIANE : Mais les Ormes eussent été à toi après tes parents !

CHRISTINE : Je n'ai pas besoin des Ormes, puisque j'ai Nancé.

MADAME DE CÉMIANE : Nancé n'est pas à toi ; c'est à M. de Nancé.

CHRISTINE : N'est-ce pas la même chose, puisque je resterai chez lui ?

MADAME DE CÉMIANE : Tu es incroyable ; ainsi tu n'es pas affligée de n'avoir ni dot ni fortune à venir ?

CHRISTINE : Moi affligée ! Pas plus que si j'avais des millions.

MADAME DE CÉMIANE : Mais M. de Nancé et François en seront fort contrariés.

CHRISTINE : Pas plus que moi, ma tante. De même que j'aime François et M. de Nancé et pas leur fortune, de même c'est moi qu'ils veulent avoir et pas ma fortune.

MADAME DE CÉMIANE : Nous verrons ce qui arrivera.

CHRISTINE : Oh ! je suis bien tranquille ; je leur devrai tout dans l'avenir comme dans le passé. Voilà la différence ; elle n'est pas grande, comme vous voyez, ma tante. Je vais écrire à François le consentement de mes parents.

MADAME DE CÉMIANE : Et leur ruine aussi.

CHRISTINE : Oui, oui, je leur en parlerai ; au revoir, ma bonne tante.

MADAME DE CÉMIANE : Tiens, voici la lettre de ta mère.

CHRISTINE : Merci, ma tante, je l'enverrai à François. »

Christine se retira chez elle et ouvrit avec répugnance la lettre de sa mère, dont elle n'avait jamais reçu que des paroles désagréables.

« Ma chère sœur, disait-elle, Christine n'a pas le sens commun de vouloir épouser un bossu, elle ferait cent fois mieux de se faire religieuse. Ni mon mari ni moi, nous ne lui refusons pourtant pas notre consentement ; avec un mari bossu, il est clair qu'elle devra vivre à Nancé sans en sortir, ce qui convient parfaitement à son peu de beauté, à son petit esprit et à ses goûts bizarres. Un autre motif nous fait donner notre consentement. J'ai eu le malheur d'être trompée par un homme d'affaires malhonnête, et nous nous trouvons ruinés, ou à peu près ; notre fortune actuelle payera nos dettes ; il nous restera la terre des Ormes, que nous vendrons à un marchand de bois, moyennant une rente de cinquante mille francs ; mais Christine n'aura rien, ni dot, ni fortune à venir. Nous sommes donc assez contents que M. de Nancé veuille bien prendre Christine à sa charge et qu'il l'empêche de revenir, en la mariant à son pauvre petit bossu. Je vous enverrai demain notre consentement par-devant notaire,

afin de ne plus entendre parler de cette affaire. Dès que la vente des Ormes, qui est en train, sera terminée, nous partirons pour la Suisse et puis pour Florence, où j'ai l'intention de me fixer. Dites bien à M. de Nancé que Christine n'a et n'aura pas le sou. Adieu, ma sœur ; mille compliments à votre mari... Je n'ai pas même de quoi faire un trousseau à Christine. Dites-le
« Caroline des Ormes. »

Christine laissa tomber tristement la lettre de sa mère.

« Quelle indifférence ! se dit-elle. Pas un mot, pas une pensée de tendresse pour moi, leur fille, leur seule enfant ! Et ce bon, ce cher M. de Nancé ! quels soins, quelle bonté, quelle tendresse, quelle préoccupation constante de mon bien-être, de mon bonheur ! Oh ! que je l'aime, ce père bien-aimé que le bon Dieu m'a envoyé dans mon triste abandon ! Et François ! ce frère chéri qui depuis des années ne vit que pour moi, comme je ne vis que pour lui et pour notre père ! Quelle joie remplit mon cœur depuis que je suis certaine d'être à eux pour toujours ! Quand donc m'annonceront-ils leur retour ? Je devrais recevoir la lettre aujourd'hui ! »

Après avoir écrit à François, Christine se mit à écrire à M. de Nancé en lui envoyant la lettre de sa mère.

« Je ne sais pourquoi, disait-elle, ma tante a peur que la lettre de ma mère ne vous chagrine. Je suis bien sûre, moi, que vous n'en éprouverez aucune peine par rapport à moi. Je vous dois tout depuis huit ans, je continuerai à tout vous devoir, cher bien-aimé père ; bien loin de m'en trouver humiliée, j'en ressens plutôt du bonheur et de l'orgueil ; ma reconnaissance en est plus solide et ma tendresse plus vive. Je suis votre création et votre bien, et je vous reste telle que vous m'avez reçue de mes parents. Quand donc reviendrez-vous, cher père ? Quand donc pourrai-je vous embrasser avec mon cher François ? Je viens de lui écrire la reconnaissance dont mon cœur est rempli pour vous comme pour lui. Il faut qu'il vous lise ma lettre afin de prendre votre bonne part de ma tendresse. Adieu, père chéri ; je vous attends chaque jour, presque chaque heure ! Que je voudrais savoir l'heure de votre retour ! Je vous embrasse, cher père, encore et toujours, avec mon bien cher François. J'embrasse aussi notre bon Paolo.

« Votre fille, CHRISTINE. »

Le lendemain du départ de cette lettre, elle reçut celle de François annonçant leur arrivée pour le jour suivant ; elle fit part à Isabelle de cette bonne nouvelle, et obtint de sa tante la permission d'aller à Nancé, avec Isabelle et Gabrielle, pour tout préparer au château ; elles devaient y passer la journée, y dîner, si c'était possible, et ne revenir chez sa tante que le soir. Elle et Gabrielle furent enchantées de cette permission ; Bernard voulut aussi les accompagner, mais elles lui dirent qu'il les gênerait dans leurs occupations de ménage.

« Alors, dit-il, je vais m'enfermer pour achever mon cadeau à François.

CHRISTINE : Quel cadeau ? Que lui destines-tu ?

BERNARD : C'est un secret.

CHRISTINE : Pas pour moi, qui suis la femme de François !

BERNARD : Pour toi comme pour Gabrielle, comme pour tout le monde. Adieu, curieuse ; au revoir. »

Christine, qui avait retrouvé toute sa gaieté, rit avec Gabrielle du prétendu mystère de Bernard. En arrivant dans la cour, Christine poussa un cri de joie ; elle avait aperçu le cuisinier.

« Mallar ! s'écria-t-elle, mon cher Mallar, vous voilà revenu ? Ils reviennent demain ; à quelle heure ?

MALLAR : A deux heures, Mademoiselle, ils seront ici.

CHRISTINE : Quelle joie, quel bonheur ! Je viendrai les

attendre. Pouvez-vous nous donner à dîner aujourd'hui, Mallar, à ma cousine, à Isabelle et à moi ?

MALLAR : Certainement, Mademoiselle ; seulement je prierai ces dames de m'excuser si le dîner est un peu mesquin, n'ayant pas beaucoup de temps pour le préparer.

CHRISTINE : Cela ne fait rien, mon bon Mallar ; donnez-nous ce que vous pourrez. Allons, vite à l'ouvrage, Gabrielle ; nous avons beaucoup à faire et pas beaucoup de temps. »

Elles travaillèrent toute la journée à ranger les meubles, à mettre en ordre les affaires de M. de Nancé et de François, à orner le salon de fleurs, à découvrir et épousseter les bronzes et les tableaux de prix, à ranger et essuyer les livres, à faire marcher les pendules, etc. Les heures s'écoulèrent rapidement ; l'heure du dîner approchait. Christine emmena Gabrielle dans la bibliothèque, qui était le cabinet de travail de M. de Nancé.

« Pauvre bon père ! dit Christine en s'asseyant dans le fauteuil de M. de Nancé, que de fois nous sommes venus ici, François et moi, le déranger de son travail ! Quand je passais mon bras autour de son cou, il m'embrassait et me regardait si tendrement, que je me sentais heureuse de rester là, la tête sur son épaule. Gabrielle, je prie le bon Dieu de t'envoyer le bonheur qu'il me donne : un François pour mari, un M. de Nancé pour père.

GABRIELLE : Pour rien dans le monde je n'épouserais un infirme, ma pauvre Christine.

CHRISTINE : Qu'importe, chère Gabrielle ? Si tu connaissais François comme je le connais, tu ne songerais pas plus à son infirmité que je n'y songe, et tu l'aimerais comme je l'aime !

GABRIELLE : Oh non ! par exemple ! Pense donc que tu ne pourras jamais aller avec lui au bal, au spectacle !

CHRISTINE : Je déteste bals et spectacles.

GABRIELLE : Tu ne pourras pas du tout aller dans le monde.

CHRISTINE : Je déteste le monde ; il m'attriste et m'ennuie.

GABRIELLE : Tu ne pourras pas aller aux promenades ni dans les environs.

CHRISTINE : Je n'aime que les promenades que peut faire François, et je déteste les environs.

GABRIELLE : Mais tu ne pourras même pas avoir de monde chez toi.

CHRISTINE : Je n'ai besoin de personne que de François et de mon père ; toi, Bernard et tes parents, vous ne comptez pas comme monde, et je vous verrai sans craindre les moqueries pour mon pauvre François.

GABRIELLE : Enfin, je ne sais, mais un mari infirme est toujours ridicule ; tu ne pourras seulement pas lui donner le bras ; il a un pied de moins que toi.

CHRISTINE : S'il est ridicule aux yeux du monde, c'est pour moi une raison de l'aimer davantage, de me dévouer à lui et à mon père pour leur témoigner ma vive reconnaissance de tout ce qu'ils ont fait pour moi ; et, quant au bras, je sais marcher seule ; je déteste de donner le bras.

GABRIELLE : Alors tout est pour le mieux ; mais je n'envie pas ton bonheur. »

Le dîner vint interrompre la conversation des deux cousines ; les domestiques restés au château avaient fait la grosse besogne, les chambres, les lits, etc. Le cocher reçut l'ordre de se trouver le lendemain à l'heure voulue au chemin de fer, et Christine retourna chez sa tante, heureuse et joyeuse de l'attente du lendemain ; elle s'attendait peu à la surprise qu'elle devait éprouver.

XXVIII
Métamorphose de François

Ce lendemain si désiré arriva ; Christine, un peu pâle, les yeux un peu battus, parut au déjeuner, après lequel elle devait aller attendre M. de Nancé et François au château.

MADAME DE CÉMIANE : Tu es pâle, Christine ; souffres-tu ?

CHRISTINE : Non, ma tante ; j'ai mal dormi ; la joie m'a agitée ; c'est pourquoi je me sens un peu fatiguée. »

Le déjeuner sembla long à Christine ; dès qu'Isabelle fut prête à l'accompagner, elle dit adieu à sa tante, à Gabrielle et à Bernard, et s'élança dans la voiture qui devait l'emmener. Ses yeux rayonnaient, son visage exprimait le bonheur ; arrivée à Nancé, elle ne voulut pas quitter le perron, de crainte de manquer le moment de l'arrivée ; l'attente ne fut pas longue ; la voiture parut, s'arrêta au perron, et M. de Nancé sauta à bas de sa voiture et reçut dans ses bras sa fille, sa Christine, qui versait des larmes de joie.

CHRISTINE : Mon père ! mon père ! quel bonheur ! Et François, mon cher François, où est-il ? Oh ! mon Dieu ! François ! Qu'est-il arrivé ?

M. DE NANCÉ, *l'embrassant encore* : Le voilà, ton François ! Tu ne le vois pas ? Ici, devant toi.

Et, au même instant, Christine se sentit saisie dans les bras d'un grand jeune homme.

Christine poussa un cri, s'arracha de ses bras, et, se réfugiant dans ceux de M. de Nancé, regarda avec surprise et terreur.

FRANÇOIS : Comment, ma Christine, tu ne reconnais pas ton François ? Tu le repousses ?

CHRISTINE : François, ce grand jeune homme ? François ?

FRANÇOIS : Moi-même, ma Christine chérie, bien-aimée ! C'est moi, guéri, redressé par Paolo. »

Christine poussa un second cri, mais joyeux cette fois, et se jeta à son tour dans les bras de François.

PAOLO : Ah ça ! et moi ? Ze souis là comme oune

buce, sans que personne me regarde et m'embrasse. Ma Christinetta oublie son cer Paolo !

— Mon bon, mon cher Paolo ! dit Christine en quittant François et en embrassant Paolo à plusieurs reprises. Non, je n'oublie pas ce que je vous dois. Si vous saviez combien je vous aime ! quelle reconnaissance je me sens pour vous ! Oh ! François ! cher François ! mon cœur déborde de bonheur. Pauvre ami ! te voilà donc dépouillé de cette infirmité qui gâtait ta vie !

FRANÇOIS : Et que je bénis, ma sœur, mon amie, puisqu'elle m'a fait connaître les adorables qualités de ton cœur et le degré de dévouement auquel pouvait atteindre ce cœur aimant et dévoué.

— Dévouement ? dit Christine en souriant ; ce n'était pas du dévouement ; c'était l'affection, la reconnaissance la plus tendre et la mieux méritée ; je n'y avais aucun mérite ; j'aimais toi et mon père parce que vous avez été toujours pour moi d'une bonté si constante, si pleine de tendresse, que je m'attendrissais en y pensant... Mais pourquoi, mon père, ne m'avez-vous pas dit ou écrit ce que faisait notre bon Paolo pour mon cher François ?

M. DE NANCÉ : Parce que le traitement pouvait ne pas réussir, et que tu pouvais en éprouver du mécompte et du chagrin. Paolo avait inventé un système mécanique qui agissait lentement et qui pouvait ne pas avoir le succès qu'il en espérait. Je t'ai donc laissée au couvent, me trouvant dans la nécessité d'habiter un pays chaud pendant les deux années que devait durer le traitement de François.

CHRISTINE : Et pourquoi ne m'avoir pas emmenée ?

M. DE NANCÉ, *souriant* : Parce que tu avais seize ans, que François en avait vingt, et que ce n'eût pas été convenable aux yeux du monde que je t'emmène avec moi.

CHRISTINE : Ah oui ! le monde ! c'est vrai. Et avez-vous reçu ma lettre et celle de ma mère ?

M. DE NANCÉ : Le matin même de notre départ, mon

enfant. Tu nous as parfaitement jugés ; bien loin de regretter ta fortune, nous sommes enchantés de n'avoir d'eux que toi, ta chère et bien-aimée personne, et d'avoir même à te donner ta robe de noces.

CHRISTINE : Emblème de mon bonheur, père chéri ! Et moi, je suis heureuse de tout vous devoir, tout, jusqu'aux vêtements qui me couvrent. »

Les premières heures passèrent comme des minutes. Quand il fut temps pour Christine de partir :

« Mon père, dit-elle en passant son bras autour du cou de M. de Nancé comme au jour de son enfance ; mon père..., ne puis-je rester ?

M. DE NANCÉ : Chère enfant, je n'aimerais pas à te voir rentrer trop tard.

CHRISTINE : Je ne rentrerais pas du tout, mon père : je reprendrais près de vous notre chère vie d'autrefois.

M. DE NANCÉ : Cela ne se peut, chère petite : aie patience ; dans trois semaines nous te reprendrons.

CHRISTINE : Trois semaines ! comme c'est long ! N'est-ce pas, François ? »

François ne répondit qu'en l'embrassant. Le domestique vint annoncer la voiture et Christine partit avec Isabelle.

Le lendemain, M. de Nancé vint présenter son fils à M. et Mme de Cémiane et à Gabrielle et Bernard stupéfaits. Paolo, le fidèle Paolo, les accompagnait ; il voulait être témoin de l'entrevue. Christine était convenue la veille, avec François, son père et Paolo, qu'elle ne parlerait pas du changement survenu dans la personne de François. Les cris de surprise qui furent successivement poussés enchantèrent Christine, firent sourire M. de Nancé et François, et provoquèrent chez Paolo une joie qui se manifesta par des sauts, des pirouettes et des cris discordants. Gabrielle restait ébahie ; elle ne se lassait pas de considérer François, devenu grand comme son

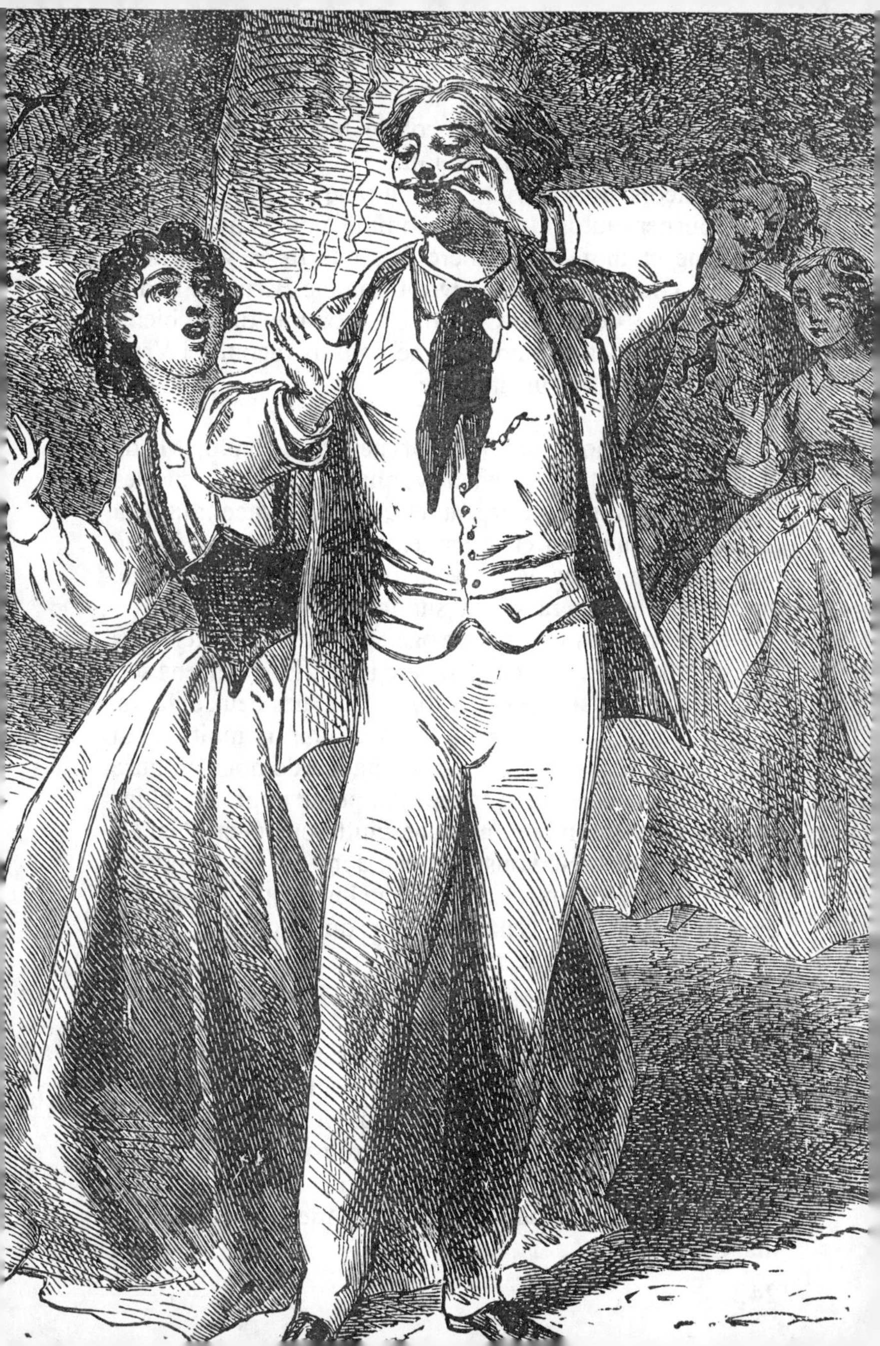

père, droit, robuste, le visage coloré, la barbe et les moustaches complétant l'homme fait.

« François, dit Gabrielle en riant, ne bouge pas, laisse-moi tourner autour de toi, comme nous l'avons fait, Christine et moi, la première fois que tu es venu nous visiter... C'est incroyable ! Droit comme Bernard, le dos plat comme celui de Christine ! Comme tu es bien ! comme tu es beau ! Jamais je ne t'aurais reconnu ! Vraiment, Paolo a fait un miracle ! »

Ce fut une joie, un bonheur général ; Paolo, M. de Nancé et Christine étaient rayonnants. Pendant que les jeunes gens causaient, riaient, et que Paolo racontait à sa manière la guérison et le traitement de François, M. de Nancé causait avec M. et Mme de Cémiane du mariage, du contrat, et les rassurait sur la dot de Christine.

« C'est moi qui me suis arrogé le droit de la doter, mes chers amis, dit-il ; j'ai été son père adoptif ; je deviens son vrai père, et je partage ma fortune avec mes deux enfants, revenu et capital. Nous en aurons chacun la moitié ; j'ai soixante mille francs de revenu, chacun de nous en aura trente mille, le jeune ménage comptant pour un. Nous vivrons tous ensemble ; nous ne quitterons guère Nancé, à ce que je vois. Ne vous occupez donc pas de la fortune de Christine ; le contrat de mariage lui en donnera autant qu'à François. Je ne veux même pas que son trousseau lui vienne d'un autre que moi.

MADAME DE CÉMIANE : Oh ! quant à cela, cher Monsieur, laissez-nous en faire les frais.

M. DE NANCÉ : Pardon, chère Madame ; je crois avoir acquis le droit de traiter Christine comme ma fille. Faites-lui le présent de noces que vous voudrez, mais laissez-moi le plaisir de lui donner trousseau et meubles. Vous le voulez bien, n'est-il pas vrai ? Ne faites pas les choses à demi, et abandonnez-moi entièrement ma fille, ma Christine. »

Ce point décidé, M. de Nancé demanda encore la permission de presser le contrat et le mariage, « afin, dit-il, de nous laisser rentrer dans notre bonne vie calme qui ne peut être heureuse et complète qu'avec Christine ».

M. et Mme de Cémiane consentirent à tout ce que désirait M. de Nancé. Il fut convenu que, jusqu'au jour du mariage, François et Christine passeraient leurs journées ensemble, soit à Nancé, soit chez Mme de Cémiane. La visite terminée, M. de Nancé emmena Christine pour la ramener le soir chez sa tante. Il en fut de même tous les jours ; après déjeuner, François venait à Cémiane ; et dans l'après-midi, quand M. de Nancé avait terminé ses affaires, il emmenait ses enfants, pour voir Paolo, dîner à Nancé, et les ramenait achever la soirée avec Gabrielle et Bernard.

Au bout de quinze jours il annonça que tout était en règle, que le contrat de mariage pouvait se signer le surlendemain, et le mariage avoir lieu le jour d'après. On fit des préparatifs de soirée chez Mme de Cémiane pour le contrat, auquel on engagea tout le voisinage. Paolo prépara des surprises de chant, des vers composés pour Christine, des bouquets, etc. Le jour du mariage, on devait dîner chez M. de Nancé, mais il demanda à n'engager que les Cémiane, selon le désir de ses enfants.

La veille du contrat, Christine reçut un trousseau charmant, mais simple et conforme à ses goûts et à la vie qu'elle désirait mener.

Ce fut Paolo qui fut chargé de le lui remettre.

« Voyez, disait-il, voyez, ma Christinetta, comme c'est zoli ! Quelle zentille robe ! vous serez sarmante avec toutes ces zoupes, ces dentelles, ces cacemires, et tant d'autres soses. »

La soiree du contrat commençait, lorsqu'on apporta une caisse avec recommandation de l'ouvrir de suite, ce qui fut exécuté. Elle contenait un beau portrait de Christine, peint par Bernard pour François. Christine et François furent touchés de cette attention et en remercièrent tendrement Bernard.

« C'est là ton secret », lui dit Christine.

François fut l'objet de la curiosité et de l'admiration générales ; Adolphe qui eut l'audace d'accepter l'invitation, fut aussi étonné que furieux ; il espérait pouvoir se venger du refus de Christine en se moquant de son bossu, et il ne put qu'enrager intérieurement sans oser faire paraître son déplaisir.

Le jour du mariage se passa dans un tranquille bonheur ; Christine, après la messe, fut emmenée par son père et François.

« A vous, mon père ; à toi, mon François, dit Christine quand la voiture roula vers Nancé ; à vous pour toujours. »

Et, s'appuyant sur l'épaule de son père, elle pleura. Ses larmes furent comprises par son père et son mari, car c'étaient des larmes de tendresse et de bonheur.

Arrivés à Nancé, ils trouvèrent le bon Paolo, qui, parti un peu en avant, attendait les mariés à la porte avec tous les gens de la maison ; il embrassa la mariée, serra François dans ses bras, et fut serré à son tour dans ceux de M. de Nancé.

Christine ayant demandé à passer chez elle pour enlever son voile et sa belle robe de dentelle (présent de sa tante), son père la mena dans son nouvel appartement, arrangé et meublé élégamment et confortablement. Isabelle avait une chambre près d'elle. Christine et François passèrent quelques heures à arranger avec Isabelle les petits objets fantaisie dont leurs chambres étaient ornées : entre autres, les marbres et albâtres que François avait apportés pour Christine. Elle se retrouva enfin à Nancé comme jadis chez elle, et pour n'en plus sortir.

XXIX
Paolo heureux.
Conclusion

A partir du jour de leur mariage, François et Christine jouirent d'un bonheur calme et complet, augmenté encore par celui de leur père, qui semblait avoir redoublé de tendresse pour eux. Il ne cessait de remercier Dieu de la douce récompense accordée aux soins paternels dont il avait fait l'objet constant de ses pensées et de sa plus chère occupation. Paolo aussi était l'objet de sa reconnaissante amitié.

« A vous, mon ami, lui disait-il souvent, je dois la grande, l'immense jouissance de regarder mon fils, de penser à lui sans tristesse et sans effroi de son avenir. Il n'est plus un sujet de raillerie : il ne craint plus de se faire voir ; Christine aussi est délivrée de cette terreur incessante d'une humiliation pour notre cher François. Je vous aime bien sincèrement, mon cher Paolo, et mon cœur paternel vous remercie sans cesse.

— O carissimo Signor, ze souis moi-même si zoyeux que ze voudrais touzours les embrasser ! Tenez, les voilà qui courent dans le zardin après ce poulain ésappé ! Voyez qu'ils sont zentils ! La Christinetta ! voyez qu'elle est lézère comme oune petit oiseau ! Et le zeune homme ! c'est que z'en souis zaloux, moi ! Voyez quelle taille ! quel robuste garçon ! »

Et Paolo sautait lui-même, pirouettait.

« Signor mio, dit-il un jour, ze souis oune malheureux, oune profond scélérat !... Ze m'ennouie de la patrie ! Il faut que ze revoie la patrie ! O patria bella ! O Italia ! Signor mio, laissez-moi aller zeter un coup d'œil sur la patrie, seulement oune petite quinzaine.

— Quand vous voudrez et tant que vous voudrez, mon pauvre cher garçon : je vous payerai votre voyage, votre séjour, tout.

— O Signor ! s'écria Paolo, vous êtes bon, vraiment bon et zénéreux ! Alors ze pourrai partir demain ?

— Certainement, mon ami, répondit M. de Nancé en riant de cet empressement. Demandez malles, chevaux, voiture, quand vous voudrez. Ce soir je vous remettrai mille francs pour les frais du voyage. »

Paolo serra les mains de M. de Nancé et voulut les baiser, mais M. de Nancé l'embrassa et lui conseilla de s'occuper de sa malle.

L'absence de Paolo dura deux mois ; à la fin du premier mois, il écrivit à M. de Nancé.

« O Signor de Nancé ! qu'ai-ze fait, malheureux ! Pardonnez-moi ! Pitié pour votre Paolo dévoué !... Voilà ce que c'est, Signor. Z'ai retrouvé oune zeune amie que z'aimais et que z'aime parce qu'elle est bonne et sarmante comme Christinetta ; cette pauvre zeune amie n'a rien que du malheur ; elle me fait pitié, et moi ze loui dis : « Cère zeune amie, voulez-vous être ma femme ? » zouste comme notre cer François à la Christinetta ; et la zeune amie se zette dans mes bras et me dit : « Ze serai votre femme », zouste comme notre Christinetta à François. Et moi, ze n'ai pas pensé à vous, excellent Signor ; et ze ne veux pas vivre loin de vous, et ze ne veux pas laisser ma femme à Milan. Alors quoi faire, cer Signor ? Ze souis au désespoir, et ze pleure toute la zournée ; et ma zeune amie pleure avec moi ! Quoi faire, mon Dieu, quoi faire ? Si ze reste loin de vous, ze meurs ! Si ze laisse ma zeune amie, ze meurs. Alors quoi faire ? Ze vous embrasse, mon cer Signor ; z'embrasse mon François céri, ma Christinetta bien-aimée ; cers amis, conseillez votre pauvre Paolo et sa zeune amie.

« PAOLO PERRONI. »

M. de Nancé s'empressa de faire voir cette lettre à ses enfants.

« Que faire ? leur dit-il en riant. Que faire ?

CHRISTINE : C'est de les faire venir ici, chez nous, père chéri ; nous les garderons toujours, n'est-ce pas, François ?

FRANÇOIS : Oui, mon père ; je suis de l'avis de Christine.

M. DE NANCÉ : Et moi aussi ; de sorte que nous sommes tous d'accord, comme toujours.

CHRISTINE : Oh ! cher bien-aimé père ! comment ne serions-nous pas d'accord ? Nous sommes si heureux ! »

M. de Nancé écrivit à Paolo de se marier vite et de leur amener vite sa jeune amie, qui resterait à Nancé toute sa vie si elle le voulait, et que lui M. de Nancé et François lui donnaient pour cadeau de noces une rente de trois mille francs.

Le bonheur de Paolo fut complet ; un mois après il présentait sa jeune épouse à ses amis ; Christine trouva en elle une jeune compagne aimable et dévouée ; elles convinrent que si Christine avait des filles, Mme Paolo (qui s'appelait Elena) l'aiderait à les élever. Elle eut, en effet, filles et garçons, deux filles et deux fils ; Mme Paolo en eut un peu plus, trois filles et quatre fils ; tous ces enfants répandirent la gaieté et l'entrain dans le château de Nancé, dont les habitants vivent tous plus heureux que jamais.

M. des Ormes, abruti, hébété par le joug de sa femme, mourut subitement peu d'années après le mariage de Christine. Il lui avait écrit à cette occasion une lettre assez affectueuse et lui promettait d'aller la voir ; mais il n'accomplit pas cette promesse et se contenta de lui écrire tous les ans. Sa femme, vieille et plus laide que jamais, continue à se croire jeune et belle ; elle donne des dîners qu'on mange, des soirées où l'on danse ; elle a des visiteurs, mais pas d'amis ; la mauvaise mère inspire de l'éloignement à tout le monde. Elle se sent vieillir, malgré ses efforts pour paraître jeune ; elle se voit seule, sans intérêt dans la vie ; personne ne l'aime et elle déteste tout le monde. Elle a toujours repoussé les avances de Christine et refusé de la voir, de peur que l'âge de sa fille ne fît deviner le sien. En somme, elle traîne une existence misérable et malheureuse.

Mme de Guibert vint un jour à Nancé annoncer à Christine le mariage de sa fille Hélène avec Adolphe. Ce fut un triste ménage. Hélène aimait le monde et ne vivait que de bals, de concerts et de spectacles ; Adolphe aimait le jeu ; il y perdit une partie de sa fortune, se battit en duel, y fut blessé, et périt misérablement à la suite de cette blessure.

Cécile se maria avec un banquier qui lui apporta de l'argent, et qui la rendit malheureuse par son caractère brutal et emporté.

Gabrielle épousa un jeune député plein d'intelligence et de bonté ; elle fut très heureuse avec son mari et continua à venir passer tous ses étés chez sa mère à Cémiane, et à voir presque tous les jours Christine et François.

Bernard ne se maria pas ; il aima mieux aider son père à cultiver ses terres. Il s'occupait de musique et de peinture et il passait presque tous ses hivers à Nancé : Christine et François étaient excellents musiciens, de sorte que tous les soirs, aidés de Paolo, de sa femme et de Bernard, ils faisaient une musique excellente qui ravissait M. de Nancé.

Un jour que Christine questionnait affectueusement Bernard sur la vie qu'il menait et qui lui semblait bien isolée :

« Christine, répondit-il, je vis et je mourrai seul. Quand je t'ai bien connue, à notre retour de Madère, je me suis dit que je ne serais heureux qu'avec une femme semblable à toi, bonne, pieuse, dévouée, intelligente, gaie, instruite, raisonnable, charmante enfin. Je ne l'ai pas trouvée ; je ne la trouverai jamais. Voilà pourquoi je reste garçon et pourquoi je suis sans cesse à Nancé. »

Christine l'embrassa pour toute réponse, et fit part de l'explication de Bernard à François et à M. de Nancé, qui l'en aimèrent plus tendrement.

Isabelle resta et est encore chez *ses enfants*, comme elle continue d'appeler François et Christine ; elle soigne et élève tous leurs enfants, et elle déclare qu'elle mourra chez eux. Christine et François la comblent de soins et d'affections ; elle est heureuse plus qu'une reine.

Quant à Christine et à François, ils ne se lassent pas de leur bonheur ; ils ne se quittent pas ; ils n'ont jamais de volontés, de goûts, de désirs différents. Ils ne vont pas à Paris, et ils vivent à Nancé chez leur père.

Mme de Sibran est morte peu après la triste fin du malheureux Adolphe. M. de Sibran, bourrelé de remords de l'éducation qu'il avait donnée à ses fils, s'est fait capucin ; il prêche bien et il est très demandé pour des missions.

Mina est entrée chez une princesse valaque, où on lui promettait de bons gages ; mais, ayant été surprise par le prince pendant qu'elle battait une des petites princesses, le prince la fit saisir et la fit battre de verges à tel point qu'elle passa un mois à l'hôpital. Quand elle fut guérie, elle voulut partir, mais le prince la retint de force et l'obligea à reprendre son service ; il n'y a pas de mois qu'elle ne soit vigoureusement punie pour des vivacités qu'elle ne peut entièrement réprimer. Se trouvant au fond des terres en Valachie, elle reste à la merci du prince valaque et ne peut pas sortir de chez lui. Sa méchanceté se trouve ainsi justement et terriblement punie.

table

I.	Commencement d'amitié	9
II.	Paolo	16
III.	Deux années qui font deux amis	29
IV.	Les caractères se dessinent	42
V.	Attaque et défense	51
VI.	Les tricheurs punis	58
VII.	Premier service rendu par Paolo à Christine	64
VIII.	Mina dévoilée	67
IX.	Grand embarras de Paolo	78
X.	François arrange l'affaire	85
XI.	M. des Ormes gâte l'affaire	93
XII.	Mme des Ormes raccommode l'affaire	103
XIII.	Incendie et malheur	111
XIV.	Heureux moments pour Christine	121
XV.	Tristes suites de l'incendie	127
XVI.	Changement de Maurice	136
XVII.	Heureuse bizarrerie de Mme des Ormes	144
XVIII.	Paolo, pris, s'échappe	150
XIX.	Christine est bonne, Maurice est exigeant	161
XX.	Surprise désagréable qui ne gâte rien	168
XXI.	Visites de M. et Mme des Ormes	175
XXII.	Maurice chez M. de Nancé	185
XXIII.	Fin de Maurice	193

XXIV.	Séparation, désespoir	204
XXV.	Deux années de tristesse	214
XXVI.	Demandes en mariage ; réponses différentes	220
XXVII.	Christine a réponse à tout	230
XXVIII.	Métamorphose de François	237
XXIX.	Paolo heureux. — Conclusion	246

Du même auteur
dans la collection FOLIO **JUNIOR**

L'auberge de l'Ange Gardien
n° 127

Un bon petit diable
n° 656

Les bons enfants
n° 146

Les deux nigauds
n° 75

François le bossu
n° 196

Le Général Dourakine
n° 92

Les malheurs de Sophie
n° 496

Le mauvais génie
n° 147

Mémoires d'un âne
n° 41

Les petites filles modèles
n° 134

Les vacances
n° 48

**Si vous avez le goût de l'aventure
Ouvrez la caverne aux merveilles
et découvrez
des classiques de tous les temps
et de tous les pays**

dans la collection FOLIO **JUNIOR**

Les « classiques »... de vieux bouquins poussiéreux, dont le nom seul évoque des dictées hérissées de pièges grammaticaux perfides et des rédactions rébarbatives ? Pas du tout ! Avec les classiques, tout est possible : les animaux parlent, une grotte mystérieuse s'ouvre sur un mot magique, un homme vend son ombre au diable, un chat ne laisse dans l'obscurité des feuillages que la lumière ironique de son sourire ; on s'y préoccupe de trouver un remède contre la prolifération des baobabs et la mélancolie des roses ; les sous-préfets y font l'école buissonnière, les chevaliers ne sont pas toujours sans peur et sans reproche ; on s'y promène autour du monde et vingt mille lieues sous les mers...

La petite sirène
et autres contes
———
Hans Christian Andersen
n° 686

Le roman de Renart I
———
Anonyme
n° 461

Le roman de Renart II
———
Anonyme
n° 629

Ali Baba
et les quarante voleurs
———
Anonyme
n° 595

Histoire de
Sindbad le marin
———
Anonyme
n° 516

La merveilleuse histoire
de Peter Schlemil
———
Adalbert **von Chamisso**
n° 630

Alice au pays des merveilles
Lewis **Carroll**
n° 437

Lancelot,
le chevalier à la charrette
Chrétien de Troyes
n° 546

Yvain,
le chevalier au lion
Chrétien de Troyes
n° 665

Perceval ou
le roman du Graal
Chrétien de Troyes
n° 668

Lettres de mon moulin
Alphonse **Daudet**
n° 450

Aventures prodigieuses de
Tartarin de Tarascon
Alphonse **Daudet**
n° 454

ROBINSON CRUSOÉ

Daniel **Defoe**

n° 626

TROIS CONTES

Gustave **Flaubert**

n° 750

SALAMMBÔ

Gustave **Flaubert**

n° 757

LE ROMAN
DE LA MOMIE

Théophile **Gautier**

n° 465

LE HARDI PETIT TAILLEUR

Grimm

n° 715

LE VIEIL HOMME
ET LA MER

Ernest **Hemingway**

n° 435

COPPÉLIUS
ET AUTRES CONTES
Ernst Theodor Amadeus **Hoffmann**
n° 734

LA GUERRE DE TROIE
(EXTRAITS DE L'ILIADE)
Homère
n° 729

VOYAGES ET AVENTURES
D'ULYSSE
(EXTRAITS DE L'ODYSSÉE)
Homère
n° 728

HISTOIRES
COMME ÇA
Rudyard **Kipling**
n° 432

LE LOUP
ET L'AGNEAU
Jean de **La Fontaine**
n° 654

Tristan et Iseut
André **Mary**
n° 724

Deux amis
et autres contes
Guy de **Maupassant**
n° 514

Colomba
Prosper **Mérimée**
n° 655

Carmen
Prosper **Mérimée**
n° 684

Contes
de ma mère l'Oye
Charles **Perrault**
n° 443

Double assassinat dans la rue Morgue
suivi de La Lettre volée
Edgar Allan **Poe**
n° 541

Poil de carotte
Jules Renard
n° 466

Cyrano de Bergerac
Edmond Rostand
n° 515

Le petit prince
Antoine de **Saint-Exupéry**
n° 100

Paul et Virginie
Bernardin de **Saint-Pierre**
n° 760

Les malheurs de Sophie
Comtesse de **Ségur**
n° 496

Un bon petit diable
Comtesse de **Ségur**
n° 656

Frankenstein
Mary **Shelley**
n° 675

L'ÎLE AU TRÉSOR
Robert Louis Stevenson
n° 441

PREMIER VOYAGE DE GULLIVER
Jonathan Swift
n° 568

DEUXIÈME VOYAGE DE GULLIVER
Jonathan Swift
n° 667

LE TOUR DU MONDE EN QUATRE-VINGTS JOURS
Jules Verne
n° 521

VOYAGE AU CENTRE DE LA TERRE
Jules Verne
n° 605

DE LA TERRE À LA LUNE
Jules Verne
n° 651

Autour de la Lune
___
Jules **Verne**
n° 666

**Vingt mille lieues
sous les mers I**
___
Jules **Verne**
n° 738

**Vingt mille lieues
sous les mers II**
___
Jules **Verne**
n° 739

ISBN : 2-07-052265-2
Loi n° 49-956 du 16 juillet 1949
sur les publications destinées à la jeunesse
Dépôt légal : février 2005
1ᵉʳ dépôt légal dans la même collection : septembre 1981
N° d'édition : 136189 - N° d'impression : 72327
Imprimé en France sur les presses de la Société Nouvelle Firmin-Didot